Le sang de Venise

Du même auteur
aux Éditions J'ai lu

Un été pourri, *J'ai lu* 5483
La mort quelque part, *J'ai lu* 5691
L'étoile du Temple, *J'ai lu* 5874
Le festin de l'araignée, *J'ai lu* 5997
Gémeaux, *J'ai lu* 6148
La vie à fleur de terre, *J'ai lu* 6440
Lâchez les chiens ! *Librio* 373
Home, Sweet Home, *Librio* 451

Maud Tabachnik

Le sang de Venise

© Flammarion, 2000

À Éric the Cat qui a rassemblé ses connaissances autour de son amour pour Venise, et sans qui ce livre ne serait pas ce qu'il est. Merci.

Prologue

Les Juifs furent expulsés d'Angleterre en 1290, de France en 1306, d'Espagne en 1492, du Portugal en 1497.

Décisions prises par les églises pour assurer l'homogénéité des nations chrétiennes. (Les deux États ibériques offrant l'alternative de la conversion.)

Venise, pragmatique, refusa de se séparer de ces citoyens qui, par les diverses taxes dont ils étaient frappés et le dynamisme de leur commerce, remplissaient ses caisses, mais, soucieuse de protéger ses fidèles d'une possible contamination ainsi que ses marchands et praticiens de la concurrence, elle résolut de les écarter en les enfermant.

Le 29 mars 1516, le Conseil des pregadi, approuvé par le sénat, publia le décret suivant :

« Les Juifs habiteront tous regroupés dans l'ensemble de maisons situées au Ghetto, près de San Girolamo ; et afin qu'ils ne circulent pas toute la nuit, nous décrétons que du côté du Vieux Ghetto où se trouve un petit pont, et pareillement de l'autre côté du pont, seront mises en place deux portes, lesquelles seront ouvertes à l'aube et fermées à minuit par quatre gardiens engagés à cet effet et appointés par les Juifs eux-mêmes au prix que notre collège estimera convenable. »

Chapitre I

Le corps flottait, attaché par une cheville à un anneau qui d'ordinaire retenait quelque barque.

Forna Rivetta, boulangère de son état, sortit dans la petite aube et s'en alla par la calle Batteli rejoindre l'Arsenal où le grain commandé attendait livraison. Elle traversa le rio San Girolamo et se retrouva sur la Fondamenta Ormesini, et c'est alors qu'elle le vit.

Elle stoppa net sa progression, écarquilla les yeux, porta les deux mains à sa bouche. Éberluée, elle fixait le paquet de vêtements qui tournoyait aux légers courants d'eau grasse, et qui lui présentait par intermittence la face blême et boursouflée d'un garçon ou d'un homme courte-botte.

La signora ne retint plus ses cris, lesquels amenèrent comme par magie une demi-douzaine de passants auparavant invisibles.

— Là, là, balbutia la malheureuse, désignant le cadavre d'un doigt tremblant.

Un homme, puis deux s'approchèrent avec circonspection, pendant que les autres restaient prudemment à distance, faisant mine de soutenir la dame Rivetta.

Les yeux plissés par l'attention, le premier déclara :
— Il faut une gaffe.

Le second ajouta :

— Prévenons la *Contrada*[1].

On fit les deux. Et tandis qu'un quidam allait avertir les autorités, un autre fila quérir dans la maison voisine un long bâton terminé par un crochet de fer qui servait à rapprocher les embarcations.

On hissa alors la dépouille qu'on étendit pendant que la boulangère racontait sans se lasser aux badauds excités comment elle s'était retrouvée face au triste spectacle.

— Ça semble être un enfant, lança l'un des hommes penché sur le corps.

— Un enfant ! s'écria avec une horreur redoublée le petit groupe qui allait s'épaississant, malgré l'heure matutinale.

Arrivèrent un sergent de guet accompagné d'un garde qui écartèrent la foule sans ménagement. L'officier ordonna d'une voix rude à la boulangère de s'expliquer.

Ce qu'elle fit de nouveau, agrémentant son récit de digressions personnelles où, sans qu'elle s'en rendît compte, elle se disculpait d'un éventuel soupçon.

Les autres l'écoutaient attentivement, cherchant l'omission ou l'erreur qui leur permettrait de compléter et de se pousser en avant.

Le sergent commanda à son soldat d'aller chercher une civière afin de transporter le corps, ordonna aux badauds de se disperser, mais retint la boulangère qui allait devoir les accompagner.

— Mais je me rendais à l'Arsenal, protesta-t-elle. Mon mari cuit le pain et va aller se coucher. Je dois être revenue avant que n'ouvre la boutique ! Je vous ai déjà parlé, monsieur l'officier.

Rien n'y fit. La signora dut attendre les brancardiers et repartir avec eux à la Prévôté où serait déposé le cadavre, et où elle serait interrogée jusqu'à ce que,

---

1. Circonscription administrative. Police de quartier.

lassés d'entendre la même histoire, les hommes d'armes la renvoient chez elle.

— C'est un enfant, confirma le médecin appelé par la Contrada du Cannaregio, quartier où avait été trouvé le corps. Quant à savoir qui il est...

Le chef eut un geste signifiant que là n'était pas le plus important.

— Comment vous paraît-il mort ? s'enquit-il.

Ce fut au tour du médecin d'esquisser un geste évasif.

— Noyade... blessures diverses sur le corps, coupures, si vous voyez ce que je veux dire...

— Coupures ?

Le dottore Alvise Calimi, souvent employé par les gens de police, confirma de la tête. Penché sur le cadavre gonflé allongé sur la table et éclairé par deux fortes bougies, il suivit du doigt à distance les effractions des chairs.

— Coupé aux veines... mais aussi aux artères.

— Aux veines et aux artères ? répéta le policier, se rapprochant.

— On l'a vidé, indiqua le médecin.

— Vidé ?

— De son sang, précisa Calimi, par une infinité de coupures de pointe et d'estoc.

Le dottore se releva. Son grand chapeau noir qui cachait son regard et les larges manches « à la ducale » de son manteau dessinaient sur le mur l'ombre agrandie d'un rapace.

Le chef fixa pensivement un point de la salle basse et voûtée qui servait à ce genre d'activités autant qu'à l'interrogatoire des prisonniers.

— Vidé de son sang, répéta-t-il. Pourquoi ?

Le médecin haussa les épaules.

— Nous sommes quelle date ?

Le chef réfléchit.

— 8 avril.

Le médecin opina.

Ils pensaient tous deux à la même chose.

— C'est à voir, dit le médecin. Où l'a-t-on trouvé ?

— Fondamenta delle Cappucine, près de San Girolamo.

Les yeux du médecin se rétrécirent et l'ombre d'un sourire passa sur ses lèvres.

— C'est à voir, répéta-t-il.

Rachel écouta la *Marengona* annoncer comme chaque matin la nouvelle aube, mais déjà, sur le Campo del Ghetto Nuovo cerné par les arcades où s'ouvrait la banque de son père, la frénétique animation avait repris.

Il y avait tant de monde dans ce ghetto, tant de monde et si peu de place, qu'il semblait à la jeune femme que les ruelles labyrinthiques bruissaient d'une vie qui ne cessait jamais.

Elle entendit claquer contre les murs, deux étages plus bas, les volets de la banque d'Asher di Simon da Modena, se leva, enfila sa robe et noua ses cheveux sur la nuque d'un geste gracieux.

Un cousin, venu les visiter l'année précédente, était tombé en arrêt devant elle et avait sorti de ses bagages le portrait d'une lointaine aïeule, Rachel Mayerson, peint par quelque artiste inconnu, et arrivée en Italie avec son mari Salomon Ben Oziel, dans les années 1330, fuyant les persécutions.

Cette Rachel avait donné souche à l'actuelle branche des Modena et était considérée comme une héroïne pour avoir sauvé son père d'une mort infamante et injuste[1]. On disait même à mots couverts que pour le faire elle s'était déguisée en homme et avait dû manier l'épée. Depuis, à chaque génération, une fille recevait son prénom en souvenir de l'illustre aïeule.

---

1. Voir *L'Étoile du Temple*. Éditions Viviane Hamy.

Mais ce qui se révélait troublant, au dire de ce cousin, était l'étonnante ressemblance entre la Rachel d'aujourd'hui et celle d'hier. Même visage mince aux pommettes hautes, mêmes yeux gris fendus étirés vers les tempes, même chevelure sombre, mais surtout, pareil regard fier et insolent.

Son père lui avait parlé de cette femme exceptionnelle, qui, non contente d'avoir soustrait son père à la sinistre Inquisition et avoir disputé avec les Templiers, était parvenue à fuir la France avec les siens, et avait créé la première liaison commerciale avec la communauté juive de Turquie.

Rachel finit de s'apprêter et gagna la pièce où sa mère l'attendait pour le petit repas du matin.

— As-tu bien dormi, ma fille ?

Rachel sourit et l'embrassa.

— Je crois que j'ai rêvé d'un pays, vaste comme les cieux, où hommes et bêtes couraient libres vers le soleil. C'était si beau que j'aurais voulu ne pas me réveiller.

Sa mère, dont le visage aux traits fins respirait la bonté et la retenue, secoua la tête en soupirant.

Sarra da Modena était née à Ferrare, une ville où les Juifs avaient coutume de se réfugier quand un vent mauvais se levait. Ferrare, où la cour d'Ercole II d'Este était réputée pour sa libéralité.

Mais quand le jeune Asher, homme probe et de belle tournure, était venu la chercher pour l'épouser, elle l'avait suivi à Venise où elle lui avait donné deux enfants : Rachel et Vitale.

Vitale, étudiant à l'école de médecine de Padoue, était un jeune homme plein de sagesse et de bon sens.

« Pas comme sa sœur », soupirait Sarra, qui voyait dans sa fille la réincarnation de cette Rachel de Troyes, dont, certes, elle était fière, sans pour autant désirer qu'elle lui ressemblât.

Rachel était fiancée depuis un an à Joseph di Isaaco da Padova, fils de rabbin, appelé à devenir une personnalité importante de la communauté par les nombreux liens commerciaux qu'il entretenait avec les Juifs de l'extérieur, principalement ceux de l'Empire ottoman.

Mais cette diablesse ne faisait pas mine de préparer son trousseau, disant qu'elle avait le temps, désirant d'abord entretenir son esprit de ce qu'elle voyait et entendait, comme cette aïeule que l'on avait dit savante au point de parler le latin et l'hébreu, de jouer du luth, en même temps que d'être l'associée de son père dans ses affaires et de s'y fort bien entendre, et qui s'était mariée tardivement avec ce Salomon Ben Oziel, un bon et courageux garçon qu'elle avait, murmurait-on quand on croyait les femmes trop éloignées pour entendre, mené par le bout du nez.

Sarra, lorsqu'elle voyait sa fille au comptoir de la banque d'Asher discuter et même disputer avec les clients, ne pouvait s'empêcher de frissonner, se demandant si son sort n'était pas d'avoir enfanté une fille que le destin rendrait différente des autres.

Elle s'assit à côté de Rachel et demanda à la servante de les servir.

La famille Modena était l'une des plus en vue de la communauté. Asher, le banquier, était un des douze *parnassim*, ou chefs laïques, chargés de négocier avec les autorités les *condotta*, autorisations de séjour accordées par le Sénat aux Juifs, et qui étaient liées à l'obligation de payer à l'oligarchie vénitienne une taxe annuelle de plusieurs milliers de ducats répartie entre chaque individu par les chefs de la communauté.

Cette *condotta*, ou charte, stipulait, outre les divers interdits qui frappaient les Juifs, comme celui de circuler ou de demeurer, d'être propriétaire de sa maison ou de se dispenser du signe de reconnaissance, les taux et modalités de prêts autorisés aux banques juives par le Conseil.

— Vas-tu au comptoir, ma fille, aujourd'hui ? demanda Sarra, connaissant d'avance la réponse.

— Mais que pourrais-je faire d'autre ? s'étonna faussement Rachel.

Sarra ferma les yeux et porta la main à sa poitrine. Cette fille la ferait mourir !

— Que pourrais-tu faire d'autre ? Mais par exemple rendre visite à ta future belle-famille... ou aller à la synagogue faire charité.

Rachel sourit malicieusement. Elle acheva la brioche dorée nattée selon la tradition que le boulanger déposait respectueusement chaque matin à la cuisine, et qui accompagnait généralement quelques rondelles d'un savoureux saucisson d'oie ou de bœuf.

— La Grande Tedesca est une magnifique *shoule*[1], je te l'accorde, mère, mais tant de bonnes volontés s'y pressent qu'il n'y reste plus de place pour les pauvres.

Sarra eut un haut-le-corps.

— Vraiment, tu ne respectes rien !

Rachel se leva en riant et embrassa sa mère.

— Je respecte le Créateur, ma famille, l'honneur, Venise ; j'aime avec grand respect la peinture, la musique et la littérature ; je respecte nos livres sacrées, ainsi que la vie que D' nous a donnée. Y vois-tu encore place pour autre chose ?

Sarra haussa les épaules sans répondre. Heureusement que son mari n'était pas là, il aurait mal dissimulé la fierté que lui inspirait sa fille.

Quand Vitale avait dit vouloir devenir médecin, Asher, qui avait espéré que son fils lui succédât, avait tenté de le dissuader. Mais Vitale était si pénétré du désir de soigner que ses efforts furent vains.

---

1. Synagogue.

Aussi, lorsque Rachel manifesta de l'intérêt pour la finance et bien qu'il fût conscient que la place d'une fille de qualité n'était pas d'être auprès des marchands ou des emprunteurs parfois vulgaires, consentit-il à ce qu'elle l'aidât un temps, assurant à son épouse, fort réticente, qu'il n'était pas mal qu'une femme connaisse ces affaires dans ce monde si précaire.

Le Campo del Ghetto Nuovo, en ce matin d'avril 1575, baignait dans la lumière juvénile d'un soleil libéré des brumes.

Mais qui s'en souciait dans ce tohu-bohu de bêtes et d'hommes enveloppés dans la poussière soulevée, les cris des enfants qui se faufilaient en malmenant les fragiles étals, les femmes disputant au maraîcher son meilleur chou, au boucher la viande qu'elles cuisineraient en osso-buco ou en côtelettes ; les jeunes filles, assises sur les bancs qui entouraient la place, cousant, échangeant les nouvelles, comparant leurs toilettes ; les Juifs religieux, toujours affairés, filant vers la synagogue vêtus de leurs longs manteaux de soie ou de laine. Les Levantins coiffés du turban, les autres du béret jaune ou rouge selon qu'ils appartenaient à la communauté des Ashkénazes, les Juifs d'Europe, ou des Séfarades, venus d'Orient ou d'Espagne.

Qui avait envie de remarquer autre chose que cette affreuse promiscuité dans laquelle on avait obligé à vivre les Juifs de Venise, rejoints au fil des années par leurs coreligionnaires chassés des autres terres chrétiennes, qui avaient pensé se protéger derrière les murailles du ghetto vénitien ?

Rachel descendit les deux étages qui la séparaient du local de leur banque dite *Nera*, en opposition à celles tenues par les Ashkénazes que l'on appelait *Rosso*.

16

Elle vit Daniele, le clerc, en grande discussion avec un gentilhomme fort élégant, les jambes serrées dans des *panni da gamba*, de plusieurs tranches de couleurs, le chef couvert d'une toque écarlate, signe de son appartenance au corps des conseillers ducaux.

Quand Daniele la salua, le gentilhomme se retourna, hésita, se découvrit, et la salua à son tour.

— Signorina...

— Monsieur le conseiller...

— Permettez-moi, monsieur le conseiller, intervint le clerc, de vous présenter Rachel da Modena, la fille de mon maître Asher, qui s'occupe comme nous de régler les différents points d'intérêt entre nos clients et notre maison.

Le gentilhomme leva un sourcil surpris et, dans un geste machinal, passa l'index sur la pointe de sa moustache claire.

— Cette charmante signorina pour s'occuper de ces problèmes ardus qui ennuient déjà si fort les hommes, est-ce un goût ou une obligation ?

— Sachez, monseigneur, répliqua Rachel en esquissant une courte révérence, qu'il n'y a que D' et mon père qui pourraient me contraindre, mais que ni l'un ni l'autre n'ont sur ce point usé de leur pouvoir. Non, les affaires de ce monde ne me sont point étrangères, et je m'en réjouis.

— Dans ce cas, répliqua le gentilhomme, plaquant sa toque sur sa poitrine dans un geste de courtoisie, votre père, signorina, ne pouvait choisir plus plaisant intermédiaire.

Rachel remercia d'un sourire et gagna son office coincé entre la salle où l'on entreposait les gages des emprunteurs et le bureau d'Asher.

Elle se demanda pourquoi le conseiller ducal Zorzi, qu'elle avait parfaitement reconnu, se dérangeait jusqu'à leur banque alors qu'il lui suffisait de convoquer son père au Palais, ou un autre chef de la communauté, si les Dix ou le Conseil avaient décidé que les Juifs devaient augmenter leurs redevances annuelles pour avoir le droit de rester à Venise, où s'ils devaient donner davantage de ducats aux monts-de-piété créés par les franciscains pour aider les pauvres et ruiner les banques juives.

Car bien que les Juifs de Venise jouissent, comparativement aux autres communautés d'Europe, d'une vie plus paisible, la venue d'un notable dans le ghetto pouvait signifier la naissance de nouveaux tracas.

Chapitre II

Il arriva par la route qui reliait la cité lagunaire à Mestre, contournait les marais salants et se faufilait entre les terres où poussaient le seigle, le mil, l'avoine ou le froment.

De place en place il dépassait les greniers à sel où les Vénitiens entreposaient sous la responsabilité des Communes ou des seigneuries la précieuse denrée qui assurait une grande part de la richesse et du rayonnement commercial de la Sérénissime.

Il était long et maigre, enveloppé d'une robe de bure sombre sans couleur définie, crottée jusqu'à la taille et même au-dessus, et dont le plastron témoignait des nombreux repas pris sur la route ou dans de méchants refuges que ce genre d'homme se plaisait à hanter.

Il s'appelait Bernardino da Mantova, était franciscain et prédicateur.

Il allait à grands pas, s'aidant d'une perche noueuse plus haute que lui, un baluchon jeté sur l'épaule, la tête auréolée d'une crinière couleur fer, les yeux fous, la bouche imprécative.

Il s'arrêta près d'un groupe de paysans occupés à la terre.

— Holà, les *villani*, je suis à combien de la cité des Doges ?

L'un d'eux se redressa.

— À moins d'une lieue, mon père, répondit-il respectueusement.

— Y vivez-vous ?

— Oui, mon père, acquiesça le jeune paysan que portaient des jambes contrefaites.

— Y voyez-vous des Juifs ?

Ils s'entre-regardèrent, hésitants, ne sachant quoi répondre. Des Juifs ? certes, ils en voyaient. Aussi bien que des Arméniens ou des Turcs. Venise était suffisamment riche et belle pour y attirer le monde.

— Oui, mon père, consentirent-ils à contrecœur.

— Et faites-vous commerce avec eux ?

Commerce avec eux ? bien sûr, mais pas seulement. Que voulait dire ce moine ? Prudents, ils se contentèrent de hocher la tête sans plus s'engager.

— Savez-vous que l'ordre des franciscains a créé à l'intention des vilains de votre sorte des maisons de prêt sans intérêt ?

Première nouvelle, pensèrent les paysans.

— Et qu'il n'est pas utile d'enrichir davantage ces chiens enragés et assoiffés de sang chrétien que sont les Juifs !

Ils en convinrent de la tête.

— Je serai dans les jours qui viennent, poursuivit le moine en repartant à grandes enjambées, sur la piazza San Marco à dénoncer ces parasites mortels de la société qui dévorent les pauvres chrétiens comme la rouille ronge le fer ! cria-t-il aux paysans qui tentèrent de saisir ses paroles par-dessus le vent.

Ils suivirent un moment des yeux sa silhouette d'épouvantail, et retournèrent à leurs occupations.

Le dottore Alvise Calimi traversa en diagonale la piazza San Marco où il aimait à flâner, longea l'élégante bibliothèque Marciana que Jacopo Sansovino avait achevée une dizaine d'années plus tôt, mais fut contraint de s'arrêter devant la Logetta, au pied du campanile, pressé par des charrettes chargées de bois précieux ou de plaques de marbre de Carrare tirées par des portefaix, bousculé par des ouvriers qui ployaient sous les rouleaux d'étoffes de laine ou de soie venues de Chine ou des possessions extérieures de la Sérénissime, teintes et filées sur place dans ces tons verts et rouges si à la mode chez les peintres.

Il observa avec curiosité une demi-douzaine de solides gaillards qui hissaient à l'aide de palans, et en s'encourageant bruyamment, des plaques de cuir rehaussé d'or destinées selon toute probabilité à recouvrir les murs du palais des Doges ou quelque autre luxueuse demeure qui bordait la piazza.

Cette activité incessante entretenait l'idée que les Vénitiens se faisaient de leur ville qu'ils considéraient comme la plus belle de la chrétienté, tant il était vrai que la cité lacustre en cette fin du xvi[e] siècle semblait saisie d'une débauche de luxe qui incitait les particuliers fortunés, à l'instar des pompes de l'État, à embellir leurs demeures, lesquelles, comme venait de l'écrire un chroniqueur local, « *impressionn[ai]ent merveilleusement les yeux de qui les regard[ait] du dehors, mais, vues à l'intérieur, produis[ai]ent encore plus d'étonnement et d'admiration, car ornées de façon si belle et si précieuse qu'à vouloir le raconter on [aurait pu] sembler mentir* ».

Ils appréciaient que les riches et les nobles embellissent leur cité et s'arrachent les tapissiers, verriers, peintres, maçons, sculpteurs, et n'hésitaient pas à faire décorer leurs palais par les artistes les plus fameux, tels Titien, Carpaccio ou Véronèse.

Calimi aimait lui aussi cette fièvre qui embrasait la Sérénissime et la faisait se doter d'édifices de plus en plus somptueux où se donnaient des fêtes extravagantes dont le point d'orgue, de l'avis de tous, avait été celle organisée l'année précédente pour la venue du roi de France, Henri III. Fantasmagorie ininterrompue de couleurs, de lumières et de sons comme Venise n'en avait jamais connu auparavant. Folie qui avait coûté vingt-cinq mille ducats d'or au Trésor public, sans compter les dépenses soutenues par les Vénitiens.

Amusé, il se remit en route, zigzaguant adroitement entre les groupes, et gagna les arcades de l'autre côté de la place pour revenir chez lui près de la Saliz San Moïse.

Son œil fut attiré par un attroupement houleux et les vociférations d'un homme juché sur une caisse.

Il s'approcha, et reconnut dans l'homme vitupérant un de ces prédicateurs itinérants qui consacrent leur vie et leur savoir à l'édification de leurs contemporains.

Celui-ci était franciscain. Sa robe souillée, le maigre baluchon posé à ses côtés, les méchantes sandales qui chaussaient ses pieds sales et abîmés par trop de lieues, attestaient qu'il ne voyageait pas pour s'enrichir.

— Les Juifs de cette ville et de ce diocèse comme des chiens affamés ouvrent leurs gueules faméliques et insatiables, non seulement pour dévorer les biens des pauvres, mais surtout pour boire leur sang en le suçant dans leurs veines ! hurlait-il.

Calimi leva un sourcil étonné. Que voulait dire ce moine et de quoi avait-il été témoin ? Depuis la découverte de l'enfant mutilé dans le quartier San Girolamo, Calimi se posait des questions.

Il s'était toujours méfié des Juifs et de leurs étranges coutumes. Il les avait côtoyés à l'université de Padoue, s'étant même plus ou moins rapproché de l'un d'eux par l'étude, mais s'en détournant aussi vite, craignant la contagion de leur foi que l'on disait diabolique. Et de fait ce condisciple n'avait-il pas eu l'intention d'ouvrir un cadavre pour mieux comprendre le chemin des flux humains et la disposition des organes ? Ce que Calimi avait violemment refusé, horrifié du sacrilège. L'étudiant, un Juif d'Allemagne, s'était récrié que, depuis 1543, un médecin, Andreas Vesalius, avait ouvert la voie de la connaissance avec son ouvrage intitulé *De humani corporis,* précisément en disséquant des morts, et qu'il encourageait les étudiants à le faire.

Calimi se rapprocha pour mieux écouter le prédicateur qui à présent brandissait une pierre d'argile blanche qu'il appelait « pierre de Saint-Paul ».

— Voyez, mes frères, voyez cette pierre extraite de la grotte de Saint-Paul, dans l'île de Malte, elle est réputée avoir des vertus contre les serpents et contre la rage. Réduisez-la en poudre, mélangez-la à un peu d'eau ou de vin, et elle vous préservera aussi des champignons vénéneux.

Calimi se recula. L'homme n'était qu'un vilain apothicaire désireux de vendre sa pratique. Mais il reprenait :

— Elle vous protégera des sortilèges, des envoûtements et de la sorcellerie. Elle agit même sur les animaux à l'exception des chiens, des porcs et des Juifs !

L'assistance s'esclaffa mais le franciscain, d'une main autoritaire, calma les rires.

— Ne vous moquez point, c'est le maître Giovan Pietro da Camerino, un grand et pieux savant, qui le dit ! (Il promena son regard courroucé sur le public.) Ladite grâce peut aider toute personne baptisée qui aurait été mordue par une bête venimeuse en lui donnant à boire un peu de ladite poudre, continua-t-il en fixant tour à tour les spectateurs des premiers rangs qui se détournaient, gênés, et cherchaient contenance près de leurs voisins. Je ne la vends pas, je vous l'offre ! tonna-t-il.

Les rangs se débandèrent légèrement. Le moine tendait le sachet qui contenait la pierre sans que personne ose s'en saisir.

Rageur, il la rangea dans son sac pendant que les spectateurs s'égayaient, soulagés sans doute d'être délivrés.

Le dottore Alvise Calimi s'approcha du moine.

— Bonjour, mon père, et bienvenue.

Le prédicateur jeta un bref coup d'œil à cet homme trop bien vêtu, à l'expression qu'il jugea sceptique et moqueuse, et il sauta de la caisse où il s'était juché.

— Je suis le dottore Alvise Calimi, poursuivit le précieux, et je suis intéressé par les vertus de votre pierre.

Le moine le toisa et Calimi cligna sous le feu de son regard.

— Ces gens sont des imbéciles, cracha le prêtre en embrassant du bras la piazza, ils ne croient en rien.

— J'habite près d'ici, reprit Calimi, me feriez-vous l'honneur de venir vous restaurer à ma table ?

Le moine tapa sa sandale pour en ôter le sable qui s'y était infiltré et ramassa ses affaires.

Calimi remarqua son visage crispé comme certains coings qui se ratatinent autour de leur noyau. Ses yeux noirs et rapprochés lui évoquèrent deux arquebuses.

Cet homme, estima-t-il, ne devait jamais connaître le repos de l'âme.

— Si vous voulez, répondit abruptement le moine qui avait faim.

Ils arrivèrent sans plus se parler à la demeure du médecin qui surplombait le rio di Ostreghe, où, près du pont en bois qui l'enjambait, étaient amarrées quelques gondoles.

— Débarrassez-vous, mon père, invita Calimi.

Le moine lança son baluchon dans un coin et alla se poster près de la fenêtre. Son expression, remarqua le médecin, ne s'était pas apaisée, et celui-ci pensa que son invité devait charrier un pénible fardeau.

Il lui apporta une aiguière d'eau.

— Voulez-vous rincer vos mains ?

Le moine s'humecta les doigts et les paumes, puis, avant même que Calimi n'ait le temps de lui tendre un linge, les essuya sur sa soutane.

Ils prirent place autour d'un guéridon recouvert d'un tapis de brocart rouge et or pendant que la servante apportait un plat d'argent dans lequel étaient disposés deux pigeons.

Le moine s'empara de l'un et commença de le déchiqueter. Alvise Calimi l'observait, choqué d'un tel manque de raffinement. Il lui proposa du vin, que le moine refusa.

— Alors, mon père, je peux savoir quel est votre nom et d'où vous venez ?

— Bernardino da Mantova, répondit l'ecclésiastique en essuyant de nouveau ses mains grasses sur sa soutane.

— Pardonnez-moi, s'empressa Alvise, ma domestique a oublié les serviettes.

— Je n'en ai pas l'usage, répondit le franciscain d'un ton bourru. Dieu m'a donné cette robe et je m'en contente pour tout.

Le médecin eut un bref sourire, se leva et s'appuya contre un cabinet de bois précieux rehaussé de clous dorés. Il considéra pensivement son invité, qui, rassasié, avait repris son masque furieux.

— Que disiez-vous au sujet de cette pierre et comment vous est-elle parvenue ?

— La recette en est connue depuis presque un siècle. Elle a été décrite dans l'ouvrage intitulé *Recette de la grâce ou pierre de Saint-Paul* par Giovan Pietro da Camerino. Elle a fait ses preuves !

— Je suis médecin et suis intéressé par tout ce qui peut soulager l'humaine souffrance. Est-elle vraiment sans effet sur les Juifs ?

Le moine releva brusquement la tête.

— Comment ces loups rapaces, ces chiens enragés, compères du diable et remplis d'ordures immondes, assoiffés du sang des chrétiens qu'ils pourchassent en bandes à la recherche de leur cruel breuvage, pourraient-ils être soignés par une médication tirée de la grotte sacrée de Saint-Paul ? cracha-t-il.

Calimi se rapprocha.

— Pensez-vous que les Juifs continuent leur sorcellerie et se servent du sang de nos enfants pour fabriquer le pain de leur Pâque ?

Le prêtre se leva et se mit à marcher, poings serrés, à travers la pièce.

— Le Vicentin Pietro Bruti affirme que le meurtre rituel et l'épanchement du sang chrétien constituent la traduction à la fois concrète et symbolique de ce que les Juifs font tous les jours, en épuisant les forces des chrétiens par le biais de l'usure !

— Qui est ce Pietro Bruti ?

— L'auteur de *Victoria adversus Judaos*, qui est pour nous autres franciscains le livre de bataille contre ces usuriers blasphémateurs de Dieu.

Calimi s'approcha de la fenêtre et regarda pensivement une gondole fermée passer sous le petit pont qui s'embossait sur la rive.

— N'avez-vous pas... n'avez-vous pas créé les monts-de-piété pour faire justement pièce à leurs banques ?

— Si. Le premier de ces établissements de bien a été fondé à Pérouse il y a plus d'un siècle, à présent. Pourquoi ?

— Je me disais... pardonnez-moi cette pensée mais je suis, en même temps qu'homme de science, citoyen inscrit dans ce siècle, et je me demandais si la colère que vous ressentez contre ces hérétiques... ne viendrait pas... oh, je m'égare, sûrement.

— Dites toujours.

— Eh bien, de cette concurrence entre vos établissements de prêt, puisqu'il semblerait, d'après ce qui s'en dit, que les Juifs seraient aujourd'hui forcés de les renflouer pour vous permettre de continuer de prêter aux pauvres à bas prix.

Calimi, surpris du silence du moine, se tourna vers lui.

— Qui êtes-vous, monsieur ? demanda da Mantova d'une voix glaciale.

— Je vous l'ai dit, mon père, je suis médecin. Mais... j'ai besoin de vos lumières.

— Pour éclairer quoi, monsieur ?

Calimi, sans répondre, se saisit d'une carafe de cristal et emplit son verre d'un vin de San Gimignano, sombre et fruité, qu'il but avec bonheur.

— Si je vous montrais un cadavre d'enfant découvert récemment près du ghetto, sauriez-vous me dire si le sang de ce malheureux a servi à ces horribles pratiques ?

Le moine planta son regard brûlant dans celui du médecin, et martela :

— J'ai étudié les grimoires de Martino Tomitano de Feltre qui au siècle dernier se chargea des procès contre les Juifs accusés de meurtres rituels, et je peux vous dire que rien de ces crimes abominables ne m'est étranger.

— Par conséquent... commença le médecin... Où resterez-vous à Venise, mon père ?

— Chez un de mes soutiens, Antoine de Crémone. Mais vous me trouverez un peu partout en train de prêcher.

— Je vous remercie, s'inclina le médecin, nous nous reverrons sans doute.

Chapitre III

Joseph di Isaaco da Padova refermait les volets de son échoppe du Rialto, quand il aperçut, arrivant par la riva del Vin, Rachel da Modena.

Il ne pouvait confondre sa silhouette vive avec celle des autres femmes de patricien qui se déplaçaient lentement, attentives à saluer les importants, à se faire admirer par ceux qu'elles voulaient séduire dans cette société emportée dans une frénésie de plaisirs et de luxe.

La boutique de Joseph comptait parmi les mieux achalandées et les plus anciennes du Rialto. Sa création remontait à 1515, quand le Sénat, à court d'argent, avait autorisé pour cinq mille ducats l'ouverture par les Juifs de neuf boutiques de vêtements usagés.

Depuis, l'échoppe était restée dans la famille, reprise par l'un ou l'autre, mais Joseph avait su en faire un lieu de rendez-vous des élégantes de la cité.

C'était un arrière-grand-oncle de Joseph, Gentile da Corneto, qui le premier avait détourné le décret obligeant les Juifs à ne vendre dans leurs boutiques que des vêtements usagés, en confectionnant astucieusement des habits qui souffraient d'une légère défectuosité que les Vénitiens recherchaient pour leur bas prix.

La jeune femme le salua de loin en agitant la main, ce qui fit se retourner deux gentilshommes, qui, par jeu, saluèrent aussi Joseph.

— Rachel, s'exclama-t-il quand elle l'eut rejoint, que fais-tu si tard hors de chez toi ?

— J'ai voulu te saluer, Joseph da Padova, de quoi te plains-tu ?

— Je me plains qu'à cette heure les rues ne sont pas l'endroit idéal pour les jeunes filles. Je me plains qu'encore une fois tu sortes seule...

— Et moi je me plains, Joseph da Padova, que tu ne reçoives pas ta promise avec l'enthousiasme qu'elle pourrait attendre d'un fiancé.

Joseph soupira, vaincu d'avance par la rhétorique sans faille de Rachel, rhétorique, il s'en persuadait, alimentée par une parfaite mauvaise foi.

Parfois, il se disait que lorsque, enfin, cette rebelle serait sienne, il devrait envisager une vie conjugale, qui, pour être riche, n'en serait pas moins tumultueuse. Son père, le rav Moshe di Abramo, bien qu'ami proche d'Asher et séduit par la vivacité d'esprit et le charme ambigu de la jeune femme, l'en avait averti.

« Mon fils, lui avait-il dit, Asher da Modena est venu me trouver pour me proposer d'unir nos deux maisons par ton mariage avec Rachel, sa fille. Voici ce que je lui ai répondu : "Asher, mon ami, vous savez en quelle estime je tiens votre maison qui s'est depuis toujours illustrée pour le bien de notre communauté, et vous savez aussi combien Rachel m'est chère. Mais je crains pour mon Joseph une vie conjugale peu en rapport avec la tranquillité qu'un homme en attend." »

Le rav Moshe était trop respecté dans la communauté des Juifs de la Natione italiani, la plus ancienne du ghetto à laquelle appartenaient les deux familles, pour qu'Asher s'offusque d'un tel langage, et il avait promis au saint homme que Rachel serait pour Joseph la mère idéale de ses enfants et l'épouse accomplie qu'un homme de bien, tel que Joseph, pouvait espérer.

Les deux jeunes gens avaient été mis en présence, et Joseph avait immédiatement été conquis par Rachel, qui, il l'avait pressenti, n'était pas femme à prendre pour époux un homme qui lui aurait été imposé.

S'il avait été quelque peu décontenancé par sa liberté d'esprit et la curiosité qu'elle manifestait en toute chose, il s'était rassuré en pensant qu'il aurait près de lui non seulement une épouse aimante et une mère dévouée pour ses fils, mais encore une compagne qui saurait l'aider dans ses affaires et sur qui il pourrait compter.

— D'où viens-tu ? s'enquit-il en l'entraînant à travers la foule, toujours dense à cet endroit.

Ils s'accoudèrent sur la partie ouverte du pont qui s'écartait pour le passage des galères à haute mâture, et laissèrent leurs regards se porter sur le Canalazzo et les somptueux palais qui le bordaient.

— On prétend que l'on va cette fois reconstruire le Rialto en dur, enchaîna Joseph, tant mieux. Tous les matins je prie Dieu pour que cet assemblage de bois ne brûle pas comme il l'a déjà fait. Revoir ma boutique et tout ce qu'elle contient partir en fumée, oh non, je n'y survivrais pas !

Rachel se mit à rire et appuya sa tête sur l'épaule de son amoureux.

— Je ne pourrais pas vivre ailleurs qu'ici, murmura-t-elle. Cette ville est magique.

— Que Dieu t'entende, répliqua Joseph. La décision d'être ici ou là ne nous appartient pas souvent.

— Sais-tu que ma famille n'a pas quitté Venise depuis plus de deux siècles ? regimba la jeune femme.

— Tu oublies sans doute toutes les années passées à errer dans les alentours, en attendant que l'on nous autorise à y revenir, riposta Joseph.

— Ma mère vient de Ferrare et, bien que la vie de son temps y ait été douce pour les Juifs, elle dit qu'il n'existe pas plus bel endroit au monde que Venise !

— Je croyais que tu détestais le ghetto, railla le garçon.

— Comme un prisonnier déteste la geôle qui le retient ! Mais j'admets que l'on y est en relative sûreté.

— Comme l'oiseau dans sa cage ?

Rachel soupira.

— Si je devais rester dans ses limites, comme le font tant de mes amies qui craignent de mettre le nez dehors ou que l'on empêche de le faire, je mourrais d'étouffement.

— Crois-tu que quand je serai ton époux tu pourras ainsi aller et venir à ta guise ? Du reste, tu ne m'as toujours pas dit d'où tu revenais !

Elle se tourna vers Joseph, qui crut se noyer dans la profondeur de son regard d'eau grise où se reflétaient les lanternes des gondoles glissant sur le Canal, d'où, à l'abri des rideaux tirés, s'échappaient parfois des rires de femmes.

On racontait qu'à Venise les gondoles doublaient le nombre de lieux de plaisirs de la cité qui pourtant en était abondamment pourvue.

— Que veux-tu dire ? demanda-t-elle d'un ton âpre.

— Que la place d'une épouse n'est pas de courir les rues mais de tenir sa maison.

— Je tiendrai ta maison, mais voudrais-tu pour cela que je sois malheureuse ?

— Une femme est-elle malheureuse à s'occuper de sa famille ?

— Une femme est malheureuse si elle ne fait pas ce pour quoi elle est faite.

— Et pour quoi donc es-tu faite ?

Rachel fronça les sourcils.

— Joseph, tu sais combien j'aime la peinture, la musique, lire les poètes et regarder autour de moi. Chaque instant mon cœur s'émerveille des beautés qui nous entourent. Mon esprit est une éponge qui pour exister a besoin de se gorger de ces richesses. Mais j'aime aussi travailler avec mon père à la réputation de notre maison.

— Tu n'as tout de même pas l'intention de continuer de travailler avec Asher quand nous serons mariés ! s'effara son fiancé.

— Non, non, l'apaisa Rachel, c'est ta maison qui deviendra mienne à ce moment.

Joseph se tourna vers le Canal. Il y avait longtemps qu'il aurait dû avoir cette conversation. Il passa pensivement la main sur sa courte barbe taillée, d'un noir profond, qui lui donnait l'allure d'un Espagnol en soulignant l'éclat de ses yeux sombres et son teint mat.

Avant que leurs familles ne se mettent d'accord sur leur union, il avait été un des jeunes gens les plus convoités de leur communauté. Par les pères pour son avenir, par les filles pour son élégante tournure.

— Rachel, ma Rachel, commença-t-il, tu sais combien tu m'es chère et combien j'aspire à ce que tu deviennes ma femme. Ce qui serait fait depuis longtemps si ça ne tenait qu'à moi, continua-t-il sur un ton railleur. Mais parfois ta façon de penser me fait peur.

— En quoi ? s'étonna la jeune femme.

— Eh bien, ce goût pour les arts qui te porte par exemple à fréquenter ces ateliers de peintres où se rencontrent des hommes et des femmes qui ne partagent ni notre foi ni notre façon de vivre ! Je sais que mon père en a parlé au tien pour s'en alarmer.

— Mon père m'en a fait part, répondit Rachel d'une voix morne.

— Et alors, as-tu abandonné ces idées folles ?

Elle secoua la tête, faisant voler ses boucles que ne retenait ni coiffure ni dentelle.

— Le Titien est un vieil homme au bout de sa vie, mais c'est un génie et son amitié m'est précieuse.

— Il n'y a pas que des vieillards près de lui, rétorqua Joseph, et je ne comprends pas comment tu peux te plaire parmi ces libertins. C'est contraire à la bienséance !

— Joseph ! tu ne peux croire que je n'y sois pas respectée ! Si c'était le cas je n'y retournerais pas. Les gens qui vivent autour du maître sont des artistes tout à sa dévotion.

— Tu parles de dévotion pour un mortel ? Es-tu assez folle pour blasphémer sans même t'en rendre compte ?

— Joseph, mon Joseph, qu'est-ce que cette querelle ? Elle le regarda, étonnée. Elle avait cru que l'homme qu'on lui avait destiné et qu'elle s'était prise à aimer était d'esprit plus ouvert.

Bien sûr, elle était peut-être la seule femme de la communauté à fréquenter un atelier de peintre chez les Gentils. Elle savait qu'on en avait discuté à la Scuola Italiana après l'office du vendredi. Asher y avait été pris à partie par les plus traditionalistes, et il avait fallu la solidité de sa position et le respect qu'on lui portait pour qu'on l'autorise à disculper sa fille.

Par chance pour Rachel, les Juifs italiens se considéraient comme les chefs de la communauté, bien qu'ils aient dû en rabattre face à d'autres groupes plus riches ou plus nombreux. Premiers occupants du ghetto avec les « Allemands » avec lesquels on les confondait, ils avaient tendance à vouloir donner « le ton ».

Judah Arye Modena, oncle d'Asher, et rabbin, avait même publié une *responsa* où il prenait la défense de ses compatriotes accusés par les autres groupes de ne se couvrir la tête qu'au moment des prières.

Asher avait rapporté aux siens comment Judah avait sermonné ses coreligionnaires.

« Beaucoup dans cette communauté, et la plupart des Juifs italiens, suivent la coutume de ne pas se couvrir la tête et il m'appartient de leur dire que cela est tout à fait permis. Je voudrais soulever d'autres points sur lesquels les Italiens sont attaqués et dont les savants docteurs qui sont parmi nous devraient reconnaître le caractère autorisé, ou tout au moins en expliquer les raisons sans laisser Levantins et Ashkénazes affirmer que nous sommes des hérétiques et eux des Juifs pieux. Dieu nous a parlé à nous aussi, et nous, comme nos enfants, reconnaissons et chérissons sa Loi écrite et orale jusqu'à la fin des temps. »

— Tu ne m'as toujours pas dit où tu étais, reprit Joseph plus doucement.

— Précisément, à l'atelier de Titien.

Joseph regarda venir vers eux deux jeunes femmes richement vêtues, juchées sur des *zoccoli*, les sabots à la dernière mode, véritables échasses que portaient aussi bien les dames de la bonne société que les courtisanes. Elles les dépassèrent dans le frou-frou soyeux de leurs manteaux, et leurs rires perlés firent frissonner le jeune homme.

Que se passait-il dans la cité des Doges ? Quel était ce vent de folie qui la secouait ? Tant que le libertinage ne touchait que le monde riche et chrétien, le mal restait à l'extérieur, mais si les filles du ghetto venaient à ressembler à ces créatures qui ravivaient de rouge, disait-on, les pointes de leurs seins, et que la première à tournoyer dans ce vent fou fût sa future femme...

Joseph soupira, et posa la main sur le bras de Rachel, qui, visage fermé, regardait droit devant elle.

Rachel pressa le pas. Elle avait quitté trop tard l'atelier de Biri Grande, le Cadorin allait aujourd'hui très mal.

Son tort avait été de s'attarder en compagnie des *garzoni* et des habituels amateurs d'art pour attendre la sentence des médecins appelés en consultation.

Depuis plusieurs jours, l'atelier vivait au ralenti. Les commandes restaient inachevées parce que le maître ne pouvait plus y apposer sa touche ou sa signature.

Bien sûr, chacun savait que la plupart des œuvres étaient réalisées par les assistants, des *lavantores* payés à la journée, au mois ou à l'année, mais il ne serait venu à l'idée de personne de livrer une toile, même achevée, sans que le maître l'autorise.

Et puis, aujourd'hui, plusieurs faits excitants s'étaient produits. D'abord, la lecture à haute voix, par Paolo Pino, le plus ancien des assistants, d'une lettre de l'Arétin, l'ami cher de Titien mort deux décennies plus tôt, retrouvée dans son bureau. Elle relatait la conversation et les conseils donnés par une courtisane en renom, Ninna, à une de ses « filles » nommée Pippa, pour soumettre les hommes par toutes sortes de pratiques caressantes, d'audaces verbales et aussi d'exigences, puisque, disait Ninna, ils adorent se donner l'air important et nous faire accroire qu'ils nous aiment.

La truculence et la verdeur des termes avaient fait rougir Rachel jusqu'à la racine des cheveux, ce qui avait ravi Sofia Gritti, descendante du fameux doge, présente cet après-midi-là.

— Quelle charmante confusion, madame, avait-elle plaisamment déclaré à Rachel. Une aussi gracieuse jeune femme ne serait-elle pas au fait des plaisirs que procurent nos courtisanes aux hommes de la cité ?

— Il est des choses, madame, avait promptement répondu Rachel, qu'il ne sied pas à une dame de connaître, ou même d'entendre, sous peine de se croire sotte de les ignorer.

La réflexion avait réjoui la patricienne qui avait appelé ses amis pour leur en faire part. Un gentilhomme, bien mis et de jolie figure, s'était alors interposé pour défendre la vertu de Rachel.

— Sofia Gritti, croyez-vous que vos moqueries soient bien chrétiennes ? Il reste, Dieu merci, dans notre cité, des cœurs purs qui s'offusquent à bon droit du cynisme, volontiers obscène, de ce paillard d'Arétin.

Dans la vivacité de la conversation, Rachel, tout à la joute, avait imprudemment soulevé un pan de son manteau, révélant la rouelle jaune, indice de sa judéité. Les parleurs, stupéfaits, s'étaient tus, considérant avec défiance la marque infamante.

— Elle est juive ! s'était exclamé un des causeurs en s'animant.

Le silence et la gêne s'étaient installés le temps que Sofia Gritti s'avance vers Rachel, lui prenne la main et, la faisant tourner devant elle, s'exclame :

— Pour moi, juive ou turque, ou même espagnole, une femme d'esprit comme notre amie est gage de qualité, et je ne saurais voir en elle que la beauté et le charme qu'elle dégage. De plus, mes amis, avait-elle ajouté d'un ton sec, le courage n'a ni religion ni patrie, et cette jeune femme, par sa seule présence parmi nous, démontre qu'elle en est abondamment pourvue. Aussi pour moi, avait-elle conclu en passant son bras autour des épaules de Rachel, si elle le veut, elle sera mon amie.

Les flacons de vin, sortis pour saluer cette charmante envolée, accompagnaient des plats de venaison que les convives s'étaient joyeusement partagés avec les apprentis ou les jeunes « maîtres », tandis qu'à l'étage Titien, entouré de ses fils, respirait des vapeurs destinées à apaiser sa poitrine engorgée.

Bien sûr, Rachel n'avait pu, en dehors des sucreries, goûter à rien, mais déjà sa tête s'enfiévrait des interdits qu'elle transgressait.

Sofia Gritti l'avait prise sous sa protection et avait obligé, par jeu, ses amis à lui faire allégeance. Ce qu'ils avaient joyeusement accepté lui offrant, l'un une fleur, l'autre un livre, le dernier, une babiole. Rachel, étourdie par tant de gaieté, heureuse de cette compagnie qui ne se choquait de rien mais au contraire privilégiait le bonheur, n'osait prendre congé, demandait l'heure qu'on lui donnait retardée sans qu'elle s'en aperçoive, jusqu'au moment où, reprenant ses esprits, elle avait entendu la cloche d'une église proche sonner la demie de dix heures.

Horrifiée, elle s'était enfuie sans même se retourner, échappant aux rires et aux caresses de sa nouvelle amie, lui promettant de revenir, craignant en même temps de ne pouvoir tenir sa promesse.

Rachel, tout en courant le long des rues, ne pouvait s'empêcher de frissonner au souvenir de cette journée particulière. Si son père ou sa mère, ou même Joseph, apprenaient ce qui s'était passé, nul doute qu'elle ne pourrait plus sortir du quartier réservé.

Ses escapades, hors du ghetto, sous prétexte de faire des courses pour la maison d'Asher, étaient de plus en plus critiquées par les proches, d'autant qu'elle déclinait les propositions d'accompagnement de l'une ou l'autre de ses amies.

Son frère, Vitale, qui étudiait à la faculté de médecine de Padoue et n'avait pas obligation grâce à son statut d'étudiant de vivre à l'intérieur des murs, lui avait répliqué alors qu'elle disait lui envier cette liberté :

« De quoi as-tu à te plaindre ? Le trajet planifié de la femme juive va de la maison paternelle à celle de son époux. Elle doit être passive et soumise dans ces différentes phases qui la mènent des fiançailles au mariage. Ton bonheur est d'être prise en charge par ton père, ou à défaut par moi, et ensuite par ton mari. Nulle ne peut s'y soustraire, juive comme chrétienne, et c'est ce qui doit être. »

Elle n'avait rien répliqué car Vitale était un homme juste et bon.

Elle tournait calle Verdi Franceschi et se retrouvait face au rio Priuli, quand son cœur fit un bond.

Dans son affolement elle s'était trompée de direction. Sa course, au lieu de la rapprocher, l'avait éloignée du ghetto. Elle devait revenir sur ses pas, reprendre la strada Nova, et passer devant les palais du Ca'd'Oro, de Fontana et Sagredo. Et ces palais, habités par certains des plus riches patriciens de Venise, étaient les lieux de toutes les débauches. On disait que dans les ruelles qui les bordaient il n'y avait pas de nuit que l'on ne retrouvât de corps d'amants enlacés surpris par le sommeil, ou, pire, assommés et dépouillés par des malandrins. On affirmait que sous leurs hauts plafonds peints par Carpaccio ou Tintoret, derrière leurs façades redessinées par le génial Palladio, se déroulaient des bacchanales dignes de celles de la Rome antique. Bien sûr, rien de tout cela n'était évoqué au ghetto, mais Rachel le savait.

La nuit tombait et son cœur se serra davantage. Déjà ses parents devaient l'attendre, pétrifiés d'inquiétude, se demandant si leur fille chérie n'avait pas été victime de quelque agression antijuive et si elle serait revenue avant que le ghetto ne se referme.

Les rues se vidaient. D'une église proche sonnèrent onze coups qu'elle compta avec épouvante. Ses pas résonnaient trop fort sur les pavés et elle craignit qu'ils n'éveillent l'attention de coupe-jarrets.

Mais si ses pieds volaient, sa poitrine suffoquait sous la fatigue. Sa course affolée la conduisait dans un dédale qui la perdait. Les rues, étroites, sombres, bordées d'échoppes aveugles, débouchaient sur des campos qu'elle ne connaissait pas.

Son esprit affolé déroulait le long chemin qui lui restait à parcourir jusque chez elle ; comptait les ponts, énumérait les quartiers. San Felice, rio Terra Maddalena, calle d'Ancoreta, calle Farnèse, pour enfin franchir le rio du Ghetto Nuovo avant que se mettent en place les chaînes de l'isolement.

Elle passa sans se détourner devant le Ca'd'Oro qui ce soir était calme.

Sur le quai du Grand Canal se balançaient des gondoles couleur de nuit, dorées à la proue, parées de velours et de soie pour quelques fêtes, et prêtes à partir.

À bord de l'une d'elles, un grand Noir, somptueusement habillé dans les couleurs de son maître, butin de guerre acheté aux comptoirs de Livourne ou de Malte et dont les riches patriciens et les florissants marchands vénitiens raffolaient, l'invita à le rejoindre dans le *felze*, la petite cabine garante d'intimité.

Elle s'engouffra dans une ruelle tortueuse et sombre qui servait de raccourci mais qu'elle évitait généralement parce que fréquentée par les bandes du Dorsoduro qui s'opposaient souvent à celles du Cannaregio pour la conquête d'un pont, d'un territoire. Rixes à coups de poing et de canne fort sanglantes s'y déroulaient fréquemment.

Elle n'y avait pas parcouru vingt mètres, qu'un homme, puis deux, sortirent de l'ombre et se dressèrent devant elle.

Le premier l'empoigna par le bras, se colla contre elle, et Rachel grimaça devant son haleine avinée.

— Holà, la belle, où cours-tu à cette heure ? Montre donc à ton ami ce que tu caches de beauté sous ta cape !

— Laissez-moi ! cria-t-elle, cherchant à se dégager.

Mais il la tenait solidement, aidé par son acolyte qui lui avait saisi les cheveux et lui tirait la tête en arrière en levant haut sa torche.

— Vois comme elle est gracieuse ! s'exclama-t-il, riant fort de sa bouche édentée.

— Tu l'as dit ! confirma son complice, tentant de lui arracher son manteau et découvrant la rouelle. Oh, mais vois donc ce qu'elle porte !

— Par le Seigneur tout-puissant ! Voilà-t-y pas qu'on est tombé sur une du Cannaregio !

— Et pas seulement du Cannaregio, mais du ghetto !

Rachel savait ce qu'ils voulaient dire. Le viol d'une chrétienne était puni de prison et parfois de mort si la femme était de bonne lignée, mais pour une Juive les tribunaux se montraient fort cléments.

— Laissez-moi partir ! Si vous voulez de l'argent, prenez ma besace, mais je vous en prie, ne me touchez pas !

— Tiens donc, ma jolie ! Va donc voir si l'on vient ! ordonna l'édenté à son compagnon. (Puis se rapprochant de Rachel à lui souffler dans la bouche, ricana :) On aura ta besace et aussi ton petit trésor à toi.

Le second s'était avancé jusqu'au bout de la rue, craignant les rondes du guet, successeurs de ceux qu'on appelait naguère les Seigneurs de la Nuit et qui sillonnaient la cité pour y faire régner l'ordre.

Rachel tremblait de peur et de dégoût, pressée par son agresseur qui cherchait sa bouche. Son cerveau et son corps engourdis de frayeur lui refusaient tout secours.

L'homme la poussa brutalement contre un mur, sa main fouilla sous le manteau, cherchant à relever sa robe en même temps qu'il tentait d'ouvrir ses braies.

Horrifiée, Rachel aperçut, par-dessus son épaule, l'autre tire-gousset qui scrutait la calle di Ancoretta qu'elle avait imprudemment quittée, et qui revenait vers eux en secouant les mains pour indiquer que tout allait bien et que lui et son compagnon auraient du temps pour leur petite affaire.

Mais quand elle sentit sur sa joue la peau mal rasée de l'homme et sa langue qui voulait la forcer, son esprit se réveilla. Sa chair se révolta au contact de ces doigts qui cherchaient à violer son intimité, et elle se cabra sous le poids qui l'écrasait.

Sans qu'elle comprît par quels détours, sa mémoire lui renvoya le souvenir de son héroïque aïeule, Rachel Mayerson, et elle sut que son ancêtre aurait lutté dans semblable circonstance jusqu'à son dernier souffle.

Dans un enchaînement de gestes qu'elle ignorait connaître, elle planta ses doigts dans les yeux du violeur qui recula en poussant un rugissement de douleur, puis, maintenant la pression, le frappa d'un violent coup de pied qui l'atteignit au milieu du corps et le fit plier.

Le second revenait en prenant son temps, pour laisser tout loisir sans doute à son compagnon d'en profiter pour mieux se servir après.

Durant cette lutte acharnée, Rachel ne le quitta pas des yeux, et l'homme s'arrêta, effaré de voir cette fille, cette bourgeoise, frapper si fort son ami, s'enfuir et disparaître au coin de la ruelle.

— Comment es-tu entrée ? demanda Sarra, les yeux brouillés de larmes.

Rachel n'osait relever la tête vers sa mère, qui, debout devant elle, tordait ses mains d'angoisse.

Asher, le visage bouleversé, et Vitale, le regard sévère, la dévisageaient en silence.

— Les gardes s'embarquaient pour leur première ronde sur le Rio, ils étaient en retard parce qu'ils plaisantaient... avec une jeune fille...

— Et alors ? demanda Vitale.

— Ils... n'avaient pas encore accroché les chaînes à l'entrée du pont... je me suis faufilée...

— Mon Dieu, soupira Sarra.

— Les gardes à l'intérieur attendaient que les chaînes soient mises pour fermer les portes, continua Rachel. Moi... moi j'étais cachée sous la voûte. Il faisait très sombre, ils ne m'ont pas vue.

— Mais comment as-tu franchi les portes ? insista Vitale.

— Je leur ai donné de l'argent, lâcha sa sœur.

Asher s'approcha de la table où le dîner avait refroidi. Il se demandait quelle force l'avait porté pendant ces heures où sa fille n'était pas rentrée.

Dans n'importe quel endroit au monde le retard d'un enfant est source d'inquiétude, mais ici cela pouvait signifier emprisonnement, voire pire. Un Juif surpris sans permis hors du ghetto dans les heures interdites était soit puni d'une lourde amende dans le meilleur des cas, soit conduit à la Prévôté pour y être enfermé. Et si c'était une jeune fille, Dieu sait ce qui pouvait s'y passer.

— Qu'est-ce qui t'a retardée ? demanda-t-il d'une voix sourde.

Rachel releva la tête. Ce qui la poignait n'était pas seulement son atroce aventure, c'était que jamais plus elle ne serait autorisée à sortir seule. Jamais elle ne retrouverait les amis qu'elle s'était faits dehors. Elle vivrait désormais enfermée dans cet espace puant et surpeuplé où les siens étaient cloîtrés. Ses jours se dérouleraient entre le comptoir de son père, sa maison et la synagogue. Elle regarderait de loin la ville se transformer, devenir de plus en plus belle sans pouvoir participer à ses fêtes, visiter ses *scuole* ou s'entretenir avec les *virtuosi* qui lui avaient appris à découvrir la beauté.

— J'ai été attaquée, répondit-elle.

— Ô mon Dieu, souffla sa mère en se griffant les bras. Par qui ? Par qui, ma fille, as-tu été attaquée, et qu'est-ce qu'ils t'ont fait ?

— Des hommes du Dorsoduro, murmura-t-elle.

— Ces bandits ! gronda Vitale. Alors, raconte ! reprit-il d'une voix dure et impatiente.

— Je m'en suis débarrassé et j'ai fui.

— Tu t'en es débarrassé ! Comment ? cria-t-il.

— Je me suis défendue ! C'est interdit aux femmes de se défendre ? riposta furieusement Rachel.

Ils se mesurèrent du regard... et Vitale se détourna.

— Ma fille, dit Asher. Ma fille, c'est moi qui suis coupable. Moi qui par faiblesse n'ai pas cru ce que disaient mes amis. Je t'ai laissé agir à ta guise comme ces chrétiennes impudiques qui vont et viennent au milieu des hommes sans se soucier de ce qu'on pense d'elles. Je suis coupable d'avoir mis notre honneur et ta vie en danger, poursuivit-il en se frappant la poitrine ; je suis coupable d'avoir enfreint les lois de Dieu et de la nature par orgueil.

Il se plaça face au mur pour prier en se balançant, mêlant bientôt ses sanglots à ceux de Sarra qui l'avait rejoint et pris dans ses bras.

Glacée, Rachel se sentait incapable du moindre élan vers eux. Elle était une étrangère parmi les siens. Tout ce que son père trouvait à dire c'est qu'elle les avait blessés parce qu'elle savait qu'au-delà du ghetto une autre vie existait et qu'elle ne comprenait pas pourquoi elle en était exclue.

— Va te coucher, intima Asher sans se retourner.

Elle n'avait pas besoin qu'on le lui ordonnât. Elle serait moins seule dans l'intimité de sa chambre que parmi eux.

Chapitre IV

— Faut-il prévenir l'Inquisition ? demanda le chef de la Contrada.

Calimi hocha la tête.

— Il faudrait être sûr.

— Mais comment l'être ?

— J'ai peut-être quelqu'un qui saurait le dire...

Il avait été une nouvelle fois convoqué par le chef de police pour déterminer si le cadavre de l'enfant trouvé près du Ghetto Nuovo et qu'on avait prénommé Girolamo, parce que sans parent pour le réclamer, avait été victime d'un meurtre rituel.

— Qui ?

Calimi haussa les épaules.

— Un prédicateur, un franciscain instruit par Martino Tomitano de Feltre.

— Qui est ce Tomitano ?

— Un moine spécialiste au siècle dernier de meurtres rituels.

L'officier se leva lourdement de son fauteuil. Il se sentait fatigué et cette histoire l'ennuyait en ce qu'elle allait déclencher des émeutes et autres tracas dont ni lui ni la ville, en perpétuelle délicatesse avec Rome, n'avaient besoin.

Depuis que le pape Martin V avait édicté en 1420 la bulle *In Coena Domini* reprise par Paul III, explicitement adressée à Venise et exigeant obéissance, les relations déjà mauvaises entre la Sérénissime et la papauté, en raison des problèmes politiques et économiques, ne s'étaient pas arrangées. Cette bulle interdisait l'accueil de noyaux non catholiques. Pour Venise, cela aurait signifié le renvoi des Juifs, des Grecs orthodoxes, des étudiants protestants en majorité allemands. Ce à quoi s'était refusée la Sérénissime, peu désireuse de voir s'enfuir une population industrieuse et prospère.

Mais s'il était prouvé que les Juifs étaient coupables du meurtre, Rome exigerait leur châtiment et leur exil.

— Et pourquoi avez-vous pensé au meurtre rituel ? demanda l'homme de police.

— Parce que...

Calimi se frotta la tête dans un geste familier. Pourquoi avait-il pensé à un meurtre rituel ? Certes, le cadavre présentait de nombreuses coupures par où le sang était sorti. Rien que ça était une preuve de la volonté des assassins de s'emparer du fluide vital. Mais l'enfant n'aurait-il pas pu être attaqué par des animaux et jeté dans le Canal ? Non, puisqu'on l'avait retrouvé attaché.

— De nombreux indices militent en faveur de cette thèse, lâcha-t-il enfin. Les incisions, l'endroit où le corps a été trouvé, la proximité des fêtes de la Pâque juive...

— Hum... (le chef se caressa la barbe à son tour.) Hum... évidemment. Hum... il faudrait instruire...

Et l'instruction était de sa responsabilité.

— Voulez-vous que nous montrions le corps au franciscain ? proposa Calimi.

Le policier haussa les épaules.

— Il est qualifié ?

Calimi haussa les épaules à son tour.

— Il a l'air de s'y connaître dans la mesure où sa vie paraît consacrée à son combat contre les Juifs.

— Comme tous ceux de son ordre, remarqua le chef de la Contrada.

Le médecin acquiesça de la tête.

— Faites ce qui vous semble juste, accepta l'autre à contrecœur. Je vais renvoyer sur les lieux le sergent qui a été appelé le premier pour qu'il interroge les témoins.

— Allez-vous agir de même avec ceux du ghetto ?

— Nous attendrons le verdict de votre franciscain.

— Les Juifs relèvent trop la tête de notre temps, ajouta Calimi, il ne serait pas mauvais qu'on la leur rabaisse.

Le notable eut une grimace dubitative.

— Leur rabaisser n'empêche pas qu'ils la relèvent. De tout temps nous avons essayé de les contraindre, sans beaucoup de résultat.

Calimi arpenta pensivement le bureau du prévôt, remarquant en même temps la beauté du tapis syrien qui recouvrait le sol.

— Peut-être... mais la situation économique de la République est actuellement à un haut niveau, et le Conseil ou le Sénat ont moins besoin des ducats des Juifs, aussi seront-ils sans doute moins enclins à les protéger.

— Nous verrons, répondit philosophiquement le chef, nous verrons.

— Enfin, s'emporta Sarra, ça ne s'est jamais vu ! Une représentation théâtrale le soir de ton mariage ! Es-tu folle ?

— Mère, si le mariage doit être considéré comme une joie et une bénédiction, pourquoi une pièce de théâtre aussi drôle que l'*Ester* de Salomon Usque ne pourrait-elle y figurer ? Cette pièce a été jouée de nombreuses fois dans le ghetto.

— Jamais pour un mariage !

Rachel, exaspérée, haussa les épaules et se détourna.

Ses épousailles, décidées dès le surlendemain de son retour aventureux de la ville, seraient célébrées après les fêtes de Pâque.

Son père avait été trouver le reb Moshe di Abramo et lui avait déclaré qu'il serait bon que leurs enfants Rachel et Joseph soient unis.

— Mais je croyais que Rachel n'était pressée en rien, objecta le rabbi avec froideur.

— Certes, rabbi, ma généreuse Rachel craignait tant que son départ de la maison ne nous attriste, qu'elle retardait ce jour béni où elle deviendrait l'épouse de votre fils bien-aimé... mais... aïe, aïe, aïe, les filles sont folles, c'est bien connu, et c'est elle à présent qui n'y tient plus !

Le rabbi avait hoché la tête avec circonspection. Le retour tardif de Rachel au ghetto lui était bien sûr venu aux oreilles, puisque aussi bien tout ce qui se passait dans cette communauté de mille cinq cents âmes ne restait jamais secret. Il avait appelé Joseph et lui avait demandé franchement de lui dire, de fils à père, s'il était toujours désireux d'épouser cette jeune Rachel si... si peu encline, semblait-il, à se conformer aux usages courants.

— Père, avait déclaré Joseph, votre inquiétude est légitime, mais je peux vous affirmer que Rachel da Modena est la plus vertueuse, la plus docile des femmes, et que seuls la faiblesse d'Asher, son père, et l'intérêt excessif de Rachel pour le monde des arts sont responsables de ce qui aurait pu transformer une faute en drame. Quant à moi, je me fais fort de convaincre mon épouse de se consacrer à sa famille comme le font les femmes de chez nous.

— Je connais, mon fils, tes sentiments pour Rachel, qui joint à sa beauté naturelle un esprit et des qualités que l'on ne trouve que rarement chez une femme. Je comprends parfaitement qu'une tête aussi bien faite que la sienne soit sensible à la représentation de l'art ; nous-mêmes, au ghetto, aimons chanter, danser, et les troupes de théâtre du *hasser*[1] savent nous enthousiasmer. Je n'oublie pas non plus que l'on nous appelle le Peuple du Livre, par conséquent, je peux parfaitement comprendre Rachel, d'autant que sa famille s'est illustrée depuis toujours par une originalité de pensée liée à de grandes qualités morales. Ce que je veux te dire, mon fils, c'est que tu devras compter avec une épouse qu'il te faudra... comment te dire...

— Je l'aime, père, de toute mon âme, avait coupé Joseph. Et si Dieu le veut, elle sera ma femme.

— Je vais en parler à ton père, déclara Sarra, à bout d'arguments.

Elle sortit de la pièce sans que Rachel la retienne.

Ce mariage précipité faisait davantage figure de punition que de fête. Lui revenaient les paroles de Vitale sur « le chemin tout tracé qui conduit la jeune fille de la maison du père à celle du mari ».

Certes Joseph était bon et avait belle figure, certes il était appelé à jouer dans la communauté un rôle de premier plan, et être son épouse signifiait, dans la mesure où le monde chrétien vous en laissait la possibilité, une vie heureuse et paisible. Mais pourquoi, en attendant, ne pouvait-elle appréhender seule ce que le monde lui offrait ? Bien sûr qu'il était dangereux pour les femmes, elle en avait fait l'amère expérience, mais il l'était tout autant pour les hommes, et pourtant, eux, ils avaient tout loisir de le courir et de l'affronter. Rachel de Troyes avait-elle connu les mêmes affres au moment de prendre son Salomon pour époux ? Sûrement, puisque son

---

1. Ghetto.

aïeule s'était mariée tard et après qu'elle eut été confrontée au monde. Avait-elle été moins respectée pour autant ? Bien au contraire, son souvenir était béni depuis plus de deux siècles pour avoir sauvé l'honneur des siens.

Elle se pencha à sa fenêtre et vit son père se diriger vers la synagogue pour la prière du soir. Il portait une calotte noire qu'elle ne lui avait pas vue depuis longtemps, et sur son long manteau de drap couleur puce, de bonne coupe, le *talith*, le châle de prière bleu et blanc à franges.

Elle sourit de cette soudaine piété qui, pour les Juifs italiens, était souvent l'objet de critiques de la part des autres communautés, ashkénaze en particulier, qui leur reprochaient leur désinvolture à l'égard de la religion au point de délaisser l'hébreu au profit d'un parler judéo-vénitien qui leur servait surtout à ne pas être compris des chrétiens.

Rachel, qui avait de nombreux amis dans les communautés tant séfarade qu'ashkénaze, n'était pas la dernière à disputer avec eux et à défendre les siens accusés trop vite de vivre comme les chrétiens et de subir leur mauvaise influence en ce qui concernait notamment la littérature, les fêtes, la danse, la musique, et même les jeux de hasard très en vogue dans le *hasser* et réprouvés par les Juifs pieux.

Le père de son amie Refka, arrivé de Pologne deux décennies plus tôt, avait, au cours d'une soirée de bienfaisance donnée pour le rachat des esclaves, accusé les Juifs vénitiens de se conduire à l'égard de leur foi comme les chrétiens à l'égard de leurs saints.

« Vous croyez aux esprits et aux démons, vous êtes superstitieux et vous avez même des ex-voto avait-il dit. Vous jouez au ballon les jours de Sabbat ; vous portez des amulettes et vous croyez à l'influence des astres ! Où est l'esprit du monothéisme, là-dedans ? »

La soirée, Rachel s'en souvenait avec amusement, avait été fort animée. Les uns se défendant bec et ongles des accusations portées, les autres argumentant que si certains Juifs ne se reprenaient pas, on les confondrait bientôt avec les chrétiens. Asher n'avait pas été le dernier à polémiquer contre ses coreligionnaires incapables de voir évoluer le monde et d'accepter ce qu'il leur apportait.

Mais, à présent qu'il était concerné, il se conduisait avec sa fille comme le plus rétrograde des Juifs orthodoxes qui désignaient le ghetto comme un repaire de pécheurs aux mœurs relâchées.

Une dispute sur le campo attira son attention. C'était justement un Juif ashkénaze, reconnaissable à sa tenue sombre et austère relevée par la tache jaune du béret, qui apostrophait un distillateur de vin levantin, l'accusant de vendre un vin non conforme aux règles de la *cacherout*[1] puisqu'on disait que le raisin d'où il était tiré avait été vendangé un samedi. Le Levantin, un Juif venu de Constantinople commercer dans le ghetto, se défendait comme un diable en *ladino*, un patois judéo-espagnol que l'autre qui parlait *yiddish* ne comprenait pas, et ameutait la foule qui commentait avec un intérêt amusé ce qui n'était en somme qu'un incident ordinaire entre deux communautés différentes.

Rachel entra dans sa chambre, s'assit sur son lit, et laissa, songeuse, son esprit s'envoler par-dessus les rios et les ponts bossus, traverser les jardins et les potagers qui cernaient le ghetto, s'enfoncer sous les *sotoportegi* voûtés, bas et malodorants, glisser le long des palais, contourner les si riches et innombrables églises dont s'enorgueillissait la cité réputée pour sa piété, et déboucher enfin sur la piazza San Marco, où, en ce dimanche d'avril, les sénateurs habillés d'or et de soie avaient

---

1. Règles concernant la nourriture.

porté les huit bannières ornées du Lion de Saint-Marc, et conduit, précédés de trompes et buccins d'argent, la fastueuse procession du jour des Rameaux jusque sous les fenêtres du doge.

Selon la tradition, Alvise Mocenigo avait fait pleuvoir sur elle une pluie de fruits et de fleurs tandis qu'un vol de colombes avait été lâché sur la foule joyeuse, et que des fenêtres des palais de la Piazzeta, où étaient suspendus tapis précieux et étoffes somptueuses, la noblesse, richement parée, applaudissait, outre les sénateurs, les membres du Conseil des Dix, les confraternités portant les étendards de leur profession, tels les cordonniers, les verriers, les maçons et autres boulangers ; les pêcheurs de San Nicolo, qu'on appelait les *Nicolotti*, avec à leur tête leur chef qui avait titre de doge ; les ouvriers de l'Arsenal, si privilégiés, les gondoliers, follement ovationnés, et cette population vénitienne si fière de sa grandeur qui ferait une fête dont les échos parviendraient à peine atténués jusqu'au ghetto.

Le soir tomba sur le campo du Ghetto Nuovo, le laissant vide comme une scène de théâtre que saltimbanques et public auraient abandonnée.

Bernardino da Mantova considéra le cadavre disposé sur la table.

Autour de lui se tenaient Alvise Calimi, le médecin ; Pietro Nozerini, le chef de la Contrada ; et Andrea Cappelo, le *capisestière* du quartier du Cannaregio dont il dépendait.

Le franciscain se pencha sur la dépouille que la corruption avait largement entamée. Des vers blancs et gras s'empiffraient dans les plaies, se faufilaient hors des orifices naturels. Le corps était gonflé de gaz et seul le moine avait le courage de se tenir à ses côtés. Avec une baguette de bois, le nez couvert d'un linge, il examina les blessures.

Pietro Nozerini, pris de haut-le-cœur, s'éloigna quand le franciscain retourna le corps sous lequel grouillait la vermine.

— Apportez de l'eau, ordonna-t-il, il faut le laver.

— De l'eau ? hoqueta Nozerini.

— Nous lui en jetterons deux seaux, confirma le moine. Je ne peux rien voir dans cette pourriture !

L'officier sortit et revint bientôt avec un soldat porteur de deux seaux.

Sur un ordre de Mantova il balança l'eau sur le cadavre, chassant en partie les vers qui se tortillaient.

Sans plus de précaution, le franciscain se pencha sur la dépouille.

— Ces coupures ont été faites dans le but de soutirer du sang, dit-il la voix assourdie par le linge qui recouvrait sa bouche et qu'il tenait d'une main ferme.

— Faites avant ou après la mort ? demanda à distance le chef sestier.

— Après, sans doute. Très vite après que ce malheureux a été tué.

— Votre verdict ?

Le franciscain haussa les épaules et s'éloigna enfin du cadavre.

— D'après ce qu'en a décrit Tomitano, les incisions pour les meurtres rituels sont faites sur et à proximité des chemins qu'emprunte le sang pour couler.

— Donc ?

— Comme ici, conclut le moine.

Calimi se rapprocha prudemment du cadavre. En qualité de médecin il avait déjà vu de nombreux morts, mais celui-ci était particulièrement abîmé et puant. D'ordinaire, et pour éviter les risques d'épidémies, les corps étaient immédiatement enterrés. Sauf pour celui-ci qu'il avait fallu conserver afin de statuer.

— Sale affaire, murmura-t-il à l'intention de Cappelo.

Celui-ci acquiesça d'un hochement de tête.

— Les Juifs auront tué ce malheureux comme Simon de Trente la veille de leur maudite Pâque, dit âprement le franciscain.

— À Trente, rappela Calimi, les Juifs ont été innocentés, ce qui n'a pas empêché la quasi-totalité d'entre eux d'être brûlés.

Le franciscain haussa les épaules comme un que ce détail n'intéressait pas.

— Nous sommes à Venise, fit remarquer Andrea Cappelo, et les autorités n'aiment pas les affaires spectaculaires.

— Nous le savons, grinça le franciscain avec un geste brusque, nous savons que votre ville... jouit d'un statut spécial. Mais n'oubliez pas le tribunal de l'Inquisition qui ne peut taire un tel crime et le laisser impuni.

— Il va falloir enquêter, consentit Cappelo dans un soupir.

— Dans le ghetto ? s'inquiéta Nozerini.

Cappelo secoua la tête.

— Nous demanderons à leurs chefs de le faire. Ils devront nous livrer les coupables.

— Vous leur faites confiance ? s'étonna Calimi.

— Les accords que nous avons avec eux les obligent à nous livrer tel ou tel de leurs membres qui se seraient rendus coupables d'un crime.

— Est-ce déjà arrivé ?

— Pas sous ma prévôté, mais je sais que par deux fois, pour cause de corruption, des Juifs ont été livrés par leur communauté.

— Et alors ?

— Ils ont été bannis.

— Il n'est pas question pour ce crime horrible de bannissement ! brailla le franciscain.

— Nous le savons, mon père, répondit calmement Cappelo, mais c'est à la justice de statuer, pas à nous.

Quand Bernardino da Mantova fut introduit à son tour dans la salle de réception et de délibération des inquisiteurs que le peuple nomme irrévérencieusement les *babau*, les épouvantails, et qui se trouve au-dessus de l'Ufficio delle Biave où siègent les exécuteurs contre le blasphème, il reconnut à la couleur de leur coiffure la qualité des trois hommes assis derrière la grande table. Les deux *Negri*, ainsi appelés à cause de leur toque noire et qui appartenaient au Conseil, et le *Rosso*, le conseiller ducal, membre de la seigneurie, coiffé de la toque écarlate.

Mais que ce soient les « noirs » ou le « rouge », pétris de leur importance, les deux inquisiteurs religieux, le légat du pape et le dominicain, raides de morgue et d'autorité, la munificence de l'immense salle avec son plafond à caissons peint par Véronèse, ses tableaux de grands maîtres et ses soubassements en noyer richement sculptés, tout parut vain et plein d'orgueil au moine.

Il s'avança avec détermination, sûr de son bon droit, mais, sur un signe du secrétaire chargé de transcrire les témoignages, s'arrêta à bonne distance de la table des inquisiteurs d'État.

— Dites votre nom et le motif de votre requête.

Le moine se tourna vers le secrétaire qui l'avait interpellé.

— Bernardino da Mantova, et je viens me plaindre de ce que dans votre ville un crime rituel ait été commis.

À la table, le « rouge » se pencha vers l'un des « noirs » et lui parla à l'oreille ; celui-ci se pencha à son tour vers le troisième inquisiteur qui regarda Mantova en hochant la tête. Puis il ordonna au secrétaire d'apporter le dossier.

Celui-ci contenait les messages jetés dans la *Bocca del Leone*, tête de lion sculptée dans un des murs de la *sala dei Tre Capi,* la salle du Conseil des Dix, et dont usaient les délateurs vénitiens qui désiraient rester anonymes.

L'un des *Negri* fouilla dans les différents libelles, en sortit un qu'il lut et passa à son voisin qui fit de même, et qui le glissa au troisième qui s'adressa au franciscain.

— Est-ce vous qui avez rédigé cette accusation ?

— Non, monsieur le conseiller.

— Pourtant… elle signale la découverte du corps d'un enfant dans un rio près de San Girolamo, est-ce le vôtre ?

— Il s'agit effectivement d'un cadavre d'enfant chrétien trouvé près du Ghetto Vecchio, confirma le moine.

— Et vous prétendez que cet enfant aurait été victime de gens qui en voulaient à son sang ?

— Oui, monsieur le conseiller.

Les trois conseillers se penchèrent les uns vers les autres et s'entretinrent à voix basse, sans quitter Mantova du regard.

— Accusez-vous nommément quelqu'un ? interrogea le conseiller ducal.

— Pas nommément car je ne fréquente pas cette racaille, mais nous savons bien qui sont ces monstres assoiffés de sang chrétien.

Un murmure courut sur les bancs.

— Vous demandez qu'une enquête soit instruite, s'enquit le conseiller, ou vous avez déjà fait votre religion ?

— Comme vous, sans doute, messire, répliqua le moine, nous savons qui sont ces renards et serviteurs du diable.

— Vous voulez parler des Juifs ?

— Qui d'autre, messire, que ces chiens affamés aux gueules faméliques et insatiables, serait capable d'un tel forfait ?

Les trois toques se rapprochèrent pour s'entretenir.

Le légat du pape et le dominicain les rejoignirent et entrèrent dans la discussion. Puis ils regagnèrent leur banc.

— Nous avons décidé, commença l'un des inquisiteurs d'État, de diligenter le capisestière duquel dépend le quartier du Cannaregio afin d'instruire une enquête avec des témoins, et d'y recueillir les indices susceptibles d'aider à la recherche de la vérité.

— Messire, intervint le moine, vous n'avez pas été sans remarquer que la Pâque de ces maudits est proche, et qu'il faut nous hâter de saisir les coupables sous peine de voir d'autres innocents périr sous leurs couteaux.

L'inquisiteur fixa le moine.

— Vous pouvez vous retirer, Bernardino Mantova, et ne craignez point que la justice vénitienne ne suive pas son cours.

Chapitre V

Sarra, depuis l'aube, chassait impitoyablement de son logis la moindre miette de pain, le plus petit grain de farine, délogeait de leur retraite plats et assiettes qui avaient contenu du *hametz*[1] pour les remplacer par la vaisselle de la Pâque.

La cacophonie venant du campo était encore plus épouvantable qu'à l'ordinaire.

Aux familières interpellations, protestations, éclats de rire, vociférations, se mêlaient les caquètements et les bêlements des bêtes que le couteau du *cho'héth* délivrerait de cette vallée de larmes. Les boniments des marchands d'étoffes, de casseroles, de coiffes de fête, de draperies, subissaient l'assaut des voix rocailleuses des pêcheurs vantant la fraîcheur de leurs poissons, possédant tous nageoires et écailles.

Le sifflement strident de la meule des affûteurs de couteaux aiguisait les cris et les rires surexcités des enfants, et parfois, dominant le tohu-bohu et profitant d'une accalmie de la foule, s'élevaient les chants des hommes qui par vagues sortaient des vantaux ouverts des synagogues.

---

1. Farine levée.

Deux étages au-dessous de Sarra, Rachel négociait avec un marchand chrétien le prêt de cent ducats que la banque d'Asher lui consentirait au taux de quinze pour cent l'an, suivant les injonctions du Conseil des pregadi.

Asher avait accepté que sa fille travaille à la banque jusqu'à son mariage avec Joseph, qui devait intervenir, selon la coutume, trente-trois jours après la Pâque.

Elle n'avait pu retourner en ville et s'inquiétait de ce que devaient penser ses nouveaux amis, et particulièrement Sofia Gritti, la belle patricienne, qui lui avait promis lors de leur seule rencontre de lui présenter ce que Venise comptait de beaux esprits et d'artistes.

« Vous viendrez chez moi, Rachel, j'organise des soirées où on lit des vers, où l'on chante et joue de la musique. Vous aimerez mes amis comme ils vous aimeront. »

Rachel avait remercié avec confusion mais objecté qu'il ne lui était pas possible de sortir tard le soir. La belle Sofia avait alors déclaré tout net qu'elle déplacerait ses soirées pour en faire des matinées.

Et voilà que ni soirée ni matinée n'étaient désormais possibles.

Après sa rentrée tardive et périlleuse, Joseph était venu la trouver et l'entrevue des jeunes gens avait été houleuse.

— Tu sais pourquoi je suis là ? avait commencé Joseph d'une voix sévère.

— Pour décider de la date de notre union ?

— Et aussi pour te dire qu'il ne sera pas question, quand tu seras ma femme, que se reproduise ce qui s'est passé dimanche dernier.

— Je m'en suis expliquée avec ma famille, répondit Rachel sèchement. J'ai été agressée et j'ai dû me défendre.

— Cela ne se serait pas produit si comme toutes les femmes de notre communauté tu ne sortais qu'accompagnée, et de jour.

Rachel avait serré les poings.

— Tu ne veux tout de même pas me mettre en prison, avait-elle raillé.

— Si tu considères le mariage comme une prison et ton mari comme un geôlier... avait répliqué Joseph avec colère, libre à toi de revenir sur ta parole !

Rachel s'était pétrifiée. Certes, le mariage lui faisait peur par ce qu'il amènerait d'interdits, mais lui faisait davantage peur la situation dans laquelle elle se retrouverait si par malheur Joseph rompait sa promesse. Dieu sait ce que diraient les langues perfides du ghetto toujours à l'affût d'un scandale bien corsé.

Pour le moins, on la soupçonnerait de s'être laissée séduire, peut-être même engrosser, en tout cas elle serait déshonorée à vie.

— C'est ce que tu souhaites ? avait-elle néanmoins crânement répliqué, faisant taire les tendres sentiments qu'elle portait au garçon.

— D' m'en garde, et tu le sais. Je souhaite passer ma vie près de toi, mais pour ça il faut être deux. Nous avons la chance que nos pères ne nous aient pas choisi, pour toi, un garçon contrefait ou un vieillard riche mais sénile, et pour moi, un laideron à cervelle d'oiseau mais assise sur les pièces d'or et la bonne réputation des siens. Alors, de grâce, avait-il conclu, laisse donc à la porte tes mauvaises habitudes et tes amis du dehors, et reviens à la raison sinon à l'honneur.

— Vous avez deux ans pour rembourser votre dette, indiqua Rachel à l'emprunteur avec un sourire gracieux. Et comme vous avez bonne réputation, mon père consent à ce que vous ne lui donniez pas de gage, bien que dernièrement vos affaires n'aient pas été heureuses.

La faute des Turcs ! répliqua le marchand. Ils ont arraisonné en haute mer le bateau sur lequel j'avais placé des étoffes en *rogadia*[1].

— Ce sont, hélas ! les risques du métier, admit Rachel. Comme, pour nous, de ne pas vous voir rembourser le prêt que nous vous consentons.

— Mais vous, vous avez d'autres moyens pour nous faire rendre gorge ! s'emporta l'homme avec irritation.

Daniele, le comptable, releva la tête.

— Quels sont ces moyens ? rétorqua la jeune femme.

— De nous faire vendre tout ce que nous, pauvres chrétiens, avons en notre possession et qui est le fruit de notre travail.

— Nous gagnons également l'argent que nous vous prêtons, répliqua Rachel d'un ton sec.

— Sur notre sang, oui !

Un autre client était accoudé au comptoir, attendant un reçu que lui préparait Daniele.

Asher était parti à la synagogue suivre l'office et avait demandé à Rachel de s'occuper de ce Marcello Radio, recommandé par une de leurs connaissances.

— Vous percevrez le double du capital à échéance si je ne vous rembourse pas, continua le marchand.

— Le double de rien, c'est rien, répliqua Rachel qui s'échauffait. Je voulais simplement dire que chaque métier comporte ses risques.

— J'aurais mieux fait d'aller trouver les franciscains ! fulmina le marchand.

— Qui vous en empêche ?

Daniele se leva et s'approcha.

— Que se passe-t-il, monsieur ?

---

[1]. Marchandises confiées par un marchand de Venise à un autre dans les territoires extérieurs ou à l'étranger.

— Il se passe... il se passe... il se passe que vous buvez notre sang et que nous sommes bien bêtes de nous laisser faire !

— Si nos conditions... commença Rachel, mais Daniele la fit taire d'un geste.

— Monsieur, nous sommes à votre disposition. Notre maison s'est mise d'accord avec vous pour ce prêt de cent ducats à quinze pour cent l'an. Ce sont les conditions habituelles pour ce genre de prêt recommandé par le Conseil des pregadi.

— Et les monts-de-piété ! brailla l'homme qui, voyant qu'il perdait la face, ne se contenait plus.

— Les monts-de-piété des franciscains ? Vous n'êtes pas sans savoir, monsieur, que c'est nous qui les alimentons, qu'il faut être pauvre pour en bénéficier et qu'enfin il n'en existe pas à Venise.

— On vous aura ! rugit le marchand, violet de colère. On vous aura, moi, je vous le dis ! Et pas seulement moi !

Et il les planta là, laissant son avoir sur le comptoir, courant dehors et bousculant ceux qui s'y trouvaient et le regardaient s'enfuir comme un fou, vociférant des imprécations contre cette race maudite qui tuait les enfants chrétiens pour en imbiber de leur sang les galettes de la Pâque.

Asher fut introduit dans le cabinet privé d'Andrea Cappelo, le chef sestier du quartier du Cannaregio.

— Asseyez-vous, invita ce dernier de derrière son bureau.

Depuis qu'il avait été convoqué, Asher se rongeait les sangs. Il ne voyait aucune raison objective à cet ordre. La dernière *condotta* n'était pas arrivée à terme, et, pour ce qu'il en savait, les Dix n'avaient pas parlé de la modifier.

Il avait récemment rencontré le chef des *cattaveri*, ces officiers du gouvernement responsables du bien public, ainsi que des problèmes liés au prêt et qui plus généralement veillaient à la manière dont les Juifs résidaient à Venise, et l'entrevue avait été courtoise.

— Comment ça se passe dans le ghetto ? demanda Cappelo d'une voix ordinaire.

— Aussi bien que possible, monseigneur, grâce à la générosité du gouvernement de notre ville. Mes coreligionnaires préparent actuellement nos fêtes de Pâque qui cette année tombent presque à la même date que les Pâques chrétiennes et chacun connaît son devoir. Vous ne trouverez pas un Juif hors du ghetto entre le Vendredi saint et le lundi de Pâque.

Cappelo ne répondit pas et se mit à lire un parchemin sur sa table.

— Vos galettes ont-elles été fabriquées ? demanda-t-il sans relever les yeux.

— Certes, monseigneur, car nous en sommes comme vous le savez à nettoyer nos maisons de la moindre parcelle de pain levé.

— Curieuse coutume, grommela le capisestière.

— Liée, comme vous ne l'ignorez pas, à la subite délivrance de notre servitude en Égypte qui nous empêcha d'attendre que le pain soit levé.

— Qui a suivi les dix plaies que votre Dieu a fait tomber sur les Égyptiens ?

— Je suis flatté que vous connaissiez si bien l'histoire de mon peuple, monseigneur.

— Ces dix plaies dont l'une, assez atroce, mettait à mort les premiers-nés de vos geôliers ?

— C'est, hélas ! exact. Mais comme vous le savez, les voies de D' sont impénétrables. Et nos propres premiers-nés l'avaient été avant par les Égyptiens. C'est comme ça, si vous vous en souvenez, continua Asher d'une voix malicieuse, que Moïse s'est retrouvé sur les eaux.

— Oui... et à présent qu'est-ce que vous faites ?

— À présent ? Eh bien nos femmes préparent le dîner du premier Seder qui est en général composé de viande d'agneau et de six plats traditionnels, dont les herbes amères symbolisant notre captivité en Égypte. C'est une fête joyeuse et nous chantons, récitons des prières, répondons aux questions posées par nos enfants, louons le Seigneur... voilà à peu près ce que nous faisons.

— Et vos galettes de Pâque ?

— Les *matsoth* ?

— Appelez ça comme vous voulez. Ces galettes sont faites à partir de quoi ?

— Simplement de l'eau et de la farine, sans levain.

— Et c'est tout ?

— Certains y ajoutent parfois du vin, de l'huile, du miel ou des œufs à la place de l'eau. C'est une *matsa* enrichie que nous ne consommons pas à Pâque. À Pâque, n'est autorisée que la simple galette que nous appelons le « pain de l'affliction ».

— Et c'est tout ?

— Mais... mais oui, c'est tout.

Cappelo se leva et se planta devant la fenêtre qui donnait sur le Grand Canal.

La circulation y était intense et les cris des gondoliers volaient sur la lagune. Les chrétiens aussi préparaient leurs Pâques, et les gondoles étaient richement ornées en prévision des nobles qu'elles promèneraient jusqu'aux lieux de piété.

Sur le pont du Rialto, acheteurs et promeneurs se bousculaient au risque de tomber dans le canal comme cela se produisait parfois.

Cappelo fixa son attention sur le Palazzo dei Camerlenghi où une vive agitation s'observait. Ce palais abritait les bureaux des trésoriers de la ville, et parfois des contribuables mécontents venaient y manifester leur colère. On les écoutait, mais si le calme ne revenait pas ou si un Camerlenghi s'irritait, on flanquait les contestataires dans les prisons situées au rez-de-chaussée jusqu'à ce qu'ils retrouvent meilleure humeur.

— Ce n'est pas ce qu'on dit... lâcha Cappelo au bout d'un moment.

— À propos de quoi, monseigneur ?

— De ce que vous mettez dans vos galettes.

Un frisson glacial saisit Asher. Ah, non, la fable atroce n'allait pas recommencer !

— Mais, monseigneur, je viens de vous le dire. De l'eau et de la farine.

— Et du sang d'enfant chrétien ? lâcha *abrupto* le chef sestier en se retournant vivement vers son interlocuteur.

Les deux hommes se mesurèrent du regard. Enfin, Asher dit :

— Les miens ont payé très cher les calomnieuses accusations de quelques fous que la haine des Juifs égare. Comme à Trente, contre laquelle nous avons jeté l'anathème et où nous ne sommes jamais revenus après que tant des nôtres y eurent été brûlés sur la foi d'une fausse accusation, ou à Porto-Bufolle, où cette folie s'est reproduite. Les enquêtes ont toujours prouvé que ces accusations étaient fausses.

Cappelo quitta son poste d'observation. Le conseiller Zorzi, qui avait l'oreille du Tribunal suprême, ne lui avait pas caché l'embarras que cette affaire occasionnait.

« Nous sommes entre l'enclume et le marteau. Rome n'attend qu'un faux pas de notre ville pour nous réduire en nous obligeant à chasser nos Juifs, ce qui fâcherait leurs protecteurs ottomans avec qui nous commerçons et qui pourraient s'éloigner de nous. Se servir du prétexte des meurtres rituels pour les expulser vient donc pour Rome à point nommé, bien que le Saint Père les réfute à juste titre. Deux solutions : trouver au plus vite les coupables, juifs ou pas, ou enterrer l'affaire. »

Cappelo avait objecté qu'il était déjà trop tard pour la seconde solution. Trop de monde était au courant et avait intérêt à accuser les Juifs, les franciscains en premier lieu. Et l'ordre mineur de Saint-François était, par sa volonté affichée de pauvreté, une épine dans le pied de l'orgueilleuse église de Pierre.

— Un enfant a été trouvé mort au coin de la calle Betteli et la fondamenta di San Girolamo, reprit Cappelo. Vidé de son sang.

Asher sentit ses forces l'abandonner. L'accusation de meurtre rituel allait mettre en pièces la tranquillité de la communauté juive de Venise. Ils seraient brûlés et pourchassés, et peu importait que l'on trouve le vrai coupable. Les chrétiens pouvaient agir de cette manière quand quelque prédicateur les agitait ou qu'ils y trouvaient leur avantage.

— Et comment l'a-t-on vidé de son sang ? s'entendit-il demander d'une voix qu'il voulait normale.

— En l'incisant plusieurs fois sur le trajet du flux vital.

— Et pourquoi nous accuser ? Le sang a pu fuir par ces ouvertures faites pour l'assassiner.

Cappelo le regarda par en dessous.

— Nous voudrions que vous meniez l'enquête dans le ghetto et que vous nous livriez le coupable.

— Moi ?

— Vous et les autres chefs de votre communauté.

— Mais vous savez bien qu'il n'y a pas de coupable.

— Moi, je ne sais rien. Je sais que l'on m'a chargé d'instruire par l'entremise de Nozerini, mon chef de Contrada.

— Qui ?

— Le Tribunal suprême.

— L'Inquisition ? Et le Conseil, que dit-il ?

— Ce n'est pas encore de son ressort. Dans un deuxième temps l'affaire sera confiée à la *Quarantia Criminal*, puis reviendra au Conseil.

— Ce n'est pas un des nôtres, comme vous le savez sans doute, seigneur Cappelo. Nous nous connaissons depuis très longtemps, vous et moi, bien avant que vous soyez chef sestier, et je ne vous ferai pas l'injure de penser que vous prêtez foi à ces sornettes.

— La question n'est pas là ! coupa Cappelo. Je n'ai pas à croire ou ne pas croire. Nous allons enquêter, et s'il s'avère que c'est un Juif le coupable, alors priez Dieu car sa colère sera terrible.

— Mais ce sont nos fêtes, messire, et je marie ma fille tout de suite après.

— Mais faites, faites, l'enquête sera parallèle.

— Qui nous accuse ?

— Ne recherchez pas l'accusateur, cherchez l'accusé.

Le Vendredi saint tomba cette année-là un 20 avril, ce qui était fort tard. En même temps que débutait la Pâque juive considérée comme particulièrement sainte parce que commençant le jour du shabbat.

À onze heures ce vendredi, les cloches de toutes les églises sonnèrent le glas, et les portes du ghetto fermées depuis la veille ne s'ouvrirent pas.

Les Juifs n'auraient le droit de sortir et de circuler dans les quartiers chrétiens qu'à partir du mardi suivant. C'était ainsi dans toute l'Europe chrétienne depuis le concile de Tolède en 633. « Juifs et Musulmans quel que soit leur sexe ne devront pas, le jour de Pâque, se présenter en public ni se promener, moqueurs, dans l'irrespect du Créateur. »

Cette interdiction était aussi une protection et nul ne s'avisait d'y contrevenir.

Mais pour Asher, de retour chez lui après son entrevue avec Cappelo, ces fêtes de Pâque lui apparurent comme l'antichambre de l'enfer.

— Porte le chandelier, Rachel, ordonna Sarra en disposant la vaisselle de fête sur la belle nappe blanche damassée qui ne servait qu'à cette occasion.

— Où est père ? demanda la jeune femme.

— Où veux-tu qu'il soit ? À la synagogue. Tiens, Daniele se mettra près de Vitale, ils s'entendent très bien.

Daniele, orphelin de Ravenne, passait toutes les fêtes avec les Modena. Et Sarra, qui le considérait presque comme son fils, s'était mis en tête de le marier.

Depuis, il n'y avait pas une occasion qu'elle ne mettait pas à profit, mais ce soir personne n'était prévu.

Rachel aida sa mère à dresser la table. Sarra, dans sa chasse au *hametz*, en avait profité comme toutes les maîtresses de maison juives pour astiquer et nettoyer de fond en comble.

Les meubles brillaient encore plus que de coutume ; les rideaux des fenêtres avaient été changés, on pouvait dans les cuivres accrochés aux murs attraper son reflet ; la servante chrétienne s'était échinée à cirer les carrelages et les parquets ; des fleurs emplissaient les vases. Dans la *portego*, la pièce principale où se réunissait la famille, on avait repoussé le mobilier inutile pour donner davantage de place à la douzaine de convives. La maison d'Asher avait été vérifiée de la cave au grenier. Sarra était tranquille. Pas une miette de nourriture fermentée ne se cachait chez elle.

Joseph et ses parents viendraient, et d'autres amis aussi. Et il y aurait en bout de table la place du pauvre, rarement occupée dans cette communauté prospère des Juifs de Venise.

— Comment se débrouillent les *Conversos*[1] avec les fêtes ? demanda Rachel.

— Les *Conversos* ? Est-ce que je sais ! Je n'ai pas assez de soucis que tu m'en donnes de nouveaux ! s'exclama Sarra.

Rachel dissimula un sourire. Pendant ces périodes de fête où elle devait tout organiser, sa mère oubliait les raisons de se réjouir au profit des tracas. Tous le savaient et aucun ne se serait avisé de l'importuner.

— Mais enfin, insista Rachel, décidée à la taquiner, ces gens-là fêtent les Pâques. Lesquelles, les juives ou les chrétiennes ?

Sa mère lui lança un regard noir.

— Tu sais ce que le rabbin Salomone a répondu à l'Inquisition qui l'interrogeait sur une de ces familles : « Quelqu'un qui n'a pas été un bon Juif ne peut être un bon chrétien. » Et c'est bien mon avis. Alors mangent-ils le *béy-tsa*[2] ou l'hostie, je m'en moque. Tout ce que je sais c'est que je n'en recevrai pas un à ma table. Maintenant, presse-toi, le shabbat commence dans moins d'une heure, il faut que tout soit en place.

Sarra ne pouvait que se réjouir de ce que les Juifs venus de l'extérieur eussent redonné vie à la pratique de la religion. Elle y voyait un ciment de la foi et des valeurs familiales. Aussi, chaque grande fête était-elle l'occasion de liesse et de transmission des traditions aux jeunes générations.

---

1. Juifs espagnols ou portugais convertis de force à la foi chrétienne.

2. Œuf dur dans sa coquille représentant pour certaines autorités juives le symbole du deuil pour la perte des deux Temples.

Peu après que les trois premières étoiles eurent annoncé le début du shabbat, les invités arrivèrent par la porte principale qui selon la tradition resterait ouverte toute la soirée.

Asher, reb Moshe, le père de Joseph, Abramo Sabato di Ricca, le luthier, et Guglielmo da Bellaflora, le chantre, avaient revêtu le *kittel*, la longue robe blanche traditionnelle, et tous étaient en habit de fête.

Rachel remarqua néanmoins la mine sombre de son père qui tentait de faire bonne figure au milieu de tous sans vraiment y parvenir. Croisant plusieurs fois son regard, elle fut alarmée par l'inquiétude qu'elle y perçut et décida de l'interroger plus tard.

Les bougies avaient été allumées par Sarra, et, après la première prière prononcée par le reb Moshe, Asher prit sur le plateau du Seder une pincée des six aliments traditionnels qui y étaient disposés, et les déposa dans l'assiette de chacun en formulant une bénédiction. Comme il n'y avait pas d'enfants en bas âge, personne ne dut répondre aux questions que traditionnellement ils se devaient de poser.

Puis Asher récita ensuite la *Haggada*, le livre qui relate la sortie d'Égypte, et avant que n'arrivent l'agneau pascal et ses légumes, l'on but du vin de fête et l'on chanta des psaumes et des cantiques célébrant l'événement.

Les visages étaient joyeux et les conversations animées. Rachel oublia son inquiétude pour se rapprocher de Joseph qui la couvait d'un regard dans lequel brillait un trouble proche du sien qui la fit frissonner. Avec audace elle fit passer dans cet échange intime la promesse de ne pas être seulement la mère de ses enfants.

La fête dura jusque tard dans la nuit. Des fenêtres du campo et des rues voisines, de celles des synagogues restées ouvertes, s'échappaient des chants et des rires. Parfois, un air de musique s'élançait qui allumait la joie dans les yeux. Il était repris par les convives que la légère ivresse procurée par le vin et l'allégresse faisait battre des mains, et leur faisait fredonner les paroles qui se déroulaient comme un fil qui reliait, au-delà des distances et des souffrances, au-delà des disputes et des rancœurs, le peuple d'Israël.

Chapitre vi

Bernardino da Mantova, le franciscain, retourna à la maison d'Antoine de Crémone qui l'hébergeait lors de son séjour à Venise. Crémone était laïc mais extrêmement pieux et particulièrement intolérant, ce qui lui convenait parfaitement.

Il tenait une échoppe près du campo Santi Giovano e Paolo où il vendait des images pieuses, des ex-voto, des libelles d'une extrême violence où il condamnait tout ensemble les hérétiques, les Antéchrists, les Juifs, reprenant contre eux dans ces billets qu'il donnait, s'il ne pouvait les vendre, les accusations de meurtres rituels, d'empoisonnement des puits et de sorcellerie.

Il avait fait la connaissance du franciscain à Padoue, lors d'une de ses diatribes publiques contre les Juifs, et les deux hommes avaient immédiatement été complices dans leur aversion et leur haine contre le peuple honni.

Mantova ouvrit la porte, et même lui qui n'était pas difficile recula devant l'odeur qui s'échappait de l'étroit logement de Crémone.

Le marchand ne jetait rien. Dans ce deux-pièces sombre qui donnait derrière l'église Santi Giovano e Paolo et s'ouvrait sur une étroite ruelle, s'accumulait ce qu'il dénichait tant chez les particuliers que dans les ordures.

Et il fallait se faufiler entre des murs d'objets disparates et hors d'usage, de vaisselle sale et cassée, de vêtements malpropres, de meubles en morceaux noircis de crasse, dont le marchand ne se résolvait pas à se débarrasser.

— Comment allez-vous, mon ami ? demanda Crémone de derrière un empilement qui le dissimulait.

— J'ai vu le corps de ce malheureux enfant, répondit le franciscain qui s'assit sans vergogne sur une chaise encombrée. Il a bien été saigné.

— Évidemment qu'il l'a été ! s'exclama Crémone.

— Vous le saviez ?

— Un enfant retrouvé mort la veille de Pâque dans le quartier juif...

— Près du quartier, reprit machinalement Mantova.

— Alors, qu'avez-vous fait ?

— J'ai exigé du capisestière de parler aux inquisiteurs de façon qu'une enquête soit ouverte.

— Alors ? réitéra son ami, toujours invisible.

— Ce sera fait. Par le chef Nozerini qui interviendra auprès des voisins des Juifs, et par les chefs des Juifs qui devront trouver le coupable et le livrer. Faute de quoi il se pourrait bien qu'ils soient tous envoyés dans l'enfer d'où ils n'auraient jamais dû sortir !

— Fort bien ! s'exclama Crémone, surgissant de son trou. Peut-être un jour notre belle ville sera-t-elle nettoyée de ces vautours !

Mantova hocha la tête.

— J'espère, sans trop y croire. Le Sénat vénitien a trop besoin de ses Juifs pour les impôts et les taxes, et son commerce avec ces païens de Turcs.

— On dit qu'ils auraient partie liée entre eux.

— Comme le Juif Nasi, élevé au rang de duc de Naxos par cet égorgeur de chrétiens de Selim II, et dont le Conseil des Dix, souvenez-vous, a annulé le bannissement par crainte du Turc, grogna le moine. Non, croyez-moi, mon ami, il va nous falloir de la persévérance pour nous délivrer de ces chiens !

Crémone en convint en soupirant. Il était de courte taille, rond de ventre et de hanches. Gourmand, il ne se privait pas, et à trente ans en paraissait quarante par le triple menton qui soutenait une tête joufflue en forme de poire.

Mantova ne lui avait pas demandé d'où il venait et ce qu'il faisait avant de s'installer dans la cité lacustre où Crémone lui avait dit avoir débarqué trois ans plus tôt, parce qu'il s'en moquait, et que le marchand ne semblait pas disposé à en parler.

D'ailleurs, les deux hommes se voyaient peu. C'était la troisième fois qu'ils cohabitaient, et Mantova, qui rentrait le plus souvent la nuit bien avancée, avait pu constater qu'à ces heures Crémone était absent.

Il l'entendait parfois revenir à l'aube à peine blanche, et imaginait que son hôte s'en était allé visiter des clients ou fréquenter quelque auberge où se réunissent les hommes qui ne trouvent pas le sommeil.

— Comment déniche-t-on les preuves d'un crime, demanda Crémone, si le coupable n'avoue pas ?

Mantova secoua la tête.

— C'est plus difficile ici que chez les Espagnols ou les Portugais où l'Inquisition dispose de moyens adaptés aux interrogatoires poussés. Mais dans le cas qui nous occupe, les Juifs sont les coupables désignés et ils ne s'en sortiront pas.

— Je suis bien aise de l'apprendre.

— Pourquoi ?

— Pourquoi ? Mais parce qu'en tant que bon chrétien je veux que cessent ces horreurs !

— Elles ne cesseront que lorsque le peuple maudit aura cessé d'exister.

— Vous vous y êtes employés jusqu'ici en vain, vous, les franciscains, remarqua Crémone avec une certaine moquerie. Pourtant vous n'avez pas lésiné sur les moyens. Tentant de les ruiner par l'implantation de vos monts-de-piété ; puis en leur interdisant d'abattre les bêtes selon leur rituel, ce qui les obligeait à s'en aller, et même en leur refusant la création d'un cimetière.

— Nous sommes les seuls pourtant dans notre pays à nous y être vraiment employés, rétorqua nerveusement Mantova, et pas d'hier. En 1448, le frère Roberto Caracciolo, qui prêchait à Lecce, disait que « la règle sainte et spécifique est d'avoir en horreur toute fréquentation, conversion, compagnie et familiarité avec les Juifs ». Hélas, nous n'avons pas été suivis comme nous l'avions espéré.

— À cause de quoi ?

— De leurs manigances, de leurs fourberies ! de leurs livres impies qui circulent, s'impriment et trompent l'honnête chrétien !

— À Rome, Jules III fit brûler tous les exemplaires de leur Talmud...

— Ici, aussi ! sur la place Saint-Marc. Le Conseil des Dix a ordonné de faire « un joli feu », et aussi dans d'autres parties d'Italie ! Mais ce chiendent repousse même quand on le brûle !

Crémone eut un petit rire.

— On dirait, mon ami, que vous renoncez à combattre.

— Moi, renoncer ? se récria Mantova. Comme vous y allez ! Chaque minute de ma vie est employée à lutter contre eux, mais vous-même, que faites-vous ?

— Moi, je me sers de ce que la nature m'a octroyé, de ce que notre Créateur a voulu que je sois. En un mot, j'utilise autant mes vices que mes vertus pour le triomphe du Christ.

— Pardonnez, dit Mantova, mais je crois bien que vos propos m'échappent.

Crémone eut encore son petit rire.

— Les armes les plus visibles ne sont pas toujours les plus efficaces, cher ami.

Le second cadavre fut trouvé l'avant-dernier jour de la Pâque, dans la calle di Forno, près de cette partie de Venise qui deviendra par la suite le Ghetto Nuovo.

La calle di Forno débouche par un étroit boyau sur un campo où s'érige la Scuola Spagnola[1], elle-même reliée par un réseau de passages intérieurs à la Scuola Levantina, et se poursuit jusqu'au rio di Ghetto Nuovo.

Ce fut un enfant de douze ans, Ettore Bibi, qui le découvrit. Il poussa aussitôt de hauts cris qui firent accourir le monde.

— Dieu du Ciel ! s'écria une matrone devant le corps sans vie et entièrement nu d'un bambin de trois ou quatre ans d'âge, couché sur le côté, le fondement déchiré comme si on l'avait forcé par quelque instrument.

À ses cris d'horreur se mêlèrent ceux de colère de la foule. C'en était trop ! Deux enfants assassinés en moins d'un mois ! La cohue s'enfla rapidement et, comme on était près du ghetto, on s'y dirigea naturellement.

Les gardes du ghetto, qui le jour n'avaient rien à faire, étaient retournés chez eux ou à une autre occupation, ce fut donc un vieux Juif, parti se promener au soleil, qui vit déferler la foule avec à la bouche des menaces de mort et dans les mains des bâtons et des couteaux.

Le vieux Juif s'appelait Nathan Mellsbaum. Il était arrivé de Pologne quelques années plus tôt après un périple qui l'avait conduit à travers l'Europe pour y chercher asile avec les siens, et c'était à Venise qu'il avait cru l'avoir trouvé. Mais, en voyant surgir la horde grondante et meurtrière, le souvenir des périls passés, et particulièrement celui du massacre qui l'avait chassé

---

1. Synagogue de rite espagnol.

de son pays, lui revint en mémoire. Il comprit aussitôt vers où se dirigeait la foule et pourquoi.

Il bondit sur ses pauvres jambes, courut jusqu'au ghetto par les calaselles, s'engouffra sous le sotoportegi du Ghetto Nuovo et cavala sur le pont de bois qui ressemble à un pont-levis et relie le monde extérieur à celui confiné du ghetto.

Tout en courant il poussait des cris qui d'abord firent se retourner les gens qui le crurent atteint du haut mal, mais qui comprirent ensuite, voyant surgir les premiers rangs, ce qui se passait.

Mais ce jour-là, Dieu, souvent absent, devait se promener vers le Cannaregio, car un groupe de jeunes gens qui passait par là, groupe habituellement turbulent et qui s'était fait remarquer par les autorités du ghetto pour sa propension à fréquenter les auberges plutôt que les *schoules*, comprit, et réagit aussitôt en se précipitant vers les lourdes portes et en les refermant solidement.

Derrière, la foule hurlait ses menaces et son dépit. Les portes, bien que solides, tremblaient sous leurs coups. Elles n'allaient pas tarder à céder sous la pression. Les jeunes se regroupèrent, prêts à affronter la colère des Vénitiens, pendant que deux des leurs allaient quérir des renforts.

Les hommes vaquaient à leurs affaires. Les femmes préparaient le dernier repas qui clôturerait les fêtes, les enfants avaient été envoyés dehors pour ne pas gêner, et sur le campo du Ghetto Nuovo régnait l'habituelle frénésie.

Le bruit alerta la population qui en chercha la raison. Artisans et marchands vinrent sur le pas de leurs échoppes. Les femmes se mirent à leurs fenêtres ; les enfants s'arrêtèrent de jouer, comprenant qu'un événement plus intéressant allait se produire.

Les jeunes gens criaient, voulant rameuter des renforts, et leurs cris firent le tour du ghetto. Mais entre entendre et comprendre, le temps semble long, et ils s'épuisaient à expliquer que le ghetto, leur retraite à tous, allait être envahi.

Des hommes, dérangés dans leurs prières, sortirent des synagogues et tentèrent d'interpréter leur agitation tout en voulant la calmer.

Et pendant ce temps, dans la calle di Forno, la foule grossissait, s'entassant dangereusement sur le pont de bois, s'excitait contre ces pesants battants qui leur faisaient obstacle, alors que dans leur esprit ils étaient faits pour empêcher de sortir ceux qui étaient enfermés derrière.

Les jeunes, six ou sept dont les âges s'étageaient entre quinze et vingt ans, s'étaient bravement munis de tout ce qui pouvait les aider à se battre. Bouts de bois, barre de fer oubliée, chaise, et s'apprêtaient comme dans les temps bibliques, comme à Massada, à résister jusqu'à la mort.

Mais Dieu n'en avait pas décidé ainsi, et le salut surgit avec l'arrivée de la patrouille du chef Nozerini et de ses quatre sergents, solidement armés, venus demander officiellement aux douze *parnassim* de commencer l'enquête destinée à leur livrer l'assassin du petit Girolamo.

Nozerini ordonna à ses vaillants de repousser la foule, qui, du coup, devint écumante, et qu'il fallut calmer à coups de plats d'épée.

— Que se passe-t-il ? hurla à la cohue Nozerini qui ne comprenait rien à ses braillements et à ses invectives.

L'altière matrone, poussant Ettore Bibi devant elle et portant le cadavre du bambin, fendit la foule et se planta devant le chef de la Contrada.

— Voilà ce qui se passe ! cria-t-elle, tendant à bout de bras le petit corps supplicié.

Les soldats grognèrent et rengainèrent. Mais Nozerini avait ses ordres et n'était pas homme à se laisser dicter son devoir. Il ordonna de reprendre la position.

Examinant le cadavre, il remarqua l'infâme blessure.

— Où l'a-t-on trouvé ?

— Là-bas, indiqua la matrone en désignant l'extrémité de la calle Forni. Nu comme le petit Jésus qui vient de naître et aussi innocent !

La foule gronda.

Nozerini s'efforçait de réfléchir vite. Il n'était pas question que la populace donne l'assaut et massacre tous ceux qui se trouvaient à l'intérieur du ghetto. Il était le chef du Cannaregio et responsable de ce qui s'y passait. Le Conseil de la Sérénissime n'apprécierait certainement pas qu'un mouvement populaire, qui lui échappait, fasse régner la terreur chez ses Juifs.

— Qui est celui-ci ? demanda-t-il, désignant Bibi.

— Un autre innocent qui a vu l'assassin, répliqua la matrone.

— Quoi ? Qui a vu l'assassin !

Les rangs se remirent à gronder et à menacer du poing en direction des portes.

— Laissez-nous entrer, qu'on les égorge jusqu'au dernier !

— Oui, qu'on nous les laisse ! brailla la foule.

— Nous ferons nous-mêmes justice, et le Créateur sera vengé !

— Oui, vengeons Jésus ! hurla la populace.

Nozerini tourna son regard vers celui qui au premier rang attisait sa colère.

Un homme petit et gros, mal fagoté, négligé pour tout dire, qui, tourné vers ses voisins, leur parlait, et quand il s'arrêtait ses voisins étaient encore plus furieux et se poussaient, menaçant de déborder les quatre gens d'armes, pas si vaillants que ça, et pas si enclins à taper contre les leurs qui voulaient venger le Christ.

— Tu as vu l'assassin ? demanda Nozerini à Bibi.

— C'est ce que je dis, répondit l'enfant.

L'officier toisa la foule. Il était grand et en imposait avec son bel uniforme noir de chef de la Contrada en cuir et étoffe surpiquée, renforcé d'épaulettes de métal, les culottes prises dans de hautes bottes brillantes, la tête coiffée du casque bicorne en acier, surmonté d'une plume noire sur la visière.

Les cris aigus se fondaient dans un brouhaha qui ressemblait au bruit de l'Adriatique quand elle monte et descend, et que ses vagues claquent rageusement contre les palafittes.

— Dispersez-vous ! ordonna-t-il, sentant que la foule hésitait.

— Allez-vous laisser ces chiens tuer nos enfants ! hurla le meneur.

Nozerini comprit que c'était lui qu'il fallait circonscrire.

Il alla vers l'homme qui ne recula pas, appuyé aux autres, protégé par eux.

— Qui es-tu ?

— Moi ? un citoyen vénitien, seigneur, un bon chrétien qui n'en peut plus de voir ce que fait le peuple maudit !

La foule approuva bruyamment.

— As-tu vu le crime ?

— Lui, l'a vu ! hurla l'homme, désignant Ettore Bibi.

Nozerini saisit l'occasion.

— Très bien. Nous allons l'interroger et ramener le corps à la Prévôté. Donne-moi ton nom afin que l'on te convoque comme témoin.

— Je m'appelle Antoine de Crémone, répondit l'homme en se redressant.

Calimi fut appelé une nouvelle fois à la Prévôté.

Nozerini, et le légat du pape, Rizzo, nommé par Rome pour seconder les inquisiteurs laïcs, étaient présents.

Tous trois avaient le nez recouvert d'un linge épais pour résister à l'effroyable odeur.

Le corps était là depuis trois jours et la pièce entière en était empuantie.

Calimi s'essuya les mains sur un morceau d'étoffe et leur fit signe de le suivre dans la petite pièce attenante dont l'étroite fenêtre s'ouvrait sur l'arrière de la piazza. Il s'y pencha après avoir arraché son masque et respira largement.

Pire que la vue était l'odeur. Cette odeur épouvantable qui pouvait imprégner durant des jours et même des semaines les narines de ceux qui l'avaient reniflée.

— Ouf, dit-il en se tournant vers les deux autres qui l'avaient imité et inspiraient à pleins poumons les fétides exhalaisons du canal qui leur parurent ce jour-là d'une suavité infinie. La chaleur n'arrange pas nos affaires, remarqua le médecin, esquissant un sourire.

— Alors, qu'en déduisez-vous ? coupa Nozerini qui avait hâte d'en finir.

Calimi hocha la tête et fit quelques pas dans la salle basse et voûtée. « Les policiers sont toujours pressés, pensa-t-il. Pressés surtout que les autres trouvent les solutions. »

— Eh bien, cet enfant a été tué de plusieurs coups de couteau, et...

— Avait-il encore du sang ? coupa l'inquisiteur Rizzo.

— Du sang ? oui, il avait encore du sang. Il a fait chaud ces derniers jours et le sang n'est pas sorti aussi aisément.

— Croyez-vous à un crime rituel ? demanda encore Rizzo.

Calimi le fixa. Le policier brûlait d'en finir au plus vite avec cette affaire comme si une autre tout aussi urgente l'attendait. Le prélat voulait immédiatement sa proie comme si elle risquait de lui échapper. L'un et l'autre étaient étrangers à la simple beauté de la mort.

Le dottore Calimi, lui, trouvait la mort esthétique même si elle abîmait les corps. Il avait souvent observé combien la mort, qui faisait si peur, amenait de soulagement et même de joie sur les visages de ceux qui étaient passés de vie à trépas. Comme s'ils avaient enfin atteint le but fixé depuis leur naissance et qu'ils n'avaient plus à lutter ni à craindre.

— Un crime rituel ? réfléchit le médecin en faisant la moue, un crime rituel... oui, pourquoi pas ?

— Il nous faut autre chose que cette réponse, coupa Nozerini, toujours aussi nerveux.

Calimi éclata franchement de rire.

Mon cher Nozerini, vous me prêtez des talents que je ne possède point. La Faculté m'a appris à soigner pour éviter de temps en temps la mort, pas à trouver sa cause quand elle n'est pas d'ordre naturel, c'est-à-dire organique. Cet enfant, incontestablement, a été mis à mort... et...

— Et ? continua Rizzo, relevant le menton qu'il avait quasi inexistant, ce qui lui donnait un profil de lièvre.

— ... Et sodomisé.

L'inquisiteur resta le visage levé comme si devant la confirmation de l'infamie il se figeait à jamais.

— Quel âge avait-il ? demanda Nozerini.

— Quel âge ? Quatre, cinq ans maximum, répondit le médecin.

Les trois hommes restèrent silencieux.

— Ce n'est pas un crime de Juif, ça, reprit Nozerini.

Calimi haussa les épaules d'une façon désabusée.

— Les crimes n'ont pas de nation, dit-il.

— Lui a-t-on soutiré du sang ? s'inquiéta le chef de la Contrada.

— Comment le saurais-je ! s'emporta Calimi. Qu'il lui manque du sang, c'est certain. Maintenant, à savoir si on le lui en a soutiré exprès...

— A-t-il des blessures inhérentes à ce genre de crime ? insista Rizzo.

— Il a été égorgé, confirma le médecin. Peut-être ont-ils récupéré le sang par cette seule blessure...

Nozerini s'appuya à la petite fenêtre. Sur sa gauche s'amorçait le pont des Soupirs qui menait aux nouvelles prisons, lesquelles étaient déjà aux trois quarts pleines de voleurs et de criminels. Elles avaient été créées pour désengorger les anciennes que l'on appelait les Plombs parce que construites sous les toits du palais, glaciales l'hiver et torrides l'été, mais que les prisonniers préféraient aux *pozzi*, les Puits, humides, sombres, et remplis de vermine parce que situés sous le niveau du sol.

— Il faut convoquer les Juifs, dit l'inquisiteur.

— J'ai un témoin qui déclare avoir vu le criminel, lâcha Nozerini, tournant à peine la tête.

— C'est vrai, capitaine ! s'exclama Calimi. Alors quel est le problème ?

Nozerini ne répondit pas. Le problème c'est qu'il ne croyait pas vraiment à la version de cet Ettore Bibi qui avait déclaré avoir vu s'enfuir un homme avec une barbe noire et un grand manteau sombre.

Il l'avait interrogé durant plus d'une heure.

— Tu es sûr d'avoir vu un homme déposer le corps ?

— Je l'ai pas vu déposer, corrigea le garçon en secouant la tête. Je l'ai vu s'enfuir.

— Mais peut-être qu'il ne s'enfuyait pas... avait suggéré Nozerini.

— Si. Moi j'arrivais par l'autre côté, par la fondamenta di Cannaregio, et l'homme, quand il m'a vu, a couru vers le fond de la calle di Forno, en direction du ghetto. Après, j'ai trouvé le corps.

— Et tu as eu le temps de voir sa tête ?

Le garçon avait énergiquement acquiescé.

— Donc, tu pourrais le reconnaître ?

Bibi avait hésité, puis avait fait oui du menton.

Tout ça paraissait trop simple au policier. Pourquoi cet homme serait-il venu en plein jour se débarrasser du corps dans un lieu où il avait toute chance de se faire voir ?

— Tu habites où ?

— Dans le quartier de San Nicolo.

— Tu as tes parents ?

— Non, ils sont morts ou disparus. Je vis chez Pietro Asolo, qui est cordonnier.

Nozerini avait examiné l'enfant, malpropre et qui semblait gêné. Pourtant le policier n'avait pas eu l'impression de s'être comporté brutalement avec lui.

— Bon, avait-il conclu en le renvoyant. Tu seras sûrement obligé de revenir.

Le garçon avait eu une expression rusée.

— C'est vrai qu'on peut recevoir de l'argent pour un témoignage ?

Nozerini était un noble de simple naissance, un fils de capitaine de marine ennobli pour sa bravoure, mais son sens de l'honneur était aussi connu que son équité.

— On verra, répondit-il avec une grimace dégoûtée. Seulement, bien sûr, si tu n'as pas menti et que tu désignes le bon coupable.

— Vous en faites pas ! avait répliqué le garçon avec cet accent si caractéristique du quartier populaire de San Nicolo.

— Qu'est-ce que vous comptez faire, capitaine ? demanda Calimi. Votre témoin est-il capable d'identifier le coupable ? Si oui, qu'attendez-vous ?

Nozerini ne répondit pas. La paix civile pouvait dépendre de sa décision.

Quand il avait été trouver son capisestière pour lui narrer l'affaire, celui-ci lui avait fait la même remarque.

— Pourquoi ne l'arrêtez-vous pas si l'enfant peut vous le désigner ?

— Parce que je n'ai pas l'impression qu'Ettore Bibi dise la vérité, avait expliqué Nozerini.

— Pour quelle raison ?

— Pourquoi un Juif, si c'est un Juif qui a tué cet enfant, irait-il le déposer en plein jour près du ghetto ?

— Le premier a été trouvé à San Girolamo, l'assassin est le même, avait fait remarquer Cappelo. Je vais convoquer la sestière pour en débattre. En attendant, faites tenir les responsables juifs à disposition, ils doivent trouver le coupable. D'autant plus qu'à présent il y a un deuxième enfant.

— La découverte du corps a entraîné une émeute, avait dit Nozerini. La foule voulait marcher sur le ghetto et le mettre à mal.

Cappelo avait hoché la tête.

— On peut la comprendre, c'est un crime abominable.

— La sodomie m'incite à croire que ce ne sont pas les Juifs les coupables. S'ils voulaient le sang pour leurs galettes, pourquoi en plus l'abominer ?

— Celui qui l'a fait n'est pas à un crime près, avait rétorqué Cappelo. Faites voir le corps à Calimi pour confirmation et convoquez les *parnassim* pour interrogatoire. Crimes rituels ou pas, les Juifs peuvent être coupables.

— Père, que se passe-t-il ? interrogea Rachel.

Ils étaient tous deux dans l'office d'Asher à rédiger pour les territoires extérieurs des documents et des lettres qui concernaient leurs biens.

— De quoi parles-tu, ma fille ?

— Je te sens soucieux.

— Quel père ne le serait pas, rétorqua-t-il, à quinze jours du mariage de sa fille ?

— Je t'en prie, dit Rachel d'un ton si grave qu'Asher leva les yeux sur elle.

Ils se ressemblaient par la structure de leur visage au front haut et bombé, la couleur grise de leurs yeux, plus sombre chez Asher ; le nez droit et légèrement osseux, et la bouche, davantage dessinée et pleine chez Rachel mais grande comme celle d'Asher.

— Je t'en prie, je ne suis ni aveugle ni sourde, reprit Rachel, et je sais qu'il se passe quelque chose. Ces lettres envoyées à notre famille de Smyrne... pourquoi maintenant ?

— Pourquoi pas ? Je les préviens de ta prochaine union !

— Soit. Mais j'ai remarqué aussi que tu te souciais de récupérer tes créances et que Daniele avait ordre de s'en assurer au plus tôt. Pourquoi cette hâte inaccoutumée ?

— Mais qu'est-ce que c'est que cette impudence ! s'exclama Asher avec impatience. Occupe-toi donc de ton trousseau qui, d'après ta mère, est en panne depuis trop longtemps et ne sera jamais prêt. Crois-tu que marier une fille ne coûte rien ? Si je m'inquiète de récupérer des avoirs, c'est pour ta dot, ma fille, si tu tiens à le savoir !

Rachel le regarda avec insistance. Ce ton n'était pas dans ses habitudes. Marier sa fille coûte, certes, beaucoup de ducats et de tracas, mais pas au point de susciter l'angoisse dans les yeux d'un père.

— Comme tu voudras, soupira-t-elle.

Ils reprirent leurs travaux et Asher se reprocha de la tromper. Elle lui était trop proche pour ne pas sentir ses changements d'humeur, et lui la rembarrait au point de lui faire de la peine.

Pourquoi ternir la joie de sa prochaine union, si jamais elle se faisait ?

Ils allaient connaître des temps difficiles, ces temps qui revenaient avec la régularité du malheur, et son devoir était d'assurer la sécurité de sa famille.

Une *carrache* dont il connaissait bien le capitaine cinglait le lendemain vers la Sublime Porte. Elle apporterait avec elle lettres et grosso d'argent à confier à la famille turque. Qui sait si, suite à cette vilaine affaire, tous ne devraient pas fuir pour éviter de mourir.

— Que s'est-il réellement passé l'autre fois quand la foule voulait donner l'assaut au ghetto ? reprit Rachel après un silence. C'est la première fois que cela se produit. On dit qu'ils poursuivaient un assassin, pourquoi chez nous ?

— La foule est capricieuse et déraisonnable, répondit Asher tout en continuant d'écrire. Peut-être les gens ont-ils cru que l'homme voulait se réfugier à l'abri de nos murs.

— Les cris poussés nous étaient hostiles, rétorqua Rachel. (Elle posa brusquement sa main sur celle de son père.) Ce n'est pas un vulgaire meurtrier qu'ils voulaient, c'était notre mort. Pourquoi ?

Asher soupira.

— Le cadavre d'un enfant chrétien a été trouvé près de San Girolamo. On dit qu'il n'avait plus de sang. Un second a été tué dans la calle di Forno. Les gens nous croient coupables parce que ces crimes correspondent à la date de notre Pâque...

La jeune femme sentit le sang quitter son visage. Le souvenir des bûchers où avaient brûlé les Juifs accusés à tort de ce crime horrible était encore proche. Et les nombreuses bulles papales, dont celle, récente, de Paul III ordonnant que soit renouvelée aux Juifs la protection accordée par ses prédécesseurs, n'y changeaient rien.

— Qu'en disent les autorités ? s'enquit-elle.

Asher haussa les épaules, posa sa plume et se redressa sur sa chaise.

— Ils demandent que nous fassions une enquête dans le ghetto pour trouver le coupable, répondit-il sourdement.

— Quoi ? Mais quel coupable ? Personne d'ici n'a tué d'enfant chrétien pour prendre son sang !

— C'est justement ce qui m'inquiète, ma fille. Il n'y a pas de coupable mais ils nous ordonnent d'en trouver un.

À ce moment, un bruit de bottes et d'ordres lancés leur parvint du rez-de-chaussée de la banque, mêlé à la voix plus faible de Daniele. Tous deux se levèrent et coururent à la fenêtre flanquée d'un balcon, luxe que nombre de familles riches utilisaient pour augmenter la surface des logements trop exigus. Ils se penchèrent et un soldat releva la tête. Il cria quelque chose vers l'intérieur de l'office et Nozerini apparut.

— Asher di Simon da Modena ? héla-t-il.

— C'est moi, répondit Asher, en même temps qu'il vit un groupe d'hommes attendre à l'écart sous la surveillance de deux gardes.

Il reconnut ses pairs laïcs, les Sages choisis pour représenter les différentes communautés juives du ghetto. Il sentit les battements de son cœur s'accélérer.

On était venu les arrêter.

— Que puis-je faire pour vous, capitaine ? s'enquit-il.

— Descendre, tout d'abord, répliqua le policier. Je m'en expliquerai alors.

— Je viens, dit Asher.

Il entra dans le bureau suivi de Rachel, pâle comme une morte, qu'il serra dans ses bras.

— Ce n'est rien, vérification, sans doute. Préviens ta mère. Elle est chez sa sœur mais revient tantôt. Pour Vitale, seulement si je n'étais pas là demain. Inutile qu'il se fasse du souci au risque de gêner ses études.

(Il prit le paquet de lettres qu'il venait de terminer.) Fais tenir ceci au capitaine Trevisan. Son *cocche* est à quai au rio Galeazze à l'Arsenal et prend demain la mer. Il s'appelle…

— Je le connais, coupa Rachel. Mais toi, tu ne vas pas partir comme ça !

— Et comment donc ?

— Mais pourquoi t'arrêtent-ils ?

— Ils ne m'arrêtent pas. As-tu vu dans la rue mes amis ? Ils veulent nous charger de l'enquête, simplement. Je te l'ai dit.

— Ils vous garderont, dit Rachel d'un ton âpre.

— Mais non ! fit Asher avec une désinvolture qu'il ne ressentait pas. Mais non. J'ai vu le capisestière Cappelo, j'étais prévenu. Ils ont simplement attendu, et c'est courtois de leur part, la fin de nos fêtes. Je serai là tout à l'heure.

— Et si tu ne l'étais pas ?

Le père et la fille sont face à face, et dans leurs yeux passent les souvenirs et les mises en garde que l'on se transmet de génération en génération pour se protéger de la fureur des chrétiens.

— Mon fils n'est pas là, car il apprend pour devenir un grand et bon docteur qui aidera son prochain, alors c'est à toi ma fille que je confie durant cette très courte absence le soin de guider ta mère et assurer la bonne marche de notre maison. Dans deux semaines au plus tu seras à un autre qui te protégera et t'aimera, pardonne-moi de te demander de me remplacer dans cette épreuve, toi qui devrais être tout entière tournée vers le bonheur qui t'attend avec Joseph.

— Ne te mets pas en peine, père, quand tu vas revenir tu retrouveras ta maison en aussi bon état qu'elle l'est en ce moment. Je vais de ce pas à l'Arsenal.

Elle n'en dit pas davantage mais ils se sont compris. Avec ou sans son concours et s'il est retenu trop longtemps ailleurs, elle se chargera d'assurer avec Vitale leur sauvegarde.

Asher se félicite d'avoir fait confiance à son instinct qui lui a soufflé que sa fille était d'une trempe différente. Mais il se demande avec crainte si son destin ne sera pas le même, à presque trois siècles de distance, que celui qui fit de leur lointaine aïeule, Rachel Mayerson, une guerrière et une fugitive.

Asher et ses amis furent conduits dans la salle des *Babau* où avait été reçu leur accusateur Bernardino da Mantova, bien que les « Allemands » dépendissent de la *Magistratura del Cattaver* et les Levantins de celle des *Cinque Savi alla Mercanzia*.

Mais la cause était trop grave, ils devaient être entendus ensemble par ceux que l'on appelait « les Trois Sages contre l'Hérésie », le légat du pape, le patriarche de Venise et l'inquisiteur dominicain. Les seuls à pouvoir voter lors du prononcé des sentences.

Mais, lorsqu'ils arrivèrent, seuls étaient présents Manfredi, l'inquisiteur d'État et membre du Conseil, et Rizzo, le légat du pape.

Tandis qu'ils s'asseyaient sur les bancs mis à leur disposition, entra le dominicain qui rejoignit ses pairs à la table des inquisiteurs.

Les Juifs avaient revêtu pour la circonstance les habits caractéristiques de leurs origines. Lévite noire sur chemise blanche avec bonnet bicorne jaune des *Ashkenazim* ; manteau de satin brodé ouvert pour les trois quarts sur une tunique de même étoffe, et turban rouge des *Sefardim* ; riche manteau, brun ou jaune, des Levantins et Ponantins, coiffés comme les *Sefardim* du turban écarlate.

Asher, de la communauté des Italianis, la plus ancienne avec celle des « Allemands », était habillé comme les marchands vénitiens chrétiens d'un manteau boutonné jusqu'au col garni d'une peau de martre, et coiffé d'un chapeau rond en velours de même couleur grenat.

L'inquisiteur Manfredi indiqua d'un coup de maillet que la séance était ouverte.

— Ce jour de l'an 1575, au cinquième mois de l'année et au deuxième jour du mois, a été procédé à l'interrogatoire de douze Juifs concernant les abominables crimes intervenus dans notre cité et dont ont été victimes deux enfants chrétiens, l'un nommé Girolamo, né de parents inconnus et non réclamé, et le second, Paolo Barnaba, fils de Gino Barnaba, maçon, et de Cinna Barnaba, son épouse, née Paglia.

L'inquisiteur leva les yeux de son papier et examina les douze hommes assis devant lui. Il désigna Asher du doigt.

— Levez-vous et dites qui vous êtes.

— Je m'appelle Asher di Simon da Modena et représente les intérêts de mon peuple en compagnie de mes pairs ici présents.

— Qu'avez-vous à dire concernant cette affaire ?

— Nous avons été chargés par le chef de la Contrada du quartier du Cannaregio auquel nous appartenons de rechercher dans le ghetto l'éventuel auteur de ces crimes. Mais j'affirme à votre seigneurie qu'aucun Juif n'est coupable de cette abomination. Seuls, ceux acharnés à nous perdre dans l'esprit de nos voisins chrétiens ont pu formuler cette accusation qui ne repose sur aucune preuve. L'Église représentée ici par le légat du pape et par le père dominicain sait depuis toujours que ces accusations sont fausses.

Le dominicain se dressa et pointa son doigt sur Asher.

— Ne parlez pas de notre Sainte Mère l'Église qui sait de quoi vous êtes capables, vous et les vôtres ! tonna-t-il.

— Diriez-vous, reprit l'inquisiteur d'État, qu'aucun de vous n'est pour quelque chose dans ce crime ?

— Je l'affirme, votre seigneurie.

— Et pourtant, dit l'inquisiteur en lançant un coup d'œil vers le légat et le dominicain, et pourtant... nous avons un témoin.

Un murmure parcourut aussitôt le banc des Juifs, qui s'entre-regardèrent.

— Taisez-vous ! cria le dominicain. Taisez-vous, fils et adorateurs de Satan. Vous allez être confondus et ne pourrez plus nier. Qu'on introduise le témoin, ordonna-t-il aux gardes en faction près des portes.

Ettore Bibi, accompagné de Nozerini, entra et vint prendre place devant la table des inquisiteurs.

— Capitaine Nozerini, demanda l'inquisiteur Manfredi, est-ce là votre témoin ?

— Oui, votre seigneurie, c'est ce qu'il affirme.

L'inquisiteur s'adressa à Bibi.

Tu dis avoir vu un homme habillé de noir déposer le corps du jeune Barnaba ?

— J'sais pas comment y s'appelle, seigneur, tout c'que j'sais c'est que j'ai vu un homme habillé comme ceux-là devant, s'enfuir après s'être relevé du cadavre.

— Le reconnaîtrais-tu ?

Bibi regarda les *Ashkenazim* et haussa les épaules.

— Dans ceux-là ?

— Par exemple.

Le dominicain se dressa.

— Peux-tu montrer du doigt celui que tu as vu ?

— Vos Excellences, intervint Nozerini, Ettore Bibi ignore peut-être que d'autres Juifs habillés de même manière ne sont point présents.

— Mais qu'il nous dise toujours si c'est un de ceux-là ! tempêta le dominicain.

Le garçon parut effrayé et son regard furtif alla du chef de la Contrada à l'ecclésiastique.

— Alors parle, ordonna Nozerini avec humeur.

— Y en a d'autres ? lui demanda Bibi.

— Évidemment. Beaucoup d'autres sont habillés en noir et portent la barbe. Ce qu'on te demande pour l'instant, c'est s'il s'agit d'un de ceux-là.

Le garçon examina chacun et leva un doigt ferme sur l'un d'eux.

— Lui ? s'exclama le dominicain, tu es sûr ?

— Oui, c'est lui, répondit Bibi.

Le dominicain eut un regard triomphant.

— La vérité sort de la bouche des enfants, conclut-il simplement.

L'accusé s'était dressé. Grand et maigre, son expression sévère était accentuée par la pâleur de son teint que renforçait la couleur noire de jais de sa barbe.

— Je m'appelle Samuel Kranowski et je suis arrivé de Lituanie depuis de longues années pour vivre ici. Je suis marchand, fais le commerce des grains, et ma maison est honorablement connue. Et je n'ai tué de ma vie ne serait-ce qu'une volaille. Cet enfant ment. Les miens m'ont élu comme Sage de notre communauté, et si ce garçon dit la vérité, qu'il dise également quel jour il a trouvé ce malheureux Barnaba.

Le dominicain se tourna vers Manfredi qui vérifia dans ses papiers.

— Le 28 avril, répondit l'inquisiteur.

Le visage de Samuel Kranowski s'éclaira.

— Le 28 avril était le dernier jour de notre Pâque et j'étais en famille à Mestre. Le chef de police qui m'a délivré le laissez-passer vous le confirmera.

Les épaules du dominicain s'affaissèrent et il regarda Bibi d'un air furieux. L'enfant fut saisi de frayeur.

— Mais j'sais pas, moi, j'vous l'ai dit, y s'ressemblent tous !

L'inquisiteur d'État fixa férocement Nozerini, qui avait envie d'écharper sur place le coquin.

— D'où vient ce témoin ? demanda-t-il.

— Il s'est présenté spontanément, répondit le capitaine. Il a affirmé pouvoir reconnaître le meurtrier.

— Mais j'peux ! s'écria Bibi. Mais qu'on m'en montre d'autres !

— Qu'il sorte ! ordonna l'inquisiteur. Demeurez, capitaine.

Un garde prit Ettore Bibi par le bras et l'accompagna dehors.

— Capitaine, croyez-vous valable le témoignage de cet enfant ?

— Je n'en suis pas sûr, votre seigneurie. Il affirme avoir vu un homme habillé de noir et portant une longue barbe de même couleur s'enfuir en l'apercevant, et peu après il serait tombé sur le corps du petit Barnaba.

— C'est tout ?

— Oui, seigneur.

L'inquisiteur pria ses pairs religieux de s'approcher et tous trois tinrent conciliabule pendant que les Juifs félicitaient celui qui avait été injustement accusé.

L'inquisiteur d'État Manfredi revint vers eux.

— Nous avons décidé qu'un membre de chaque communauté représentée resterait à la disposition de la justice tant que vous ne nous aurez pas livré le ou les coupables de ces crimes.

Asher se dressa.

— C'est une iniquité, monseigneur. Votre témoin a été confondu et son mensonge rendu patent. Aucun Juif n'a tué d'enfant chrétien.

— C'est pourtant notre résolution et elle est sans appel. Trois parmi vous que je vous laisse choisir seront conduits aux Plombs et gardés jusqu'à ce que le coupable ait été amené devant nous.

— Monseigneur, je vous adjure de revenir sur cette décision qui entache l'honneur de notre communauté et ne pourra que retarder la solution de cette pénible affaire. Pendant que vous nous soupçonnez, à tort, le vrai meurtrier va s'échapper ou se cacher, s'insurgea Asher.

— Choisissez ceux qui demeureront, répliqua le légat qui jusque-là n'avait rien dit.

Asher le regarda et comprit que rien ne ferait fléchir cet homme qui portait sur son visage cireux le masque de l'intransigeance et du fanatisme.

— Alors moi, dit Asher.
— Comme vous voudrez, acquiesça Manfredi.

Mais les amis d'Asher récusèrent aussitôt ce choix. Même ceux de la communauté de la Grande Tedesca à laquelle il appartenait et que sa décision libérait.

— Tu vas marier ta fille, tu ne peux être absent. Moi je suis délivré de charge d'enfant et ma femme saura tenir la boutique, déclara Israël di Isaïa qui vendait des étoffes près de la Scuola Canton. Je reste.

Pendant la discussion, les inquisiteurs étaient sortis, seuls Nozerini et les gardes attendaient sans impatience que soient désignés les trois otages.

Quand ils le furent, Nozerini, qui avait conscience de participer à une injustice, emmena aux Plombs Israël di Isaïa, de la communauté des Italiens, Angelo da Nuccia, qui représentait les *Sefardim* et les Levantins et faisait commerce d'épices, et Moshe Rabinovitz, rabbin à la Scuola Canton.

Le capitaine Trevisan travaillait depuis longtemps avec la banque d'Asher et connaissait bien Rachel.

— Ces lettres seront remises, ne vous en faites pas. J'appareille demain à l'aube, dit-il à la jeune femme.

— Remettez-les en main propre, capitaine, recommanda-t-elle.

— Ce sera fait, ne vous faites pas de souci. Pourquoi n'est-ce pas votre père qui est venu ? Quoique je ne m'en plaigne pas. La messagère vaut mieux pour moi que le messager.

— Il est très occupé, répondit Rachel, et j'avais envie de me promener.

— Avez-vous vu que notre Arsenal s'est encore agrandi ? voulez-vous que je vous y montre l'endroit où sont armées et gréées nos galères, ou même aimeriez-vous voir de près le Bucentaure, la barge de cérémonie du doge ? proposa Trevisan.

— Je vous remercie, capitaine, une autre fois, peut-être.

— Irez-vous un jour visiter votre famille à Smyrne ? demanda encore le capitaine, qui semblait disposé à parler en même temps qu'il surveillait l'ultime chargement de son navire. J'aurais plaisir à vous y conduire.

— Probablement, mais pour l'instant je me marie, répondit Rachel qui voulait s'esquiver, le cœur peu enclin à faire la conversation.

— Oh, mais quelle joie doit être celle d'Asher ! s'exclama Trevisan. Permettez que je vous félicite, dit-il en se penchant sur la joue de la jeune femme dans l'intention de l'embrasser.

Elle se recula vivement.

— Pardonnez, capitaine, mais je dois partir. N'oubliez pas nos lettres.

Trevisan parut dépité de la voir ainsi se sauver. Il n'avait que quarante ans et n'était pas insensible au charme de Rachel. Même s'il savait avoir peu de chance et même pas du tout d'obtenir quelque faveur d'elle.

Les relations charnelles ou amoureuses entre les chrétiens et les Juifs étaient strictement proscrites sous peine de graves sanctions. Mais Trevisan connaissait plus d'un exemple où l'amour avait été plus fort que la loi.

Il la regarda partir, légère au milieu de tous ces ouvriers occupés à conserver à Venise sa suprématie maritime.

Deux *arsenalotti* juchés sur des échafaudages et qui avec d'autres armaient une de ces trirèmes qui avaient contribué à la gloire militaire de la cité, interpellèrent joyeusement la jeune fille. Ces garçons habiles qui bénéficiaient de salaires élevés étaient très recherchés par les marieuses et ne se privaient pas d'en profiter.

— Oh, *signorina bella*, où courez-vous ainsi ? Mon ami et moi vous ferions volontiers un brin de causette si vous nous laissez le temps de vous rejoindre ! crièrent-ils sous les rires de leurs compagnons.

Habituellement, Rachel aurait répondu ou au moins souri, mais, à cet instant, son cœur était trop étreint par la crainte pour qu'elle y pense seulement. Elle ne songeait qu'à retourner chez elle voir si son père était revenu.

Elle monta dans une gondole attachée à sa *paline* et dont le gondolier discutait plus loin. La voyant s'installer, il revint vivement.

— Où va-t-on, mademoiselle ? demanda-t-il avec un geste de galanterie.

— Au ghetto, répondit-elle sèchement, s'attendant à une remarque.

— Par le Grand Canal ou par ceux des amoureux ? répliqua-t-il.

Elle le fixa. Qu'avaient-ils donc tous, aujourd'hui ? Ne sentaient-ils pas la tempête approcher ? Il est vrai que le mauvais temps ne les concernait pas. C'était même eux qui soufflaient dans les voiles.

Rachel repoussa son assiette. Elle n'avait pas faim.

Son père, revenu tard, avait été évasif et désireux de se montrer rassurant. Sûrement pour ne pas alarmer Sarra, avait pensé Rachel.

Elle irait le retrouver plus tard pour l'interroger. Elle put seulement lui glisser qu'elle s'était acquittée de sa mission.

La servante versa la soupe où avait cuit le bœuf, et Asher la félicita.

— Ah, tu as remarqué, s'exclama Sarra. J'ai changé de boucher. Allegrezza me vendait de la carne ! Je suis allée chez Angelo di Musetto, tu sais, au coin de la calle del Pistor. C'est moins cher et c'est bien meilleur.

Rachel sourit. Sa mère était la meilleure des femmes mais pourquoi les hommes avaient-ils décidé que leurs épouses seraient le plus possible tenues éloignées des soucis ? Manque de confiance ou, au contraire, générosité ?

Quoi qu'il en soit, pensa-t-elle, ce n'était pas le genre de vie qu'elle aurait avec Joseph. Il avait bien compris qu'elle voulait sa part de joies et de peines et surtout pouvoir décider ce qui était bon ou non pour elle.

Son père acheva son repas en négligeant le dessert de pomme fondue à la cannelle qu'il aimait tant, et Sarra s'en alarma.

— Qu'as-tu, Asher, tu n'es pas bien ? Tu n'aimes pas mon gâteau ?

— Mais si, mais si, répondit-il d'un ton qu'il aurait voulu moins impatient. (Que mangeaient ce soir dans leurs cellules immondes ses compagnons enfermés ?) Mais j'ai des choses à voir. Terminez sans moi.

Il sortit vivement, laissant son épouse pantoise.

— Qu'a ton père, le sais-tu ? demanda-t-elle à sa fille.

— Pas d'appétit, répondit-elle, ça arrive. Ton gâteau est très bon, mère, ajouta-t-elle en l'émiettant sur le bord de son assiette.

Sarra la regarda avec méfiance. Ces deux-là lui cachaient quelque chose, tout autant qu'elle leur cachait sa peur.

La prenaient-ils pour une idiote dépourvue d'oreilles et d'yeux ? Croyaient-ils vraiment que son unique souci était de réussir l'osso-buco ou la poule farcie ? Et qu'est-ce que cette fille qui se mettait toujours du côté de son père ? Avait-on déjà vu ça ?

Elle se leva pour enrayer sa nervosité. Depuis un certain temps le ghetto bruissait de signes alarmants. Certaines de ses amies avaient déjà empaqueté de quoi fuir et survivre un temps ailleurs. Mais où survivre quand la meute vous traque ? Le daim, dit-on, trouve grâce s'il se réfugie dans une église. Mais eux pouvaient-ils se réfugier dans le temple de ceux qui les pourchassaient ?

La mort des enfants chrétiens était-il le signe de l'hallali ? Ces petits innocents cachaient-ils dans leurs flancs la disparition de leur communauté ? Et pourquoi Asher ne lui disait-il rien ?

Elle regarda sa fille débarrasser avec la servante. Comme elle était forte et fragile. Et comme ce monde était triste qui mettait sur le front d'une future épousée non l'impatience qu'on devrait y trouver, mais le voile de la peur.

Quand Sarra priait à la synagogue, elle était portée par la joie et la lumière. Mais parfois elle pensait que Yahvé était bien sévère de leur laisser si peu d'espoir.

Le rabbin Abramo Sabato di Ricca, un saint homme, leur avait dit que D' avait élu les Juifs pour être témoins. Témoins de la folie des hommes. Mais pourquoi étaient-ils aussi souvent accusés par ces mêmes hommes ?

Sarra sait qu'elle ne devrait pas tourner ces idées folles dans sa tête. Les penser est déjà en soi offenser D'.

Elle regarda par la fenêtre le campo étrangement calme ce soir. Pas de groupes qui discutaient bruyamment, pas d'enfants qui se poursuivaient, pas de fiancés qui se promenaient ou s'asseyaient sur les bancs pour parler d'eux.

Sur sa droite, les fenêtres de la Scuola Grande Tedesca sont sombres, discrètement éclairées comme pour ces réunions où l'on craint de se faire remarquer.

Au-delà des murs qui leur cachent le monde, au-delà des portes qui les en préservent et les en retranchent, au-delà du ciel qui les regarde, ils sont plus désespérément seuls que jamais.

Chapitre VII

Sofia Gritti se tourna vers le jeune assistant, qui, avec application, oignait d'un *gesso* gras un détail des *Bacchanales* que Titien avait peintes pour un de ses collectionneurs, des années auparavant, et qui venaient de lui être retournées, légèrement endommagées.

Autour de l'artiste se pressait la foule habituelle des amis qui suivait avec ferveur le délicat travail.

— Et là ? demanda le comte Sforzi qui se piquait de connaissance, qu'allez-vous y appliquer comme couleur ?

Le jeune homme rougit et répondit :

— Du blanc et du jaune qui raviveront cette teinte papale trop passée.

— Et comment l'obtiendrez-vous ? demanda encore le comte.

— En liant les poudres grenues que j'ai broyées avec un œuf entier.

On s'exclama de son habileté et le jeune homme rougit davantage.

Venu de Ravenne suivre les cours de Titien, il était si habile qu'en peu de temps il avait conquis le statut de *lavatore*, et le maître lui avait confié ce délicat travail de restauration.

Il n'avait pas vingt ans et sa joue avait le reflet de la rose. Ses cheveux, de ce blond si cher aux Vénitiens, entouraient de boucles folles son visage qui avait conservé la rondeur émouvante de l'enfance.

Sofia fixa sa bouche aux lèvres pleines et mobiles, et le peintre, relevant son regard, croisa le sien, et dans sa confusion étala avec trop d'épaisseur le blanc de chaux.

Sforzi, à qui rien n'échappait, leva un index réprobateur en direction de la comtesse qui pouffa.

— Ne troublez pas l'artiste, comtesse, sa réputation est en jeu, sinon la vôtre.

Sofia se leva dans un ample mouvement de jupe et saisit sur le guéridon disposé devant elle un verre d'un vin de France à la robe chatoyante.

— À la santé de la beauté, dit-elle, levant son verre en direction de l'artiste.

Ses amis renchérirent et Sofia s'approcha du garçon.

— Dis-moi, quel est ton nom ? lui murmura-t-elle à l'oreille.

— Massimo, souffla l'éphèbe, cramoisi.

— Massimo, répéta Sofia, Massimo, comme j'aimerais te peindre !

On rit plus fort et le cercle s'égaya au point d'attirer l'attention du maître de l'atelier, Paolo, qui se sentit obligé d'intervenir.

— Gentes dames et vous, messieurs, souffrez de laisser travailler mon protégé, dit-il, faussement réprobateur. Savez-vous que ce Massimo est appelé à devenir un très bon ouvrier ?

— Ouvrier seulement, avec une si jolie figure ! s'exclama Sofia. Par ma foi, je lui offrirais quant à moi bien davantage !

Paolo supplia encore la joyeuse compagnie de se retirer de quelques pas, parce que Massimo arrivait à ce point délicat où tout pouvait basculer.

La cohue reflua en se faisant tirer l'oreille, mais Sofia ne quittait pas des yeux le bel ange.

— Aimeriez-vous croquer ce pigeonneau ? lui chuchota Sforzi.

— Tout autant que vous, mon cher, répliqua la comtesse.

— Ma foi... Qu'est donc devenue votre amie, enchaîna-t-il, cette Rachel de si aimable tournure et d'esprit si charmant ?

— Hélas, répondit Sofia, plus de nouvelles. Je crains que nous ne l'ayons troublée plus qu'il n'aurait fallu.

— L'avez-vous cherchée ?

— Non. Quant à aller la trouver dans le ghetto... mais vous, mon cher, on dit que vous commercez avec les banquiers juifs...

— Ça m'arrive... Désirez-vous que je m'en inquiète ? Peut-être nous fuit-elle.

— Elle nous fuit sans nous fuir, murmura Sofia, comme ce tendre moineau accroché à sa toile et qui nous jauge, pensant que nous ne le voyons pas. J'aime cette retenue chez les hommes autant que l'audace chez les femmes. Je trouve que notre société est mal faite qui attend des hommes qu'ils entreprennent alors qu'ils sont faits pour être pris.

— Mais ils ne demandent que ça ! répliqua Sforzi en s'inclinant. Faites de moi votre esclave blanc puisque vous en avez tant de noirs.

— Qui vous a dit ça ?

— Mais ce n'est pas un secret que vos jeunes nubiles ont la grâce des oiseaux de paradis et vos esclaves mâles la prestance des hommes désirés, et que tous vous idolâtrent.

— Que me chantez-vous là, Sforzi ! Vous prêtez une oreille de vieille femme aux commérages de cette cité qui bruit comme une volière, et n'est jamais si heureuse que lorsqu'elle peut gâter par la médisance les meilleures réputations !

— Oh comtesse ! s'exclama Sforzi en lui prenant la main et la portant à ses lèvres, mon nom est le bouclier de votre réputation, vous le savez... Comme vous savez que le vôtre est synonyme de gaieté et de générosité. À propos de bruit, savez-vous celui qui court et dit que deux enfants chrétiens auraient été trouvés morts près du rio San Girolamo ?

— Non, et pourquoi l'aurais-je entendu ? Des enfants qui meurent, c'est hélas trop fréquent. Se sont-ils noyés ?

— Non, on les a tués !

— Dieu du Ciel ! les pauvres petits ! mais qui aurait pu faire ça ? A-t-on trouvé le coupable ?

Sforzi s'éloigna et prit un air mystérieux.

— Je sais par mon ami Zorzi, qui est conseiller ducal, qu'ils ont des soupçons.

— Ah ? Zorzi, qui est mon cousin, ne m'en a rien dit.

— Ils disent... enfin les inquisiteurs, principalement les religieux, qu'il pourrait s'agir d'un crime rituel.

— Expliquez-vous, Sforzi, vous me faites languir.

Le comte eut un sourire complice et se pencha sur l'oreille de son amie.

— C'est plutôt vous, ma chère, qui semblez faire languir le gracieux Massimo...

Sofia se détourna vers le jeune maître qui piqua brusquement du nez, confus d'être surpris à dévorer des yeux la belle comtesse.

Elle éclata de rire et s'approcha de lui.

— Notre jeune ami a-t-il fini de réparer ce chef-d'œuvre ? demanda-t-elle à maître Paolo en train d'examiner le travail.

— Pour aujourd'hui, oui, répondit-il, la pâte doit sécher.

— Alors, puis-je vous l'enlever ?

Paolo se raidit. Sofia Gritti et ses amis étaient de trop généreux mécènes pour qu'il les envoie promener quand leurs caprices de nobles empiétaient par trop sur le travail.

Titien les aimait parce que c'était eux, avec leurs commandes nombreuses et l'étendue de leurs relations, qui avaient fait du maître ce qu'il était : le peintre quasi officiel de la Sérénissime et pour le moins le plus riche et le plus convoité.

— Si vous nous l'enlevez, comtesse, promettez-moi de me le rendre pour qu'il achève son travail.

— Mais, Paolo, mes amis et moi n'avons que son bien en tête. Simplement j'aurais aimé qu'il soupe avec nous dans mon palais.

— Dans ce cas, comtesse, s'inclina Paolo, il est à vous.

Ils repartirent bientôt en gondoles au travers du Grand Canal. La procession était si riche et si animée, que, des quais, fusaient bravos et acclamations auxquels répondait aimablement la joyeuse compagnie.

Massimo était assis près de la comtesse, dans le felze orné des armes de la famille Gritti, face au comte Sforzi.

— Aimez-vous le vin, gentil Massimo ? demanda la comtesse.

— C'est-à-dire... qu'il ne m'arrive pas souvent d'y goûter...

— Entendez-vous, Sforzi ? N'est-ce pas charmant ? Jeune Massimo, trempez vos lèvres dans ce nectar qui me vient de mes vignes propres, et qui saura, je le gage, vous donner force et audace.

— En manque-t-il ? s'inquiéta Sforzi.

— Alors, conservons-les-lui ! s'exclama la comtesse.

Ils arrivèrent au palais Gritti, face à la basilique Santa Maria della Salute, et tous descendirent aidés par une armée de valets habillés de vert et de pourpre, noirs de peau pour la plupart, qui les accompagnèrent à l'intérieur d'une des plus belles demeures de Venise avec ses plafonds peints par Véronèse, ses murs habillés de soie où étaient suspendues les œuvres des grands maîtres, et ses sols faits des marbres les plus rares, recouverts de tapis précieux.

Son mobilier venait des quatre coins du monde. Styles mêlés dans une parfaite harmonie où des commodes d'Orient chargées de marqueterie et de dorure voisinaient avec des cabinets chinois de laque noire ou grenat peints comme des tableaux ; des bibliothèques où s'alignaient des volumes de cuir repoussé gravé d'or, recueils de poèmes, livres de médecine, précis d'histoire ; des tables massives aux plateaux de marbre représentant des scènes champêtres posés sur de forts piétements de bronze ; des fauteuils austères achetés en France ou dans les Flandres ; de fragiles meubles de bois doré à l'italienne dans le salon consacré à la lecture et à la musique.

— Voyez, Massimo, dit la comtesse en entraînant le jeune homme vers une plaque apposée sur l'un des murs et représentant, au-dessus d'un texte écrit par Ludovico Dolto, une ourse léchant son petit. J'ai même en ma possession l'*impressa* de votre maître. Lisez ce qui y est écrit.

— *L'art a rivalisé avec la nature de tout temps, mais Titien a triomphé de l'art, du génie et de la nature*, lut docilement le jeune homme.

— Exactement, Massimo, votre maître est le plus grand et c'est tout à votre honneur d'avoir été choisi par lui.

— Comtesse, comtesse, s'exclama un des convives, l'art appartient à tous, et laissez-nous un peu votre protégé puisque, ensuite, vous l'aurez tout à vous !

Sofia Gritti se rendit de bonne grâce à la prière de ses amis et Massimo fut fêté par chacun au point qu'il perdit bientôt de sa timidité et se mêla à la bonne humeur générale.

— Le garderez-vous cette nuit, comtesse ? demanda Sforzi, observant le jeune homme qui buvait avec l'une, dansait avec l'autre et marivaudait avec toutes.

— Mon ami, comme le disait si bien Marsile Ficin dans ses commentaires du *Banquet* de Platon, l'amour est désir de beauté, et ce Massimo qui en est si pourvu ne peut avoir qu'une belle âme. Alors laissons le faire, car pour moi, si je désire qu'il m'aime, il ne le fera que de son plein gré et d'autant mieux, comme le disait André Chapelain qui sut inventer l'amour courtois, qu'il en aura envie.

— Vous êtes joueuse, comtesse, serait-ce parce que vous gagnez souvent ?

— Gagner, perdre, fait partie de la vie, et je ne saurais m'y soustraire puisque je l'aime.

— Manieriez-vous aussi la philosophie ?

— Principalement celle d'Épicure, mon cher.

La soirée se prolongea jusque tard dans la nuit, presque à la pointe de l'aube, mais la comtesse et de Massimo s'étaient éclipsés bien avant.

Bernardino da Mantova frappa à l'huis du dottore Alvise Calimi à l'heure où le soleil de mai troque sa très vive lumière contre celle plus douce dans laquelle il s'endormira.

Il accourait aux nouvelles par les quais qui longent le Cannalezo, sans rien voir de la sublime beauté de Venise dont les palais se lovent dans les rayons de miel qui caressent ses eaux.

Crémone lui avait rapporté que le témoin qui avait dit avoir vu le Juif tuer l'enfant avait été renvoyé par les inquisiteurs courroucés.

— Mais pourquoi, s'était écrié Mantova, puisqu'il l'a vu !

— Certes, mais cet imbécile a désigné un Juif qui se trouvait absent de Venise le jour du crime ! Après cela, on ne l'a plus cru !

— Alors, qu'allons-nous faire ?

— Ce Bibi est un niais, mais je l'ai bien en main. Il dira ce que je lui dicterai.

— L'a-t-il au moins vu ?

— C'est ce qu'il m'a affirmé !

— Comment le connaissez-vous ?

— Hein ? Mais je vous l'ai dit. Je me sers de lui comme coursier. Il est idiot mais intéressé.

La servante ouvrit la porte.

— Le dottore est là ? s'enquit Mantova.

— Oui, mon père, entrez, je vais le prévenir.

— Ah, Mantova ! s'exclama Calimi apparaissant à son tour. J'allais justement sortir. Quel vent vous amène ?

— Le vent de l'inquiétude, dottore. Que s'est-il dit lors de l'examen du corps du deuxième martyr ? attaqua le moine sans plus de cérémonie.

— Ce qui s'est dit ? Que voulez-vous qu'il se soit dit ? Une enquête a été diligentée pour reconnaître les coupables. D'ici là…

— Mais je ne comprends pas ! Quel besoin a-t-on d'une enquête ? À l'évidence les coupables sont les Juifs !

— Probablement. Encore faut-il savoir lesquels.

— Mais tous !

— Mantova, Mantova… Votre impatience peut causer souci. L'Église n'a pas intérêt à ce qu'on l'accuse de vouloir la mort du pécheur, et Venise n'entend de Rome que ce qu'elle veut.

— Mais le peuple sait où sont ses ennemis ! Il n'y a qu'à le voir lors de mes prêches. Tous veulent en découdre et se débarrasser de ces serpents remplis de venin !

— Peut-être, Mantova, peut-être... mais jusque-là ce n'est pas au peuple de décider qui sera puni ou pas. Quant à moi, je m'en remets à la sagesse de nos tribunaux et de nos juges, et je vous engage à faire de même.

— Savez-vous que le témoin du crime, le jeune Ettore Bibi, a été confondu par ces hérétiques ?

— On me l'a dit.

— Mais j'ai un ami, fort bien placé, qui m'a affirmé pouvoir effacer la mauvaise impression laissée par cet innocent qui n'a pas l'âge de se frotter aux puissants et se sera laissé intimider.

— Probablement...

— Que comptez-vous faire, Calimi ?

— Mais que puis-je faire ? On m'a chargé d'examiner le cadavre, mes responsabilités et mes pouvoirs s'arrêtent là.

— Mais il s'agit bien d'un crime rituel ? Vous en êtes convaincu ?

— Certes... puisqu'on le dit.

— Mais c'est vous qui le dites, n'est-ce pas ?

— Bien sûr. Mais c'est à la justice d'en tirer conclusion. Excusez, Mantova, je dois prendre congé. Soyez patient et poursuivez vos sermons qui enflamment si bien les esprits.

Mantova serra les mâchoires. Il n'était pas dupe de l'ironie contenue dans le propos. On le prenait pour un fou ! Eh bien soit, qu'ils le pensent !

Calimi, de son côté, observait sans indulgence le moine malpropre et rageur qui voulait lui donner leçon.

Il se défiait des Hébreux pour bien d'autres raisons que celles du franciscain.

Il souffrait de ce que ses collègues juifs lui barrent la route de la fortune autant par leurs connaissances médicales que par la confiance que leur prodiguait la clientèle riche, entichée d'eux par la réputation qu'ils avaient d'être compétents et sages, et plus encore, estimait-il, par le goût de la transgression puisqu'il leur était formellement interdit de soigner les chrétiens.

Calimi venait d'une noblesse de robe dont la fortune lui avait jusque-là permis de vivre comme il le désirait, sans chercher à élargir sa pratique qui l'ennuyait, attaché à son poste de médecin de la Prévôté qui lui conférait certains avantages, mais frustré de ne pas être reconnu pour ses talents par ceux-là mêmes qui l'ignoraient. Son ambition aurait été d'être nommé provéditeur de la santé, poste en charge de la santé publique, et qui donnait un pouvoir non négligeable à celui qui l'exerçait. Mais les années passaient sans que vînt la nomination, et Calimi se demandait s'il avait misé sur le bon cheval.

— Je vous laisse, se décida le moine. Dieu m'attend pour que je délivre son message.

— C'est ça, Mantova, c'est ça… ne vous mettez pas en retard…

Mantova foudroya l'impie du regard et tourna les talons sans ajouter un mot.

Calimi soupira de soulagement. Ouf, ce moine l'ennuyait et sentait par trop mauvais.

— Ouvrez les fenêtres, Ermone, je ne rentrerai pas pour souper.

— Bien, monsieur.

Calimi descendit le raide escalier qui conduisait à la rue. Il était de joyeuse humeur malgré la visite inopportune du franciscain. On était mercredi et c'était le jour de sa visite à Mina.

Ce jour-là, il se sentait une âme de libertin qui n'avait rien à envier aux puissants de la cité qui s'en faisaient gloire au point de donner à Venise la réputation d'une ville aux mœurs corrompues, que l'Arétin, orfèvre en la matière, avait baptisée « la Civilità puttanesca », la civilisation des putains.

D'un pas alerte il enfila la calle Frezzeria, saluant en chemin quelque connaissance, s'arrêtant devant les marchands de perruques ou de parfums, cherchant, comme à chaque visite, quoi offrir à sa belle qu'elle n'ait déjà et qui lui plaise, espérant qu'un client de passage n'aurait pas priorité sur l'habitant, comme c'était la coutume, et qu'elle ne le renverrait.

Mina est brune et ardente, la taille ronde comme il aime, et possède un esprit rieur et bien tourné qui lui fait réciter des poèmes de Pétrarque, férue qu'elle est de belles-lettres autant qu'elle est musicienne.

Dans la maison qu'elle a achetée à la petite-fille d'une vieille courtisane dans l'ancien quartier réservé du Castelleto fermé un siècle auparavant, elle reçoit ses amis avec faste et élégance.

Elle est une des plus demandées parmi les milliers de ses sœurs, au point de rivaliser avec Veronica Franco, la plus célèbre d'entre elles, auteur reconnue d'un volume de prose et de plusieurs poèmes que l'on se récite dans les maisons de courtoisie et qui font de Venise la ville des plaisirs.

Calimi, quand il rencontre Mina, se prend pour un autre homme. Il sait que l'argent dépensé pour elle est folie, mais il sait aussi que sans cette folie la vie lui paraîtrait si terne qu'elle lui serait insupportable.

Médiocre médecin, amateur d'art sans en saisir le sens, fils sans descendance d'une famille autrefois connue, il peut, dans cette relation où il ment sur lui, se croire l'égal des fortunés.

Il arriva chez Mina à l'instant où le soleil englouti barbouille d'ocre le bleu profond du ciel. Les lanternes étaient allumées aux portes des maisons. Des fêtards, qui sortaient d'un établissement de jeux en menant grand tapage, bousculèrent Calimi qui s'écarta, peu enclin à se frotter à de tels individus avinés.

La demeure de Mina est en retrait de la rue et s'élève sur deux étages. Le premier lui sert à recevoir sa clientèle et le second à se loger, elle et sa famille.

Elle est issue d'un milieu éduqué et relativement prospère, comme la plupart de ses consœurs, puisque son père tient commerce de sel et a ses entrepôts sur la lagune. Mais, à la faveur d'une crise avec les Génois qui a obligé ce dernier à suspendre ses expéditions, elle a choisi de l'aider en se faisant courtisane.

Cependant, en quinze ans, la condition de celles-ci a changé. Hier adulées et respectées, elles sont aujourd'hui, à cause de règlements discriminants, rejetées quelque peu en marge de la société.

Mina, par exemple, a très mal pris l'interdiction qui leur a été faite de porter de l'or, de l'argent, de la soie, des perles, et d'être forcée, quand elle sort la nuit, de se munir d'une petite lanterne. Bien sûr, ces obligations ont été vite détournées, mais il n'en reste pas moins que la complaisante réputation dont elles jouissaient jusque-là s'est altérée.

Une jeune et accorte servante qui, un jour, Calimi n'en doutait pas, deviendrait une belle de plaisir, lui ouvrit la porte et le fit patienter dans un boudoir tendu de velours, éclairé par un lustre de Murano où des anges de cristal porteurs de bougies s'entremêlaient en des poses érotiques. Aux murs étaient accrochées des gravures licencieuses qui encadraient un délicieux tableau de Hieronymus Francken : *Carnaval vénitien*.

Sur un bonheur-du-jour, une statuette en bronze de Sansovino, représentant *Ève au jardin d'Éden*, voisinait avec un recueil de madrigaux imprimé par le Vénitien Petrucci.

Calimi, qui ne connaissait pas le bronze, pensa avec raison que c'était là le récent hommage d'un admirateur.

Enfin, la portière de velours cramoisi comparable à celle d'un théâtre s'ouvrit devant Mina qui accueillit son hôte d'une charmante révérence.

— Dottore ! dottore ! votre fidélité, mon ami, est le plus bel hommage qu'un homme de votre qualité puisse me rendre !

Calimi s'inclina profondément sur la main que lui tendait Mina, et la pressa contre ses lèvres.

— S'il plaît à Dieu de soustraire les jours de la semaine, qu'il ne conserve que mon mercredi.

Mina éclata de rire et l'entraîna dans son salon où ils s'assirent dans une bergère recouverte de velours chamarré d'or orné de fougères emmêlées.

— Savez-vous, mon ami, que votre servante figure dans le guide reconsidéré des « 215 courtisanes principales et plus honorées de Venise » ? minauda la jeune femme, arrangeant sa robe avec grâce.

— Est-ce à dire que vos faveurs ont davantage de prix ? persifla Calimi qui craignait pour ses ducats.

— Oh, le malséant ! Vous ai-je déjà pris plus que je ne vous ai donné ?

— Ma fortune est à vos pieds, belle Mina, vous le savez, répondit galamment Calimi en se levant pour se servir un verre de vin de paille. Mes malades le sentent bien qui se plaignent du montant de mes honoraires.

— Les ingrats.

— Ce que je ne suis pas, vous en conviendrez. Je préférerais me priver de vin, ou mieux de manger, plutôt que de manquer une seule de nos soirées.

— Je vous aime pour ça, mon ami.

Calimi, comprenant le message, se dirigea vers la cheminée où il déposa selon l'usage convenu son « petit cadeau ».

Mina fit semblant de ne rien voir et commença de commenter les potins de la ville. Calimi ne s'en offusquait pas. Le « contrat » voulait que la courtisane dirigeât à son gré les soirées, surtout quand elles étaient de la classe de Mina.

— On dit qu'un médecin aurait examiné les corps de deux enfants assassinés, est-ce vous, mon ami ?

— Je le crains.

— Pourquoi le craindre ? n'est-ce pas là le rôle du médecin de la Prévôté ?

— Triste rôle, vous en conviendrez.

— On dit aussi que ces meurtres seraient particuliers et seraient l'œuvre des Juifs.

— On dit beaucoup de choses, répliqua Calimi qui ne goûtait guère le tour que prenait la conversation.

Mina le devina et rompit là. Elle se leva avec grâce et prit le médecin par la main.

— Mon ami, laissez-moi redonner à votre vie le goût du plaisir qui semble lui échapper, dit-elle, mutine.

— Je suis à vos ordres.

Elle l'entraîna vers sa chambre où son lit aux draps en toile de Reims, recouvert d'un couvre-lit en satin surmonté d'un ciel peint de scènes lascives, invitait au plaisir.

Mina savait ce qui convenait à chacun de ses « amis ». Celui-là, il faudrait l'aider à l'honorer par des caresses et des pratiques qu'elle ne goûtait guère. De plus, elle trouvait que Calimi sentait la mort, et, n'était sa généreuse fidélité, elle se serait volontiers passé de ses visites.

Mais elle savait aussi qu'il lui restait peu d'années de pratique et qu'elle n'était plus en âge de choisir. Sa famille vieillissante avait besoin d'elle, ainsi que son fils, et pour eux elle devrait encore se plier aux caprices des uns et aux fantaisies des autres.

Elle aida Calimi à se dévêtir, ne lui conservant que ses souliers. Puis elle alla chercher dans la commode une perruque rousse de femme dont elle le coiffa. Il s'assit devant la coiffeuse et se farda avec soin, piquant là une mouche, ailleurs une coquetterie.

Mina le complimenta en virevoltant autour de lui. Lui souffla dans l'oreille, lui pinça la taille, agissant ainsi plus en amant qu'en maîtresse.

Il feignait l'expression d'une coquette confuse et importunée, se dégagea, ôta ses escarpins et se coula sur le lit dans une lascive attitude.

Elle se déshabilla à son tour sans le quitter des yeux, roula sur lui, et, de la pointe experte de sa langue, lui lécha la poitrine à petits coups, suçant le bout des tétons. Elle le caressa ainsi de haut en bas, surveillant son regard, attendant qu'il chavire. Il gémit, secoua la tête, sa perruque glissa un peu.

Elle savait qu'il craignait et espérait à la fois ce moment où son corps lui échapperait.

Elle se redressa, se saisit d'un ruban de velours noir qu'elle lui noua adroitement autour du cou en serrant jusqu'à ce que le visage de Calimi s'empourpre, et qu'il se raidisse avec un bref gémissement. Elle lui saisit le vit qu'elle pressa fortement, joua avec son prépuce, lui introduisit un doigt dans l'anus, lui embrassa la bouche, le lécha, l'accabla de douces injures, attendant de le sentir satisfait.

Puis elle se lova contre lui, l'esprit occupé de tout autre chose que ce corps qu'elle avait su mener au plaisir.

De plaisir, elle n'en avait point connu, ou peut-être au début, quand elle pouvait choisir. Elle s'en souvenait à peine.

Ce dont elle se souvenait, en revanche, c'était de la lettre qu'elle avait écrite à une mère qui projetait de faire de sa fille une courtisane. *Il n'y a pas d'existence plus malheureuse et déplorable que la nôtre. C'est une triste nécessité que d'avoir à se donner en proie chaque jour à un chacun. Quelle misère ! Consentir à des complaisances dont la pensée fait frémir. S'exposer à être dupée, volée, assassinée et perdre en un seul jour le fruit de plusieurs années de peine. Croyez-moi, de toutes les calamités humaines, celles que vivent les courtisanes est la pire.*

Elle se dégagea du corps assoupi et alla prendre sur la commode une carafe de liqueur forte dont elle se servit généreusement. Elle sentit le regard de Calimi posé sur elle et se retourna en levant son verre vers lui.

— En désirez-vous ?
— Rien ne me ferait plus plaisir si ce n'est celui d'avoir partagé le vôtre.

Elle lui porta le verre de fin cristal, sans répondre.

— Qu'est-ce que c'est ?
— La liqueur de l'oubli.
— Dieu, que c'est fort !

Il se redressa dans ses habits défaits, se leva, s'arrangea, alla se démaquiller.

Maintenant il avait hâte de partir. Il sortit de sa poche un paquet soigneusement enveloppé et le lui tendit.

— Un parfum de Paris qui ne rivalisera jamais avec le vôtre, sourit-il.

Elle le prit et le posa sans le défaire à côté de la carafe.

— Merci, je l'ouvrirai quand vous serez parti.

Il hocha la tête et la regarda.

— Pourrai-je rester une fois une nuit avec vous ?
— Rien ne me serait plus agréable.

Ils savaient tous deux qu'ils mentaient, mais le mensonge faisait partie du jeu.

Elle le suivit dans le boudoir en devisant sur les prochaines fêtes, les futurs carnavals, les amours des uns, les cocufiages des autres.

La servante le raccompagna à la porte tandis que sa maîtresse regagnait ses appartements après un dernier geste de la main.

La nuit était douce. D'une taverne proche s'échappaient des cris et des rires d'hommes. Calimi entra et se faufila jusqu'au comptoir.

— Du vin, commanda-t-il, et du meilleur !

La semaine prochaine il retournerait vers Mina, et reviendrait dans ce bouge oublier sa détresse.

Chapitre VIII

Le conseiller Zorzi suivit Daniele dans l'office d'Asher qui se leva pour l'accueillir.

— Monsieur le conseiller... ?
— Bonjour, Asher, puis-je prendre place ?
— C'est un honneur de vous recevoir dans mon humble demeure, monsieur le conseiller. Vous m'auriez prévenu que...
— C'est sans importance, coupa Zorzi en s'installant confortablement. (Il examina autour de lui les lourds registres alignés sur les étagères.) Ainsi, tout ce qui concerne les malheureux venus vous voir est consigné ici ?
— En effet. Ces livres enregistrent les identités des emprunteurs, leur adresse, le montant du prêt et les modalités de remboursement.

Zorzi eut un sourire.

— Si tout cela venait à brûler... vous y perdriez gros, Asher...
— Que Dieu nous protège, seigneur.
— D'autant, continua le conseiller, que tout ici est en bois et que les chandelles... (Il regarda Asher avec le même sourire.) Est-ce que cela parfois ne trouble pas votre sommeil ?

Asher se redressa sur son fauteuil. Un signal d'alarme venait de résonner dans sa tête.

— Il y a beaucoup de choses qui pourraient troubler mes nuits, répondit-il.

— Ah ? quoi par exemple ?

— Que trois de mes meilleurs amis soient enfermés aux Plombs sans qu'aucun jugement les ait déclarés coupables.

— Mais ils ne le sont pas, nous le savons ! Ils sont là pour témoigner de la bonne volonté de vous et des vôtres pour trouver les assassins.

— Monsieur le conseiller, je ne suis qu'un humble prêteur, pas un policier. Je sais cependant qu'aucun de mes coreligionnaires n'est responsable de ces crimes. Même pour sauver ma propre vie je ne pourrai livrer un innocent. Le Conseil suit une mauvaise piste, inspiré par des gens qui ont intérêt à nous nuire.

— Comme qui ?

— Nombreux sont ceux qui nous haïssent pour une raison ou une autre. Nous sommes peu et sans défense, l'attaque est aisée.

— Vous admettrez pourtant que ce genre de crimes est signé.

— Seulement par ceux qui veulent nous perdre. Même l'église de Rome a fait justice de cette calomnie.

— Asher, vous êtes peu au fait de la haute politique. Comme tous, vous pensez que la République est puissante et crainte comme elle le fut dans le passé. Hélas, et je vous le dis en confidence, la réalité est tout autre. Nous avons perdu notre suprématie en Méditerranée, abandonnant Chypre et Famagouste. La bataille de Lépante qui vit notre triomphe sur le Turc a en fait précipité notre perte. Cette guerre a coûté au Trésor vénitien douze millions de ducats. De tous les alliés de la Ligue, Venise a le plus cher payé la victoire en navires et en hommes, et a dû, pour sa tranquillité, signer une paix que nos alliés, qui pourtant nous trahissent, jugent déshonorante. L'Espagnol, l'Autrichien, mais aussi Rome, cherchent à nous exclure de nos routes commerciales de l'Adriatique. Le Portugais nous a déjà évincé de celles des épices… Les quelques avant-postes que nous avons conservés sur la côte dalmate ne représentent qu'une mince défense au bord de la mer. Split a perdu les forteresses qui la protégeaient et qui étaient nos yeux et nos oreilles.

— Pardonnez, monsieur le conseiller, tout cela, hélas, je le sais. Aussi bien par ma famille de Smyrne que par nos correspondants. Ce que je ne vois pas c'est en quoi les problèmes commerciaux ou militaires de notre République…

— Asher, si je vous parle à la manière d'un ami c'est parce que je sais que vous êtes plus au fait de cette situation par vos réseaux que bien des gens qui nous gouvernent. Venise a besoin pour conserver ses relations commerciales avec les Ottomans, qui lui sont vitales, de donner gage au Saint-Siège qui voit d'un très mauvais œil notre rapprochement avec le Turc. Les meurtres des enfants ont été, vous le pensez bien, rapportés au pape Grégoire XIII par les ordres mineurs, principalement celui des franciscains attaché à votre perte.

— Je suis flatté de la confiance que vous me témoignez, monsieur le conseiller, mais je ne vois pas en quoi…

— Vous ne voyez pas, Asher ? Vous m'étonnez.

— Je dois dire…

— Vous admettrez, Asher, que la Sérénissime a de tout temps protégé ses Juifs de leurs ennemis au point que vos coreligionnaires sont venus de partout se mettre à l'abri de sa bannière…

— Et en témoignage de sa gratitude, mon peuple s'est toujours efforcé de contribuer à sa gloire…

— J'entends bien, et vous connaissez mon sentiment… mais pensez-vous qu'elle l'ait fait par pure mansuétude ?

— Je ne suis pas assez naïf, monsieur le conseiller, pour le croire. Cependant, si les véritables meurtriers étaient découverts, pourrions-nous espérer que Venise saurait s'en contenter même si le pape ne l'était pas ?

Zorzi se leva et se dirigea vers les étagères qui supportaient les registres. Il examina l'un d'eux et le tira.

— Il n'y a pas ici que des livres de comptes, je vois là, le Zohar… n'est-ce pas un ouvrage de la Cabbale ? demanda-t-il en se tournant vers Asher.

— Le grand Isaac Lourié, qui hélas est mort récemment à Safed, y enseigne que l'on doit tout attendre de la vie future et de la venue du « Roi-Messie » qui nous délivrera de l'exil. Lire le Zohar, c'est avoir un œil sur l'éternité et nous aider à supporter notre vie terrestre.

Zorzi feuilleta le livre.

— Hélas, je ne peux en profiter, je ne lis pas l'hébreu.

— Vous avez tout près le livre que Joseph Caro écrivit également à Safed et qui est rédigé en italien et en hébreu. Il a été imprimé ici il y a une dizaine d'années et indique qu'il faut à chaque pas être attaché à une loi ou une coutume pour accomplir une bonne action ou éviter le péché.

Le conseiller lut la tranche de l'ouvrage broché d'or que lui indiquait Asher.

— Le… *Le Shoulchan Arouch*… Qu'est-ce que ça veut dire ?

— Littéralement : table servie. C'est-à-dire accessible à tous. Nul ainsi ne peut dire qu'il commet une mauvaise action par méconnaissance.

Zorzi lança un coup d'œil à Asher

— Ça, mon ami, c'est bon pour les individus, pas pour les États.

Asher ne répondit pas. Il venait de comprendre où voulait en venir le conseiller. Et Zorzi, qui l'observait, sut que sa pensée était arrivée là où il avait voulu l'emmener.

— Diriez-vous, monsieur le conseiller, que les sestières et ceux qui les aident ne feront pas grands efforts pour découvrir les vrais coupables, parce que Venise est l'obligée de Rome, et que pour lui plaire elle envisagerait de se saisir de ce prétexte pour nous chasser, et ainsi payer créance à la papauté ?

Zorzi hocha la tête et remit le manuscrit sur l'étagère.

— Dans un grenier il vaut mieux jeter une pomme ou deux plutôt que de sacrifier la récolte, lança-t-il en retournant s'asseoir.

Les deux hommes s'observèrent en silence. Asher, assis, la main droite posée sur la Bible devant lui comme pour y puiser des forces ; Zorzi, penché, comme pour recueillir de sa bouche les mots qu'il attendait.

Asher se leva pesamment. Le conseiller lui demandait de se couper, au choix, une main ou une jambe. Pour sauver le corps entier ou pour le rendre définitivement infirme ?

Il alla à la fenêtre en lui tournant le dos, ce qu'il ne se permettait jamais, et regarda sans la voir l'animation du campo et le va-et-vient incessant des gens du ghetto.

De petites gens sans importance pour la marche du monde. Des grains de poussière, des vies qui s'éteindraient comme toutes choses sur terre.

Peut-être même que dans celles qu'il observe certaines sont arrivées au bout de leur chemin. Mais qui à part Dieu peut décider ? Le monde était-il devenu si fou que des hommes ne craignaient pas de se substituer à sa puissance et à sa volonté ?

Il se tourna vers son visiteur.

— Excusez-moi, monsieur le conseiller, mais aucun homme de chez nous ne s'est rendu coupable de ces crimes affreux. Si vous devez punir, alors choisissez-moi. Dieu me pardonnera.

Zorzi fixa son interlocuteur. Le soleil de fin d'après-midi qui rasait les toits de l'autre côté du campo nimbait Asher, debout devant la fenêtre, d'une lumière cuivrée, irréelle, qui le faisait ressembler à un prophète.

Le conseiller se leva.

— J'aurai besoin d'un prêt, Asher.

— Ma maison est à votre disposition.

— Je vais faire préparer les contrats et viendrai vous les soumettre.

— Ils seront, je le sais, parfaits.

Ils se regardèrent encore et le conseiller ouvrit la porte.

— À bientôt.

Joseph courut d'une seule traite de son échoppe du Rialto à la maison d'Asher.

Ce fut Rachel qui lui ouvrit.

— Joseph ? À cette heure ?

— Ton père est-il là ? s'enquit le jeune homme.

Rachel remarqua son visage crispé.

— Que se passe-t-il ?

— Je voudrais voir ton père.

Sarra passa la tête de derrière le rideau.

— Joseph ? Quel bon vent t'amène ?

— Bonjour, madame Sarra, je suis bien aise de vous voir.

— Moi aussi, Joseph. Es-tu venu rendre visite à ta promise ?

— Aussi, mais j'aurais aimé parler à Asher.

— Il ne va pas tarder, déclara Rachel d'un ton sec.

— Prendrais-tu un peu de sirop, Joseph ? proposa Sarra. Nous venons de faire cuire des gâteaux...

— Mille grâces, madame Sarra, mais pas maintenant.

— Pourquoi veux-tu parler à mon père ? s'étonna Rachel.

— Allons faire un tour, proposa Joseph, si madame Sarra le permet.

— Bien sûr. Pourquoi une mère se défierait-elle de celui qui va lui prendre sa fille dans moins de deux semaines ?

— Nous reviendrons vite, promit le jeune homme.

Ils sortirent sur le campo et allèrent s'asseoir sur un banc dans le jardin d'herbes.

— Qu'est-ce qu'il y a ? demanda encore Rachel.

Joseph soupira et la regarda en souriant.

— Comme tu es belle, et comme me semble encore loin le jour qui t'unira à moi.

Rachel leva un sourcil surpris.

— C'est ce qui te donne cette mine ?

À ce moment, le jeune homme se redressa.

— Voilà ton père, dit-il, désignant la silhouette d'Asher qui venait d'apparaître au coin de la rue. Peux-tu me laisser quelque temps avec lui ?

Rachel se raidit.

— Tu veux lui parler de nous ? As-tu un quelconque motif de doléance ?

— Mais pas du tout ! se défendit le jeune homme en se levant et en se dirigeant vers Asher qui s'arrêta à leur vue.

— Que faites-vous là, mes enfants ? s'étonna-t-il.

— Je suis venu pour vous parler, monsieur.

— Ah ? je t'écoute, mon fils.

Joseph se tourna vers Rachel.

— Voudrais-tu nous laisser ?

Un éclair de colère fit briller les yeux de la jeune fille qui empoigna ses jupes et s'éloigna vivement.

Asher regarda partir sa fille avec un sourire.

— Tu vas devoir, mon cher Joseph, faire montre de beaucoup de patience avec cette enfant, qui, je le confesse, en est singulièrement dépourvue. Peut-être est-ce ma faute, soupira-t-il.

Joseph posa la main sur l'épaule d'Asher.

— Ce qui m'amène vers vous, mon père, est beaucoup plus sérieux que le caractère vif de Rachel.

Asher regarda son futur gendre avec angoisse.

— Parle, de quoi s'agit-il ?

— Hier, commença Joseph en baissant instinctivement la voix, est né, au foyer de Moshe di Angelo da Camerino, un monstre.

— Quoi ?

— Stella, la mère, a enfanté deux frères siamois.

Asher eut un éblouissement et ferma les yeux.

Il revenait de la prison des Plombs où l'avait fait appeler le fils aîné de Moshe Rabinovitz. Son père ne pouvait plus se lever et n'avait dû son salut qu'aux soins attentifs de ses deux compagnons d'infortune.

Le fils, Abramo, désirait qu'Asher intervienne auprès du Tribunal « des Trois Sages contre l'Hérésie » pour que son père retourne dans ses foyers. Et voilà qu'à présent tombait cette malédiction.

— Qui les a vus ? demanda Asher d'une voix altérée.

— Les femmes qui ont délivré Stella, bien sûr, et les voisins.

— Aucun chrétien ?

— Si, hélas.

— Comment cela ?

— La femme di Angelo a accouché à l'heure du midi. Vous savez que Moshe tient l'auberge de la calle dell'Orto. Son établissement attire autant nos Juifs que les chrétiens venus au ghetto. Quand il a su que sa femme était sur le point d'être délivrée, Moshe a offert à boire à tous, et ensuite, quand il a entendu des cris, il est monté suivi de plusieurs de ses clients. Et c'est là qu'ils ont vu, termina Joseph dans un murmure.

— Conduis-moi chez eux, dit Asher.

— Quoi, vous voulez les voir maintenant ?
— Oui.

Ils arrivèrent bientôt à l'auberge qui était fermée. Seule était éclairée la fenêtre de l'habitation. Dans la ruelle étroite et sombre qui débouchait sur quelques arpents cultivés en jardins, une foule nombreuse et silencieuse se pressait. Asher se fraya un chemin, précédé de Joseph. Une femme se précipita sur lui.

— Asher da Modena, Dieu soit loué, vous êtes là ! Que va-t-il se passer à présent pour nous ?

— Calmez-vous, Rebecca, Dieu a en toute chose une solution. Nul doute qu'il saura nous préserver.

La femme ne répondit rien, pas davantage que ceux qui les entouraient et dont les regards trahissaient l'angoisse.

Il entra, suivi de Joseph, et monta le roide escalier qui menait à l'étage.

Moshe, l'aubergiste, était effondré sur une chaise, la tête entre les mains. Son épouse, Stella, couchée derrière le rideau qui coupait la pièce en deux, était invisible. Sa belle-mère, courbée par le malheur, pleurait en silence. Près d'elle, le reb Elia di Maestro Salomone priait au-dessus d'un berceau. Il leva la tête à l'arrivée des deux hommes.

— Bonsoir, Asher da Modena, bonsoir Joseph.
— Bonsoir, reb, répondirent-ils.

Moshe di Angelo était un Juif vénitien et appartenait à la communauté de la Grande Tedesca de qui dépendaient également Asher et son futur gendre. Ils se rapprochèrent du moïse placé sur un guéridon. Le reb se déplaça légèrement devant le berceau et s'adressa à Joseph.

— Je sais que tu te maries bientôt, Joseph, et je ne voudrais pas que tes yeux de futur père s'offusquent de ce que tu vas voir. Ce qui arrive ici est un grand malheur, mais heureusement fort rare. Tu engendreras avec ta femme des enfants beaux et sains.

— Je l'espère, reb, murmura Joseph, je l'espère.

Asher s'était penché et regardait dans le moïse où « l'enfant » avait été déposé nu sur le drap, dans l'impossibilité qu'avaient eue les parents de l'habiller. Il sentit son sang se figer. Le reb se tourna vers lui.

— Ne regarde pas, dit-il, le repoussant de la main. Je vais te le décrire.

Asher s'éloigna et rejoignit le pauvre Moshe qui ne tressaillit même pas quand il lui posa une main fraternelle sur l'épaule.

Joseph s'était appuyé contre un mur, pâle comme la mort. Il pensait à lui et à Rachel et se demandait comment Dieu pouvait laisser venir au monde un tel être.

Le reb s'approcha d'Asher et l'entraîna à l'écart, dans la mesure où cela était possible dans cette petite pièce surchargée de meubles qui servait aussi de réserve à l'auberge. Il lui murmura à l'oreille :

— Les deux jumeaux sont rattachés l'un à l'autre à l'endroit où devrait se trouver le nombril, et leurs têtes respectives se trouvent en face des pieds de l'autre... ils possèdent tous leurs membres : quatre jambes, quatre bras... en dehors des parties honteuses et, au lieu de la partie servant à l'expulsion des excréments, ils disposent, pour remplir cette fonction, d'un orifice commun dans le ventre dont la forme est celle du nombril...

Le reb se tut et regarda Asher.

— Des chrétiens les ont vus, souligna-t-il.

— Je sais, chuchota Asher, tête baissée.

Il imagina sans peine ce que cette monstrueuse naissance signifiait pour la communauté. Cet événement serait interprété comme un signe de disgrâce divine, et nul doute que leurs ennemis, surtout après les prétendus meurtres rituels, allaient s'emparer de l'affaire. Il entendait déjà les menaces et les anathèmes dont ils allaient être frappés. L'Église, mais surtout l'ordre des franciscains, ne manqueraient pas de voir là le courroux du Seigneur pour les abominables meurtres d'enfants.

— Que pense faire le père ? murmura Asher.

— Deux médecins sont venus aujourd'hui avec un astrologue. Mais je ne doute pas que les chrétiens envoient des théologiens et des aruspices.

— L'enfant n'est pas mort ! s'insurgea Asher.

— Malheureusement, murmura le reb Elia, malheureusement. Attends seulement que les provéditeurs de la santé ou l'Inquisition soient mis au courant.

— Peut-on le faire disparaître ? demanda brusquement le père de Rachel.

Le reb eut un sursaut du corps.

— C'est une créature de Dieu, s'insurgea-t-il, et de toute manière il est trop tard.

Asher plongea son regard dans le sien.

— Reb, reb, demandez donc à Dieu pourquoi il détourne si souvent sa face de nous.

Quand Asher revint chez lui, il trouva Sarra et ses enfants qui l'attendaient dans la salle à manger.

— Qu'est-ce que vous faites là ? les apostropha-t-il.

— Nous voulons savoir ce qui se passe, répondit Vitale, assis dans l'ombre.

— Mais, ma parole, c'est un tribunal ! s'exclama Asher.

— Crois-tu que nous soyons tes juges ? rétorqua Rachel.

Son père la considéra.

— Des frères siamois sont nés au foyer de Moshe di Angelo, l'aubergiste, soupira-t-il.

— Je le savais, dit Vitale. Les étudiants juifs de l'Université ont été renvoyés, c'est pour ça que je suis ici.

— Que va-t-il se passer ? demanda Sarra d'une voix éteinte.

Asher haussa les épaules et se laissa tomber avec lassitude dans un fauteuil.

— Comme d'habitude. On va nous accuser d'avoir partie liée avec le diable ou avec je ne sais quoi.

— Et les enfants assassinés ? demanda Vitale.

— Les enfants ? Eh bien, comme on nous soupçonne de les avoir tués, nous sommes chargés de retrouver et de livrer les coupables.

— Mon Dieu, murmura Sarra.

Vitale sortit de l'ombre.

— Va-t-on continuer de subir sans réagir, père ?

— Mon frère a raison, reprit Rachel. Il faut aller trouver le doge ou les Dix, ou le pape si nécessaire, nous ne pouvons pas nous laisser ainsi accuser de tous les crimes !

Asher regarda ses enfants, un sourire glissa sur ses lèvres.

— Le sang qui coule dans vos veines vient de très loin, de ces Maccabées qui combattirent jadis pour leur liberté. Mais nos ancêtres étaient chez eux quand ils ont vaincu les Romains ; et Moïse, un grand prêtre quand il nous libéra de l'esclavage. Mais nous, que sommes-nous, sinon un peuple dispersé au milieu de ses ennemis ? Vous voulez prendre les armes ? Engager dans la lutte les enfants et les vieillards ? avec quoi ? nos bibles ? le Talmud est-il une pièce d'artillerie et nos maisons de solides galères ?

— Nous avons des amis, dit Rachel.

— Qui ? l'Inquisition ? les franciscains ? les marchands de Venise qui craignent notre concurrence ? le peuple a qui l'on fait croire n'importe quoi ? Qui sont nos amis, Rachel ?

— Daniele Rodriga.

— Daniele Rodriga ? Daniele Rodriga est un marchand doublé d'un fin diplomate, que vient-il faire là-dedans ?

— Il a l'oreille du Sénat.

— Dans la mesure où il sert le Sénat. Où il ouvre pour lui des voies commerciales avec les Turcs et développe le commerce de Venise. Mais qu'il s'avise de demander pour son peuple une faveur qui la contrarierait, et le Sénat l'enverra moisir aux Puits.

Rachel serra les poings. Son père avait raison mais l'idée de se laisser accuser à tort et d'y risquer la vie la révoltait.

S'il disait vrai et que le sang des Maccabées coulait en elle, pourquoi ne coulerait-il pas dans d'autres veines ? Quelle était cette malédiction qui faisait de son peuple le bouc émissaire des crimes des autres ? Quelle était cette fatalité qui empêchait les siens de se révolter et de choisir l'épée à la place du livre ? Seraient-ils toujours condamnés à monter aux bûchers sans que personne intervienne en leur faveur ?

— Je connais des Gentils qui nous aideront, murmura-t-elle.

Les têtes se tournèrent vers elle dans un même mouvement incrédule.

— Des Gentils ? s'exclama Asher. Ma fille connaît des Gentils prêts à s'engager pour notre salut ? Où et qui sont ces merveilles ?

— Je dois leur parler, dit Rachel.

Vitale laissa fuser un rire.

— Ma sœur est une grande dame qui fréquente les puissants sans que nous le sachions ! Première nouvelle ! Dis-moi, saurais-tu aussi me dispenser de la profession de foi qui m'interdira de soigner des chrétiens ?

— Je croyais que tu voulais te révolter, laissa-t-elle tomber d'une voix froide. Ta révolte ne va-t-elle pas plus loin que l'envie de soigner nos ennemis ? Penses-tu que tes bons soins détourneront de nous leur rancune et leur colère ?

— Allons, allons, apaisa Asher, gardez vos querelles pour de meilleurs motifs que celui de vous entre-déchirer. Le reb Rabinovitz, que ces païens tiennent en otage, est au plus mal, et je dois le faire sortir.

— Et pour le reste ? demanda Rachel.

— Pour le reste ? Sache ma fille qu'aujourd'hui est venu me voir le conseiller Zorzi qui m'a confié que Venise était prête à sacrifier certains d'entre nous pour plaire au pape.

— Certains d'entre nous ?

— En d'autres termes, nous devons livrer le responsable de l'assassinat des enfants chrétiens, même si ce n'est pas l'un des nôtres.

— Je ne comprends pas, dit Vitale.

— Moi non plus, mon fils. La politique est l'affaire des grands, et nous sommes des petits.

— Mais pour quelle raison notre condamnation plairait-elle au pape ? insista Vitale.

— Parce que Rome profiterait de cette affaire pour mettre au pas la République, sachant que celle-ci ne peut plus se permettre de la contrarier comme elle l'a fait du temps où elle était puissante et arrogante.

— Venise n'a jamais été aussi glorieuse ! objecta Vitale.

— Poudre aux yeux, mon fils ! Derniers feux d'un empire qui meurt dans l'embrasement d'un soleil couchant. Je le sais par notre famille de Smyrne et par nos clients d'au-delà des mers. Venise a perdu sa suprématie maritime et n'est plus en mesure de batailler contre les pirates qui coulent nos galères pendant que le reste de l'Europe détourne les yeux.

— Mais Lépante ?

— Victoire à la Pyrrhus, début de notre crépuscule.

— En quoi la mise à mort d'un innocent, s'entêta Sarra, peut-elle rendre sa puissance à Venise ?

— Pas sa puissance, Sarra, ma chérie, pas sa puissance, dit Asher en secouant la tête.

— Je ne comprends pas, soupira Sarra, je ne comprends rien.

— C'est pourtant simple, mère, intervint Rachel d'une voix coléreuse. L'Église de Rome dont l'ambition est de régir toute la chrétienté voit d'un mauvais œil Venise commercer avec le Turc et passer outre à son diktat. Comme elle ne peut l'éviter, elle exige de la République en preuve d'allégeance qu'elle se débarrasse de nous comme elle le réclame depuis longtemps. Cette accusation de crimes rituels tombe à pic parce que le sultan Selim n'a plus pour nous l'amitié que son père, le Magnifique, nous portait, et l'influence de nos frères d'Istanbul n'est plus ce qu'elle était du temps de Soliman. En d'autres termes, mère, pour que tout aille bien entre les chrétiens, on va sacrifier des Juifs !

— C'est exact, père ? demanda Vitale au bout d'un moment.

— Je le crains, mon fils.

— Et si la police trouve les vrais coupables et les livre à la justice ?

— Tu n'as pas compris, Vitale, que la police ne cherchera pas les meurtriers ! cracha Rachel avec fureur. L'affaire est entendue !

— Mais, Asher, s'insurgea Sarra, puisque les coupables ne sont pas juifs, qu'ils le savent et que nous le savons, qui sera livré ?

— N'importe lesquels d'entre nous feront l'affaire ! cria Rachel avec de grands gestes des bras. Ils nous laissent le choix. Quelle générosité !

Sarra se tourna vers son époux comme si une affreuse pensée venait de se faire jour.

— Asher... tu ne penses pas... Tu ne vas pas te livrer ? Non ! cria-t-elle en se jetant contre lui.

— Pas tant que je conserverai l'espoir d'imaginer une solution, la rassura-t-il. Mais l'affaire de ces frères siamois est un fagot supplémentaire sur le bûcher que l'Inquisition veut dresser pour nous.

— Il n'existe qu'une manière de faire pièce à ces assassins, dit Rachel d'une voix coupante. Trouver les vrais coupables et les livrer.

— C'est aussi mon avis, ajouta Vitale.

Asher regarda ses enfants.

— Croyez-vous que je vous laisserai vous exposer pour me sauver ? Et tu oublies que tu te maries tantôt, Rachel.

— Le mariage attendra, père. Ni la vie ni l'honneur ne le peuvent.

La naissance des jumeaux avait eu lieu le jeudi.

Le ghetto s'était fermé le lendemain à cause du shabbat, mais la rumeur avait eu le temps de transpirer et de se répandre dans la ville chrétienne. Dès le dimanche matin, dans toutes les églises et places de la ville, prêtres et prédicateurs s'en étaient emparés et vilipendaient dans leurs sermons le peuple honni.

À San Moisè, le polémiste Cremonese, après avoir disserté en chaire sur la philosophie, déclara : « Une naissance monstrueuse vient de se produire chez le peuple juif du ghetto de notre ville. De ces accidents on pourrait déduire des conspirations d'infidèles... des délits qui se préparent, ou le viol de nos vierges ; la mort de quelque grand personnage ou encore sa réduction à l'esclavage. Si ces jumeaux devaient vivre ce serait le signe de la multiplication de vices infâmes, et s'ils quittaient cette vie, celui de la vengeance divine qui s'abattrait sur ces scélérats. »

Cremonese avait observé avec satisfaction les réactions des fidèles qui allaient de la colère à la répugnance, aussi poursuivit-il : « Voilà donc ton lot, ô peuple misérable de la perverse et obstinée Synagogue... alors que tu t'attendais cette année, en raison de la fausse interprétation de la prophétie de Daniel, à la venue de ton Messie, voilà que te viennent ces monstres... »

Les ouailles, à la fin du prêche, avaient quitté en foule l'église et s'étaient tout naturellement retrouvées sur la piazza San Marco, toute proche, où Bernardino da Mantova haranguait les Vénitiens.

Attirés par ses cris, ils s'agrégèrent à ceux qui écoutaient le franciscain, lequel fut bientôt entouré d'une foule considérable et furieuse en qui il vit le bras armé de la vengeance de Jésus.

— Peuple de Venise, peuple de Dieu, écoutez-moi ! Le monstre qui est venu chez les Juifs sera celui qui les mènera au précipice ! Le diable et les démons uniront leurs efforts pour s'emparer de lui... As-tu oublié les mots de Dieu dans le Deutéronome ? Alors laisse-moi te les rappeler, peuple maudit ! Lorsqu'il fera des signes et des prodiges, l'étranger qui vivra chez toi s'élèvera de plus en plus au-dessus de toi, et toi tu descendras de plus en plus...

Les spectateurs frissonnants ne comprenaient qu'à moitié les imprécations du moine, se les répétaient pourtant, portés par sa rage, s'excitaient de proche en proche, échangeaient peur et dégoût.

Le franciscain, possédé par la haine, plongea son regard fou dans les yeux de ceux qui l'écoutaient, et martela :

— Toutes ces malédictions se réaliseront sur toi, te poursuivront et t'atteindront jusqu'à ta ruine ! Parce que tu n'as pas obéi à la voix de l'Éternel, ton Dieu, en gardant les préceptes et les lois qu'Il t'a imposés ! Jérusalem, Jérusalem ! que le sol t'engloutisse comme il l'a fait de l'armée des anges !

À bout de souffle, tout entier tendu vers la multitude qui se bousculait, il s'arqua violemment en arrière, tomba à genoux, bras ouverts comme des ciseaux vers le ciel.

— Péris, peuple maudit !
— Péris ! reprit la foule hurlante qui se débandait mais demeurait, indécise de ce qu'elle devait faire, espérant peut-être que le moine prostré dans son attitude de suppliant se porte à sa tête et l'entraîne.

À ce moment, la *nona* du campanile se mit à sonner midi, et le son joyeux, repris et soutenu par les « Géants » de la Torre dell'Orologio, toute proche, qui frappaient à l'unisson la grosse cloche de bronze bruni de la Tour, la guida vers le porche central de San Marco d'où sortait une procession de *Consiglii*.

La foule, versatile comme on sait, se rabattit sur eux et courut à grands cris vers le cortège de nobles qui se pavanaient dans leurs habits chamarrés, précédés de bannières enluminées et de trompettes sonnantes comme les aimaient les Vénitiens, jamais en retard d'un spectacle ou d'une fête, qui manifestement avaient oublié leur colère et se bousculaient pour mieux les voir, les applaudir et lancer sur eux fleurs et bienfaits.

Les Consiglii firent le tour de la place sous les vivats tandis que se taisaient les sons de bronze et que reprenaient droit les appels des marchands ambulants proposant boissons et sucreries du dimanche.

Les badauds allaient de l'un à l'autre, écoutaient les boniments des souffleurs de verre de Venise et de Murano, partageaient les rires des acrobates et des funambules ; s'ébaudissaient devant les cracheurs de feu et les montreurs de chiens savants ; applaudissaient les troupes de théâtre en costumes qui jouaient sans se priver de se disputer le public, qui avait, semble-t-il, oublié sa colère mais serait aussi prompt à la retrouver.

À l'ombre de la piazzetta dei Leoncini, appuyé à l'un des deux lions de porphyre érigés en son centre, Alvise Calimi observait la comédie.

Il avait suivi de loin la harangue de Mantova, impressionné par la passion du bonhomme, lui qui en était dépourvu. En toute chose il ne mettait que tiédeur et s'en affligeait au point de s'être inquiété de souffrir de quelque maladie du sang qui serait trop fluide, trop clair, trop froid.

L'amour, certes, lui donnait du plaisir. Mais souvent à la façon de ces mets que l'on croit désirer et qui vous déçoivent quand ils vous fondent dans la bouche. La haine ? oui, il en avait. Contre les puissants qu'il enviait aussi bien que contre les misérables qu'il méprisait. Contre les Juifs qui lui portaient ombrage et contre les grands qui l'oubliaient.

Mais s'il devait faire le tour de ses passions, le chemin serait vite parcouru.

Il se détacha de sa colonne et se mêla à la foule, la repoussant, impatienté, quand elle le bousculait ; la moquant ouvertement de ses appétits vulgaires, se faisant lui-même apostropher par des drôles que l'anonymat du nombre protégeait.

Les Consiglii avaient achevé leur tour de la piazza et revenaient au Palais. Et ce fut au tour de la *trottiera* de sonner pour annoncer, selon la coutume, qu'une nouvelle séance du Grand Conseil allait s'ouvrir. La populace, surprise, l'écouta carillonner. Le son plus sourd que celui de la *Nona* était bien fait pour la solennité. Un dimanche ? Le Conseil se réunissait un dimanche ?

Les langues s'échauffèrent à supputer. Calimi passant au travers des rangs entendait tout et n'importe quoi.

Il parvint près de Mantova descendu de son podium, fait d'une caisse de bois renversée, et qui regardait en direction du Palais.

— Bonjour, le moine, lança Calimi.

Mantova lui jeta un regard farouche qui s'apaisa légèrement quand il le reconnut.

— Vous étiez là ?
— À votre discours ? oui.

Le moine haussa les épaules sans raison. Ou peut-être en avait-il trop contre cette ville qui l'affligeait par sa légèreté et son impudique enthousiasme.

— Ils écoutent et oublient comme si les paroles étaient de l'eau qu'aucun barrage n'arrête, bougonna-t-il en s'emparant de sa caisse et en s'éloignant à grandes enjambées sans se soucier de savoir si le médecin le suivait.

Celui-ci lui emboîta le pas.

— Voulez-vous boire un verre de vin ? proposa Calimi, que provoquer Mantova amusait.

Le moine ne fit même pas mine de répondre et continua, tel un vaisseau démâté, de fendre la foule sans précaution, sa caisse sous un bras, l'autre armé de sa perche noueuse dont il se servait à la manière d'un gondolier.

— Allons, le moine ! l'apostropha Calimi. Soyez donc un peu humain, que diable ! N'avez-vous jamais soif ?

Mantova se retourna brusquement.

— Vous avez soif pour deux, Calimi. Moi je me contente de servir Dieu et cela suffit à étancher la mienne !

Le médecin secoua la tête. Ils se tenaient au milieu de la foule au centre de la piazza San Marco, et c'était comme si un fil invisible les séparait des autres, lesquels, sans même s'en rendre compte, les évitaient en les contournant à distance.

Il s'interrogea de savoir si c'était l'odeur puissante du franciscain ou son aspect de moine fou qui provoquait ce recul, et se demanda en même temps ce qui le poussait, lui, l'indolent et le libertin, à rechercher sa compagnie.

— Peut-être savez-vous, cracha Mantova, que des monstres sont nés chez les Juifs ?

— Je le sais. Des collègues à moi sont allés les examiner.

— Et que compte faire la Faculté ?

Calimi haussa les épaules. À vrai dire, la Faculté ne savait que faire. Quant à lui, il n'y voyait là qu'un fâcheux présage pour le peuple du ghetto, ce qui ne pouvait que lui plaire pour le cas où une mesure d'expulsion le frapperait, chassant en même temps la concurrence.

— Et les crimes ? gronda encore Mantova, les crimes ne vont tout de même pas rester impunis !

Il s'exprimait à voix forte sans se soucier des passants qui le regardaient et continuaient leur course comme s'ils devinaient en lui un de ces possédés dont il vaut mieux s'éloigner.

— Les Juifs ont été chargés de livrer les coupables, vous le savez, dit Calimi qui jeta un coup d'œil alentour, craignant qu'une connaissance ne le remarque dans cette compagnie. Venez chez moi, nous allons en parler, dit-il brusquement à Mantova, qui, à sa grande surprise, obtempéra.

Ils arrivèrent chez le médecin sans que le franciscain, à la prière de Calimi, accepte de déposer sa volumineuse caisse dans le couloir qui menait à l'escalier et donnait sur la rue.

— Cette ville est un repaire de brigands et d'hommes sans foi, lança-t-il. Pour une malheureuse caisse de bois ils sont capables de tuer !

Calimi soupira et abandonna la discussion.

Parvenu à l'appartement, il offrit, à sa demande, un simple verre d'eau fraîche au moine tandis qu'il se versait du vin de Chianti à la belle couleur chamois et rubiconde.

Le moine but debout, adossé à la fenêtre.

— Vous ne vous asseyez pas ? proposa son hôte.

— Je ne suis pas fatigué.

Calimi haussa les épaules et s'installa confortablement dans une bergère au-dessus de laquelle une gravure de Dürer représentant une *Étude de femme* était accrochée au mur. Il surprit le regard du moine qui l'effleurait et s'en détournait aussitôt.

— Combien de temps comptez-vous rester ici ? demanda-t-il en sirotant son verre de vin.

Le franciscain haussa les épaules.

— Autant de temps qu'il sera nécessaire à mon ministère, grogna-t-il. Puis-je encore avoir de l'eau ?

— Servez-vous, répondit Calimi, désignant la carafe de cristal taillé posée sur le guéridon. Qu'entendez-vous par ministère ? Vous n'êtes pas en charge d'une paroisse, que je sache ?

— Je ne m'en irai que lorsque mon supérieur m'en donnera l'ordre, et pour le moins, pas avant que ne soient châtiés les coupables des meurtres d'enfants chrétiens.

— Oui... (Calimi se reversa du vin qu'il examina amoureusement avant de le boire.) Et si... commença-t-il en levant le regard sur Mantova, si ce n'étaient pas là des meurtres rituels mais des crimes crapuleux ? dit-il avec un sourire faux.

— Que voulez-vous dire ? Qu'est-ce encore que cette farce ? Les malheureux enfants ont été vidés de leur sang !

— Je le sais, moine, je le sais, l'apaisa Calimi, puisque c'est moi qui les ai examinés. Mais vous savez aussi qu'un blessé perd son sang, non ? ironisa-t-il.

— Quelles sont ces manigances ? reprit le moine d'une voix glacée. Cette ville courtisane qui se jette comme une prostituée dans les bras des janissaires, aura-t-elle le front de vouloir détourner d'elle la justice divine ?

Les yeux de Mantova flamboyèrent de colère, et son poing refermé sur le fragile verre de Murano le brisa net, lui entaillant la paume.

Rageur, il jeta les débris à terre.

— Il ne suffit pas de vouloir la justice, reprit Calimi sans faire mine de remarquer les dégâts, encore faut-il trouver les coupables.

L'homme d'Église haussa les épaules.

— Que l'on me donne loisir et je vous les ramènerai par la peau du cou pour les jeter au bûcher !

— Les connaissez-vous ? demanda innocemment le médecin. Si c'était le cas, vous seriez avisé d'en prévenir le Tribunal des Sages pour qu'il procède à leur enfermement.

Le moine eut un rictus méprisant et ne répondit pas. Il se saisit de sa perche et de sa caisse.

— Merci pour l'eau, Calimi, et merci aussi pour vos précieux conseils. Je crois que les Vénitiens n'ont pas fini d'entendre parler de moi.

Rachel sortit du ghetto après l'heure de midi et se glissa parmi la foule.

La route était longue jusqu'au palais Gritti, et, bien qu'elle craignît de ne pas y trouver la comtesse, elle s'était décidée à aller la voir, ne supportant plus d'attendre que la corde les étrangle.

La cité lui apparut plus animée que de coutume. Les conversations évoquaient la réunion extraordinaire du Grand Conseil qui semblait intriguer et inquiéter, sans toutefois que l'aimable indolence des Vénitiens en parût troublée.

De nombreux clients emplissaient les boutiques, profitant du repos dominical pour effectuer leurs emplettes, ou se retrouver dans les estaminets qui offraient tout un assortiment de friandises et de boissons, et où se nouaient parfois des idylles et des accords. D'autres flânaient dans les nombreux chantiers où ils pouvaient suivre le travail des sculpteurs, des marbriers, des maçons ou des charpentiers, artistes avant d'être ouvriers.

Le contraste était tel entre l'insouciance de cette population et l'angoisse qui étreignait celle du ghetto, que Rachel aurait pu croire être tombée dans un autre monde.

Elle arriva sur le campo Santi Giovanni e Paolo, et, le traversant, remarqua devant une modeste et sombre échoppe un homme qui distribuait des libelles aux passants. Les mots qu'il criait la firent tressaillir, et pour mieux l'entendre elle se dissimula à l'abri d'un passage.

— Mes amis, mes amis ! hurlait l'homme ficelé dans des sortes de hardes, aujourd'hui Dieu nous demande de le protéger de ses ennemis qui partout l'assaillent !

Quelques-uns s'arrêtèrent pour l'écouter ; ne sachant pas lire pour la plupart, ils espéraient peut-être quelques bonnes affaires de la part du marchand.

— Peuple de Venise, entendez la voix de Jésus qui implore justice ! Les Juifs sont comme de vrais chiens enragés qui ont sucé notre sang et le sucent encore, comme les ennemis les plus funestes de la foi chrétienne, semblables à des loups assoiffés de sang chrétien, convaincus du profit qu'ils tirent à s'en rassasier, poussés par l'ardeur de leur rage !

Les badauds rassemblés acquiesçaient à ces propos, davantage par désœuvrement, semblait-il, que par conviction.

— Tout est dit et prouvé dans ces libelles écrits par le grand et saint Bernardin de Sienne qui les connaissait bien, continua-t-il en agitant les feuillets qu'il fourrait de force dans les mains. Gens de Venise, débarrassez-vous de ces loups voraces et gloutons englués dans la fange bestiale et charnelle de ce monde trompeur ! de ces blasphémateurs de Dieu, égorgeurs des veuves et des orphelins !

Rachel se ratatina, glacée par les horribles imprécations que lui portait le vent. Qui était cet homme qui voulait leur mort ? Elle courut devant elle comme on fuit une fin annoncée.

Cette ville qu'elle aimait tant lui apparut tout à coup semée de pièges mortels. De quelque côté qu'elle se tournât, elle ne voyait que faux et épées brandies contre les siens, que messages de haine.

Elle évita de passer autant qu'elle le put devant les églises, convaincue que chacune d'elles cachait des ennemis.

Elle parvint, aussi épuisée qu'effrayée, devant le palais Gritti où elle pria un serviteur de l'annoncer.

— La comtesse ne reçoit pas aujourd'hui, lui répondit l'homme âgé.

— Je vous en prie, je dois la voir.

Il hésitait, ne reconnaissant pas dans cette femme une habituée du palais.

Et Rachel ne savait plus pourquoi elle était là. Les siens auraient dit qu'elle était folle, et ils auraient eu raison. Qu'espérait-elle de cette noble Vénitienne tout occupée de ses plaisirs et qui, de la vie, ne connaîtrait que sa face heureuse ?

— Attendez, je vais voir, se décida l'homme en la laissant à la porte. Qui dois-je annoncer ?

— Rachel... Rachel da Modena.

Il secoua la tête, entra et revint quelques instants plus tard.

— Madame la comtesse va vous recevoir, madàme, si vous voulez bien vous donner la peine...

Le chambellan la précéda dans la cour où Rachel eut un éblouissement devant la beauté des lieux.

— Excusez-moi, dit-elle, ne dérangez pas madame la comtesse, je reviendrai.

Elle s'apprêtait à repasser la porte quand la voix de Sofia Gritti retentit.

— Rachel ! quel bonheur ! Je ne vous espérais plus !

La jeune femme se figea et regarda la comtesse descendre la double révolution de l'escalier de marbre blanc, souriante, les mains tendues vers elle.

— Mais où étiez-vous donc passée ? demanda la noble Vénitienne en l'attirant contre elle. Savez-vous, vilaine, que mes amis et moi nous sommes languis au point de supposer que vous étiez fâchée !

— Madame, bredouilla Rachel, madame... comment...

— Mais comme vous êtes pâle et comme votre souffle est précipité ? Vous sentez-vous bien ? (La comtesse lui prit les mains et les pressa.) Mon Dieu, vos mains sont de glace ! Un cordial, Clément, ordonna-t-elle au valet en entraînant Rachel vers un luxueux salon dont les fenêtres en encorbellement ouvertes sur le Grand Canal laissaient entrer un chaud soleil, en même temps que le bruit infernal du trafic ininterrompu des gondoles et des barges qui transportaient gens et marchandises d'une rive à l'autre, et que passeurs et gondoliers dirigeaient à grands cris, autant pour se prévenir d'avoir à s'éviter que pour le plaisir de s'apostropher.

— Madame, je suis si confuse, balbutia Rachel... de venir aujourd'hui vous déranger dans votre repos...

— La sotte ! L'amitié, la vraie, ne prend jamais de repos ! Asseyez-vous, remettez-vous, de grâce, et ne me faites plus peur ! répliqua Sofia en refermant elle-même les lourds vantaux des fenêtres. Ouf, le bruit le dimanche est encore pire que la semaine si c'est possible, se plaignit-elle.

Le valet revint avec une boisson que Sofia tendit à Rachel.

— Buvez, madame, et que vos joues reprennent ce teint qui nous a si fort éblouis.

— Madame... tenta Rachel, buvant et s'étranglant à moitié.

— Taisez-vous donc et buvez encore. Comme vous tombez à propos. J'attends pour une partie d'écarté quelques amis que vous connaissez déjà. Vous restez, bien sûr. Ensuite nous irons rendre visite à Sforzi qui sera si enchanté de vous voir qu'il vous comblera de bienfaits. Ah, laissez-moi vous présenter le grand Massimo, ajouta Sofia alors qu'apparaissait un jeune homme qui sembla à Rachel pourvu de toutes les grâces. Massimo, mon ange, je vous présente Rachel, n'est-elle pas adorable ?

— Si fait, madame, si j'en juge par ce que je vois, répondit Massimo en s'inclinant devant la jeune femme.

— Massimo, mon cœur, demandez à Clément qu'il prépare la salle de jeux, j'ai besoin de parler avec mon amie.

— Je suis votre serviteur, comtesse, dit-il en s'éclipsant non sans couler un long regard à Rachel.

— Massimo est artiste chez Titien, expliqua Sofia après qu'il fut parti, et je lui prévois un grand avenir. Le pauvre habitait un méchant logement dépourvu de grâce et je lui ai proposé de demeurer ici le temps qui lui conviendra.

— Je reconnais bien là votre générosité, comtesse, répondit Rachel qui n'était point dupe.

Ainsi assise dans un somptueux fauteuil, les sens éblouis par les œuvres de grands maîtres accrochés aux cimaises, les précieux objets d'ivoire, d'or, de vermeil posés sur des meubles d'une parfaite élégance, Rachel ressentait toute la distance qui séparait leurs deux mondes.

Certes, sa famille était riche et les Juifs vénitiens jouissaient dans l'ensemble d'une bonne aisance. Sa propre maison et celles de bien des foyers renfermaient nombre d'œuvres d'art, de livres rares. Mais ce qui les différenciait de celles des chrétiens n'était pas seulement leur exiguïté, par rapport au luxe ostentatoire et au volume des palais, mais la pérennité que l'on y sentait, la confiance dans un destin qui ne vous obligerait pas à fuir en emportant sous le bras les trésors d'une vie, mais qui au contraire était affichée, pour que chacun sache que cette maison était assise sur la durée et la stabilité, et que pour les siècles à venir on puisse retrouver au même endroit les mêmes trésors, dans d'autres mains, mais issues du même sang et portant le même nom.

Quand sa visiteuse lui sembla remise, la comtesse dit :

— Je n'ose espérer que votre venue puisse être motivée par le goût de me voir...

Rachel lui sourit.

— Madame, le plaisir que j'en ai est lié à celui de ma vie.

— Expliquez-vous, de grâce. En quoi suis-je si importante ?

— Simplement qu'avoir la chance de vous rencontrer signifie que mon existence est paisible et me permet de choisir ce qui me plaît ou pas. Et si vous vous êtes plainte avec tant de chaleur de mon absence, sachez que c'était à mon corps défendant et sûrement pas par choix.

— Votre famille ?

— La tradition. Et aussi le fait que, vous quittant le soir où je vous ai connue, je me fis attaquer par des malandrins que j'eus la chance de pouvoir mettre en fuite avant qu'ils ne me mettent eux-mêmes à mal. Vous comprendrez que les miens aient eu, par la suite, peur de me laisser sortir.

— Mon Dieu ! mais pourquoi ne pas me l'avoir dit ? Je vous aurais envoyé chercher et raccompagner par des laquais.

— Ce n'était pas, hélas, madame, la seule raison.

— Quoi d'autre ?

Rachel se leva et se dirigea vers un guéridon en cerisier rehaussé de feuilles d'or sur lequel une statue en bois polychrome représentant une *Pietà* était posée. Elle se tourna vers la comtesse.

— Voyez, madame, la Vierge et l'Enfant, cet événement que les chrétiens qualifient volontiers de merveilleux, signifie pour moi et mon peuple une accumulation de misère et de faux procès. Le Dieu des chrétiens, qui fut d'abord juif, a hélas apporté avec lui, par la faute des hommes, le malheur sur nous.

Sofia prit un air étonné.

— Éclairez-moi, ma chère, pourquoi ce cours d'histoire ?

— Parce que, en ce moment même, dans notre cité, des gens attachés à notre perte font courir des bruits faux et calomnieux ; que ces mensonges peuvent causer notre mort et que je suis en grande alarme, madame.

Sofia parut surprise et se leva.

— Dites-moi de quoi il s'agit.

— On nous accuse d'avoir tué des enfants chrétiens et de nous être servis de leur sang pour fabriquer nos galettes de Pâque.

— Les deux enfants retrouvés morts ?

— Ceux-là mêmes.

La comtesse fit quelques pas, semblant réfléchir.

— Mais l'Église de Rome n'a-t-elle pas fait justice de cette accusation ?

— Si fait, madame. Mais il semblerait que d'autres intérêts qui nous échappent trouvent bénéfice à l'affaire, et cela concerne tout particulièrement l'Église de Rome.

— Comme quoi ?

— D'après ce que j'en ai appris, Rome serait désireuse de réduire l'influence de Venise, et pour ce faire l'obligerait à nous chasser d'ici, ce qui ne serait pas, vous l'avouerez, bénéfique pour l'économie vénitienne. De plus, l'ordre mineur des franciscains, qui depuis plus d'un siècle s'escrime à nous nuire, aurait trouvé cette occasion d'arriver à ses fins. Si nous étions ici reconnus coupables de ce crime odieux, nul doute que dans toute la péninsule, l'exemple aidant, les bûchers se rallumeraient.

Sofia Gritti parut ébranlée par ce qu'elle venait d'entendre. Il est vrai que ces temps derniers elle ne s'était pas occupée de politique, elle qui, descendante d'un grand doge, en était friande. Le désarroi de Rachel la navrait. Son grand-père, Andrea Gritti, qui avait été doge un demi-siècle plus tôt, avait laissé dans l'histoire de la Sérénissime le souvenir d'un sage doublé d'un fin stratège, et dans l'esprit des siens celui d'un homme autoritaire et fougueux en même temps qu'un humaniste.

Elle se souvenait parfaitement de ce que lui racontait son père qui avait été le seul fils que le doge eut avec une Vénitienne, elle-même fille de doge, alors que quatre autres fils lui étaient nés de ses concubines turques.

Le doge Gritti avait eu un sens aigu de l'histoire et de la justice. Son amitié indéfectible pour les Turcs et les Juifs lui avait valu des attaques sévères de ses pairs, sans entamer pour autant sa détermination. Son unique obsession avait été de restaurer la grandeur chancelante de Venise en s'appuyant notamment sur les beaux esprits de la ville, et Titien, entre autres, lui devait une bonne part de sa gloire. Sofia, séduite par ce grand père qu'elle n'avait pas connu, s'était toujours voulue fidèle à son idéal et se refusait à juger sur la foi des autres.

Pour ce qu'elle en savait, les crimes rituels étaient une invention forgée de toutes pièces par les esprits simples.

— Qu'attendez-vous de moi ? demanda-t-elle.

— Madame, vous avez devant vous une femme stupide qui a suivi son instinct plus que sa raison. Dans l'inquiétude qui me broie le cœur votre pensée m'a paru une lumière.

— J'en suis flattée, sourit la comtesse.

— Et moi, j'en suis confuse, répliqua Rachel. Qu'allez-vous penser de cette amie qui vous connaît à peine et se précipite vers vous pour implorer secours ?

— Qu'elle m'aime au point de faire taire une méfiance naturelle.

Sofia se rapprocha et regarda Rachel avec tendresse.

— Vous savez, j'ai nombre de relations qui se réclament plus de mon amitié qu'elles ne m'en donnent. Mon nom à Venise est synonyme de puissance et j'en use autant que je peux pour aider mes proches. Mais avouerai-je que votre prière que vous pensez naïve est pour moi gage d'amitié. Dites-moi seulement qui cherche à vous porter tort ?

— La rumeur, madame.

— La rumeur ? Mais la rumeur s'alimente des braises qu'on lui fournit ! Derrière il y a un incendiaire.

Rachel soupira. La comtesse avait raison. Pour combattre son ennemi il était nécessaire de le connaître, et celui-là n'avait pas de visage puisqu'il arborait celui du mépris et de la haine.

Sofia se rapprocha de Rachel et lui emprisonna les mains.

— Soyez en paix, Rachel, tant que je serai ici vous ne risquerez rien.

— Ma vie n'est pas la seule en cause, hélas.

— Alors, je vais me renseigner. J'ai quelques appuis, sourit-elle. En attendant, allons rejoindre mes amis que j'ai entendu arriver.

— De grâce, madame, souffrez que je me retire car mon cœur ne se prête pas aux jeux.

— Comme vous êtes sérieuse, murmura Sofia en portant les mains de Rachel à ses lèvres et en lui baisant les doigts.

La jeune femme sursauta et, de surprise, les libéra.

— Pardon, vous ai-je importunée ?

— C'est moi qui vous demande pardon, dit Rachel, relevant les yeux vers Massimo qui venait d'ouvrir les portes et se tenait indécis et souriant sur le seuil.

Sofia se retourna.

— Même notre beau Massimo ne saurait vous retenir ?

— Je dois vous sembler très sotte, dit Rachel avec un pâle sourire.

— Non, très sage. Revenez-moi vite, lui dit Sofia en lui reprenant les mains sans la quitter des yeux et en y déposant un rapide baiser. J'espère pouvoir apaiser l'inquiétude de votre cœur.

Rachel n'eut pas cette fois de mouvement de recul.

— Je suis votre servante, madame, dit-elle en esquissant une révérence.

— Hélas, je ne suis pas votre maîtresse, répliqua Sofia avec un énigmatique sourire.

Rachel salua Massimo qui s'inclina à son tour.

— Me laisserez-vous vous raccompagner ? demanda-t-il.

La jeune femme secoua la tête.

— La ville est en fête, je ne risque pas de faire de mauvaises rencontres et je ne veux pas vous arracher à vos amis. Je vous suis très reconnaissante, dit-elle en suivant Clément qui la reconduisit à la porte.

— Reviendrez-vous bientôt ? interrogea encore Massimo.

— J'obéirai à la comtesse, dit Rachel en s'éclipsant avec un sourire.

Elle se retrouva dans la rue, abasourdie, la tête pleine de confusion, bousculée par les promeneurs qui se disputaient les gondoles, pressée par ce monde perpétuellement en mouvement et curieux de tout.

Elle se dirigea tout naturellement vers le Rialto où elle savait trouver Joseph dans sa boutique, mais s'arrêta net.

Qu'allait-elle dire à son fiancé ? Qu'elle était allée demander de l'aide à la comtesse Gritti et à son amant ? Il pourrait à juste titre s'étonner d'une intimité qui l'avait autorisée à les visiter sans y être conviée. En même temps lui revint l'attitude si aimable de la comtesse et sa propre émotion. Elle s'enroula dans sa *Zendale*, remontant ses plis sur ses bras dans un geste nerveux, et courut non pas vers le Rialto, mais vers le ghetto, pour se réfugier et... s'apaiser.

Sofia Gritti sut le lendemain lundi, en allant rendre visite à son cousin le conseiller Zorzi, la raison de la réunion extraordinaire du Grand Conseil.

— On ne parle que de ça en ville, dit Sofia.

— Beaucoup de bruit pour rien, la rassura Zorzi. Disputation au Sénat entre les « vieux » et les « jeunes ».

— C'est-à-dire, cousin ?

— Sempiternelle bataille entre les conservateurs et les novateurs. Les premiers, plus prudents, ne veulent rien faire qui pourrait fâcher Grégoire XIII. Les seconds, plus entreprenants, exigent de prendre davantage de risques.

— Par exemple ?

— Par exemple, de s'opposer à Rome en continuant de refuser la capitulation imposée en son temps à Venise par le pape Della Rovere et qui assurait la libre navigation en Adriatique pour les sujets du pape.

— Et l'on se réunit pour ça le jour du Seigneur ?
— C'est que, cousine, les relations avec le pape sont en ce moment à l'ordre du jour.
— Comment ça ?
— Vous avez entendu parler, j'imagine, quoi que vos préoccupations habituelles vous éloignent de ces faits divers sordides, de l'assassinat de deux enfants près du ghetto et dont on accuse les Juifs sous le prétexte qu'ils les auraient saignés afin d'en imbiber leurs galettes de Pâque ?
— Billevesées, vous le savez, et c'est précisément pourquoi je suis là.
— Vous, comtesse ?
— Figurez-vous que j'ai une amie... à laquelle je tiens, qui m'a confié son angoisse de cette accusation malveillante et à qui j'ai promis de faire justice.
— Oh, oh, Sofia, vous fréquentez une Juive ? sourit malicieusement son cousin en caressant la pointe de sa moustache.

Bel homme, Zorzi profitait de sa position et de sa fortune pour prendre de Venise le meilleur de ce qu'elle offrait. Amateur d'art et de jolies femmes, il était de toutes les fêtes et savait se rendre important.

— Je vous en prie, cousin, vous le faites aussi pour garantir vos dettes ou je me trompe ?
— Vous ne vous trompez pas, mais si je travaille avec les Juifs je ne les considère pas comme mes amis.
— Eh bien moi, cousin, je ne profite pas de leurs prêts mais figurez-vous que j'ai l'amitié d'une de leurs filles.
— Jolie ? sourit Zorzi.
— Charmante, coupa Sofia.

Zorzi eut un rire entendu.

— Je reconnais là... votre goût du risque et de l'exotisme, Sofia. Vous êtes bien la petite-fille d'Andrea... mais qui est cette perle ?

— Rachel da Modena.

— Rachel da Modena ! s'exclama Zorzi, mais je connais son père, et elle aussi. Vous avez raison, elle est charmante et possède un esprit délié bien fait pour vous plaire. Et que puis-je faire pour vous obliger, vous et votre amie ?

— Son peuple est accusé de ces crimes odieux et elle craint pour leur salut.

— C'est vrai. J'ai moi-même chargé son père, qui est un des principaux dirigeants de leur communauté, de trouver et de nous livrer les coupables.

— Vous savez bien, Zorzi, que cette accusation de crimes rituels est fausse.

— Sofia, Sofia, ma chère, que savez-vous de la politique ?

— Qu'est-ce que la politique vient faire là-dedans ?

Zorzi éclata de rire.

— Mais tout, justement. Comme c'est curieux que vous interveniez ce matin. Figurez-vous qu'hier, c'était justement le sujet de la discussion entre les « jeunes » et les « vieux ». Les premiers, disant ne plus vouloir supporter l'intransigeance papale et l'activisme intrigant des jésuites parce qu'ils y voyaient, derrière, l'ombre de plus en plus menaçante de l'Espagne, désormais maîtresse incontestée de toute la péninsule et qui nous isole dangereusement. Les seconds, attachés à leurs privilèges, ne souhaitant rien qui puisse contrarier Rome et prêts pour lui plaire et continuer leur commerce à se débarrasser de sujets encombrants.

— Zorzi, je ne comprends rien à vos paroles.

Le conseiller se reprit à rire.

— Mais je m'en doute, chère cousine, que vous n'y comprenez rien. Parce que c'est de la politique !

— Vous m'embrouillez, cousin, et vous vous moquez, ce que je ne supporte pas ! s'écria Sofia en se levant vivement dans un grand froissement de robe. Vous me parlez de l'Espagne et du pape et des navigateurs, et moi je vous entretiens d'une affaire qui concerne seulement des citoyens vénitiens !

— Que non pas ! D'une part, parce que votre tendre amie n'est pas citoyenne de Venise à cause de sa religion, et d'autre part, parce que les deux affaires sont étroitement liées.

— Vous m'agacez, cousin, avec vos manigances ! Pouvez-vous, oui ou non, rendre justice au peuple hébreu ?

— Hélas, cousine, êtes-vous si sûre de l'innocence de vos protégés ?

— En ce qui concerne ces assassinats, sûrement. Les Juifs ne sont pas réputés user de crimes de sang.

— Je vous envie votre confiance.

— Les croiriez-vous coupables ?

Zorzi se rapprocha d'elle et lui posa les mains sur les épaules.

— Ce n'est pas ce qui est important.

— Ah non ? Et qu'est-ce qui est important ?

— L'intérêt de la République.

La comtesse ouvrit la bouche sous le coup de la stupeur. Zorzi en profita pour enfoncer le clou.

— Vous voyez, charmante cousine, que vous êtes loin du problème. Permettez-moi d'éclairer votre lanterne. Venise a besoin pour son commerce avec les Turcs, sinon de l'approbation, du moins de la neutralité de Grégoire XIII qui entraînera celle de Philippe II et desserrera du même coup de nous la meurtrière étreinte de la Maison d'Autriche. Mais quand on veut obtenir, il faut donner.

— Mais qu'est-ce que les Juifs... commença Sofia.

— Les Juifs, rien. À part que leur bannissement obligerait le pape à notre égard en lui prouvant notre obéissance, et plairait aux ordres mineurs toujours turbulents et critiques comme le sont les franciscains.

Mais surtout, il forcerait la Sérénissime à lui céder sur un point qu'elle a jusque-là refusé pour diverses raisons, et dont la principale est qu'elle nous engagerait dans une querelle dangereuse avec le sultan qui les tient en estime. Mais s'ils sont reconnus coupables, nul, pas même le roi des Mahométans, ne pourra s'opposer à cette expulsion qui ravira le pape, lequel oubliera au même instant qu'il ne croit pas aux meurtres rituels.

— C'est inique !
— Raison d'État.

Furieuse, Sofia se laissa tomber dans un immense canapé tapissé de soie grège et grenat sur le dossier duquel elle renversa la tête, contemplant distraitement le magnifique plafond peint par le Tintoret représentant quatre scènes mythologiques, dont le célèbre *Bacchus et Ariane couronnés par Vénus,* sujet de fierté des conseillers ducaux. Cette immense pièce située en dessous de la salle du Conseil des Dix était un hymne au peintre, qui, outre le plafond, y avait, aidé de son fils Domenico, peint le *Paradis* sur un de ses murs.

— Dois-je expliquer cela à mon amie ? s'écria-t-elle en se tournant dans un geste d'humeur vers Zorzi, assis, jambe nonchalante, sur le coin d'un massif bureau en acajou de Cuba.

— Son père le sait.
— Il n'y a donc plus d'espoir ? demanda Sofia, la voix tremblant de colère en se dressant.

Son cousin haussa les épaules.

— Le seul espoir serait de retrouver les vrais coupables et de les présenter à la justice. Peut-être alors le pape serait-il forcé de s'incliner.

— Ah, bien, et alors ?
— On ne les recherche pas.

Chapitre IX

Crémone vida sa chope et la reposa bruyamment sur la table. L'auberge était pleine de buveurs qui menaient grand tapage. Coupe-jarrets, bandits de grand chemin, assassins peut-être, voleurs sûrement. Le marchand en connaissait quelques-uns avec qui il travaillait de temps à autre. Mais ce soir il n'était pas là pour eux. Il attendait Ettore Bibi.

Justement, l'adolescent apparut et, avec assurance, se dirigea vers la table de Crémone.

— Bonsoir, dit l'enfant en se laissant tomber sur le banc. Je peux ? demanda-t-il en désignant le pichet posé sur la table de bois crasseuse.

— C'est du vin.

— Et alors ?

Crémone haussa les épaules et poussa le broc vers le garçon qui le saisit et but à la régalade. Puis il le reposa en soufflant et s'essuya la bouche d'un revers de manche.

— Ça fait du bien.

— Tu t'y prends mieux pour boire que pour parler, assena le marchand.

— Vous voulez causer de quoi ? Des Babau ? rétorqua l'enfant avec insolence.

— Et de ta funeste erreur de désigner un Juif absent le jour du crime.

— Qu'est-ce que j'en savais ! Un homme en noir et barbu. Eh ben, il était noir et barbu !

Crémone le toisa, mais l'enfant lui rendit son regard avec aplomb.

— Tu n'as pas fait ton travail, grogna-t-il. Pis, tu l'as gâché !

— J'ai fait ce que vous m'avez dit. J'ai pas eu de chance, c'est tout !

— C'est pas tout. Tu as touché de l'argent pour ça.

— Mais j'y suis allé, rétorqua Bibi avec humeur. J'ai fait ce pour quoi vous m'avez payé.

— Sûrement pas !

Crémone regarda alentour mais personne ne leur prêtait attention. Ici, chacun s'occupait de ses affaires.

— Tu dois revoir le chef de la Contrada ?

— Y m'a dit qu'il m'appellerait.

— Bon. Alors tu vas te promener dans le ghetto et repérer un Juif. Et cette fois, ne te trompe pas.

Bibi haussa les épaules. Il avait fait sa part de travail. Crémone l'avait payé pour accuser un Juif, pas pour passer son temps à se promener. Il renifla. Ce Crémone était un rat. Chaque fois, fallait qu'il discute. Il en exigeait toujours plus que pour ce qu'il payait au départ.

Le gamin savait, par un de ses amis, Vittorio, chef d'une bande de gosses d'un quartier voisin de San Nicolo, que celui-ci rendait de singuliers services au marchand. Vittorio s'était toujours montré discret mais laissait entendre que, même pour lui, le marchand était un drôle d'outil.

« Pourquoi ? » avait demandé Bibi. Vittorio avait ricané et désigné son sexe.

Bibi avait cru comprendre que Crémone était un vicieux mais il ignorait son vice. Les hommes ? les animaux ? Pourtant le marchand était rudement religieux.

— C'est pas dans notre marché, lâcha Bibi.

Crémone se pencha brusquement vers lui et l'empoigna.

— C'est mon marché, grogna-t-il tout près de l'oreille de l'enfant.

— Mais pourquoi vous voulez accuser un Juif ? demanda Bibi. Si c'est pas eux.

— Ça t'r'garde pas. Je te donnerai dix ducats de plus.

— Maintenant, dit Bibi en tendant une main sale.

— Quand t'auras trouvé le Juif, grogna Crémone.

Bibi aurait bien aimé savoir pourquoi ce rat tenait tant à accuser un Juif, mais dans le fond il s'en moquait.

— Cinq ducats maintenant, insista-t-il.

Crémone soupira bruyamment et tira trois ducats de sa poche.

— Trois. Le reste quand t'auras été parler à Nozerini.

Bibi empocha prestement l'argent. Ça avait marché. Il se leva.

— N'importe lequel ?

Le marchand haussa les épaules sans répondre.

Bibi salua en portant l'index à son front et s'en alla.

Crémone se resservit à boire. Il était inquiet parce que rien ne se passait comme ça aurait dû. Si on ne trouvait pas de Juif à accuser, les gens d'armes seraient obligés de rechercher le vrai coupable. L'affaire avait fait trop de bruit.

Il pensa à Mantova et jugea que c'était sa faute.

Dès son arrivée, le franciscain lui avait juré que, s'il l'aidait à débarrasser Venise de ses Juifs, il se faisait fort de lui obtenir un prêt sans aucun intérêt des monts-de-piété que gérait l'ordre. Et ce, à titre exceptionnel, parce que ces prêts étaient seulement consentis aux indigents et sûrement pas aux marchands possédant pignon sur rue.

Crémone l'avait assuré qu'il rendrait très vite les cinq cents ducats dont il avait dit avoir besoin pour acheter un reliquaire qu'il pourrait revendre trois fois son prix à un couvent de dominicains.

« On ne doit pas faire de bénéfice avec les objets pieux », avait protesté Mantova.

Pauvre naïf. Il serait déjà loin avec ses cinq cents ducats avant que le moine ait compris qu'il s'était fait rouler.

Il lui avait alors parlé du cadavre de l'enfant que l'on venait de découvrir et tout de suite le moine avait évoqué le crime rituel. Crémone avait immédiatement compris le bénéfice qu'il pourrait en tirer.

Faire naître la rumeur et l'alimenter avait été un jeu d'enfant, c'était le cas de le dire.

La découverte du second gamin avait servi à exciter la colère du peuple que Crémone avait estimé être retombée trop vite.

Il s'en était plaint à Mantova et le moine avait rétorqué qu'à Venise tout était différent. Il n'avait pas voulu le croire, mais il devait se rendre à l'évidence. Il soupira. Il ne comprenait pas cette ville et sa justice. N'importe où ailleurs des Juifs accusés de crimes rituels étaient aussitôt envoyés au bûcher sans la moindre enquête. Les Juifs, c'était ce qu'il y avait de mieux. Que ce soit pour l'empoisonnement des puits, la sorcellerie ou la peste, il n'y avait qu'à les désigner du doigt. Cette cité méritait vraiment la réputation de faiblesse, de traîtrise et de débauche dont l'accusaient ses ennemis.

Il tapa rageusement du poing sur la table, faisant sursauter un soûlot assis non loin de là.

— Qu'est-ce t'as l'ami, graillonna-t-il, t'aurais-t-y des soucis ?

— La paix ! rugit Crémone avec un geste menaçant du bras.

L'ivrogne le prit mal et se dressa sur des jambes flageolantes.

— C'est-y que j'devrais t'apprendre la politesse !

— Va crever ! cracha Crémone sans même lui jeter un coup d'œil.

— Putain ! truie ! par le corps de l'immaculé et du consacré ! hurla l'homme qui tituba jusqu'à la table du marchand sur laquelle il s'affala à moitié.

L'autre le fit rouler au sol sous les rires des buveurs, ravis de la distraction. Mais Crémone n'était pas d'humeur. Il quitta la table et laissa tomber une pièce sur le comptoir en passant devant.

— Faudrait voir à mieux choisir votre pratique ! lança-t-il au patron qui haussa les épaules avec philosophie.

Crémone se retrouva dehors, bouillant de colère. Ces hommes étaient des porcs ! Bibi, un imbécile prétentieux, et Mantova, un pauvre toqué !

Il avait besoin de boire à perdre la tête. Ses yeux fouillèrent l'ombre à la recherche d'un pauvre bougre qu'il aurait pu frapper jusqu'à le laisser sans connaissance. Sa rage le brûlait.

Dans sa ceinture, il caressa le manche d'un poignard qui ne le quittait jamais.

La soif lui desséchait la gorge. Il râla et leva les yeux vers l'astre nocturne qui baignait la nuit d'une lueur laiteuse et sépulcrale. Énorme et blanc, il semblait penché sur lui.

Le bruit d'une canne et d'un pas claudicant attira son attention. Un homme sortit d'une obscure ruelle qui débouchait sur la place. Il boitait et s'aidait d'une canne. À part son infirmité, il paraissait en bonne santé.

L'homme le dépassa en le saluant et continua sa route.

Crémone le suivit des yeux et lui emboîta le pas.

Au grand soulagement de tous, les frères siamois moururent le septième jour.

Le reb Elia di Maestro Salomone refusa obstinément que les aruspices appelés par les théologiens examinent les entrailles des enfants afin d'y découvrir un signe diabolique.

Les *Cattaveri*, les officiers du gouvernement qui veillaient à la manière de vivre du ghetto, l'y aidèrent sur l'ordre du Conseil, peu désireux d'envenimer davantage les relations entre la population juive et chrétienne, mais obligèrent la famille à les enterrer nuitamment et quasi clandestinement.

Le même jour, Asher demanda audience à Zorzi afin de réclamer l'élargissement de Moshe Rabinovitz dont la santé continuait de se dégrader.

Le conseiller ducal le reçut dans son cabinet privé.

— Bonjour, Asher.

— Monsieur le conseiller, je vous suis très obligé d'avoir consenti à me voir.

— D'autant que vous êtes là, j'imagine, pour réclamer une faveur, répliqua Zorzi avec ironie.

— Plus qu'une faveur, monsieur le conseiller, un acte d'humanité.

— Ce qui est fatigant, avec vous autres Juifs, rétorqua Zorzi, c'est que vous passez votre temps à vous préoccuper de l'humanité.

— Elle en a besoin.

— Hum... alors, qu'est-ce que vous voulez ?

— Un des trois parnassim que le Tribunal de l'Inquisition a enfermés aux Plombs, Moshe Rabinovitz, de la communauté ashkénaze, est au plus mal. Et je vous implore, monsieur le conseiller, de le laisser revenir dans ses foyers où il sera soigné avec dévouement par les siens.

Zorzi soupira bruyamment. À sa connaissance, il n'existait pas de peuple plus obstiné que celui-là. Brûlez-le, noyez-le, chassez-le, et il y en aura toujours un pour exiger de vous le droit de prier, d'abattre les bêtes selon leur rituel, d'épargner l'un d'entre eux qu'il ne connaît même pas, ou encore de devoir leur concéder un bout de terrain pour leur cimetière faute de quoi ils ne pourront reposer en paix. Mille prières de la sorte comme si leur façon de vivre était la seule qui vaille.

Et cette folle de Sofia qui s'était entichée d'une Juive, au point de compromettre sa réputation !

— Avez-vous trouvé les assassins des enfants ? questionna Zorzi.

Ce fut au tour d'Asher de soupirer.

— Pourquoi vous moquer d'un vieil homme, monsieur le conseiller ?

— Un vieil homme ! Comme vous y allez ! Nous devons être du même âge !

— Mais pas de la même histoire. Et la nôtre alourdit nos jambes et plombe nos cœurs.

— Je vous le concède. Mais aussi, pourquoi vous différencier ? Regardez ceux qui chez vous se sont convertis et vivent d'une façon plus sereine !

— Comme on vit le pied en équilibre sur la pointe de l'épée. Que l'épée se retire, ou que l'on trébuche...

— Ah, Asher, votre façon de penser me confond. Avez-vous songé à mon emprunt ?

— J'ai cent ducats sur moi qui n'attendent que votre bon vouloir, monsieur le conseiller.

— Attention, Asher, pas de corruption avec moi !

— Monsieur le conseiller, on ne corrompt pas ses amis, seulement ses adversaires. Ces cent ducats feront l'objet d'un contrat en bonne et due forme à votre convenance. Simplement, et seulement si vous le désirez, nous ne mettrons pas de date d'échéance. Votre famille est aussi solide que ma foi en Dieu, je ne risque rien.

Obstiné et habile, songea encore le conseiller. Était-ce là le secret de leur durée ?

— Et ce Rabinovitz, que fait-il ?

— Il est rabbin, monsieur. C'est un érudit qui correspond avec les plus grands philosophes. C'est également une conscience.

Zorzi se leva et fit quelques pas en faisant mine de réfléchir. Devait-il parler à son visiteur du souci de sa cousine et des relations que celle-ci entretenait avec sa fille ? Il n'était pas sûr que le banquier apprécierait.

Et s'il s'avérait que l'on ne puisse accuser le peuple d'Israël des meurtres et qu'on en persuade Rome, serait-il habile que les Juifs, par l'entremise de la fille d'Asher, imaginent que leur innocence ait été établie grâce à une faveur plutôt que par la connaissance de la vérité ?

Zorzi ne voyait pas clairement quel intérêt lui ou la Sérénissime en tirerait. Une faveur obligerait, certes, les Juifs à leur égard. Mais Venise avait trop d'ennemis pour risquer que cette fable tombe dans des oreilles malveillantes.

Les Juifs étaient bien plus faciles à maîtriser que le Saint-Siège. Et les Espagnols, qui depuis Isabelle et Ferdinand s'acharnaient à les persécuter, prendraient prétexte de cette faiblesse auprès du pape pour contrecarrer l'influence de la République.

— Rentrez chez vous, Asher, je vais donner des ordres pour que l'on libère votre coreligionnaire.

— Et pour les deux autres, monsieur le conseiller ?

— Ah, non ! de grâce ! un cadeau à la fois, s'écria Zorzi.

Asher s'inclina et s'éloigna à reculons.

— Je suis votre obligé, monsieur le conseiller.

— Heu... Asher, vous avez sur vous ces ducats ?

— Oui, monsieur, comme je vous l'ai dit, répondit le banquier en se redressant.

— Bien. Alors...

Asher revint vers lui et sortit de son manteau une lourde bourse qu'il posa sur la table.

— Cent, monsieur le conseiller, comme d'habitude. Voulez-vous les compter, s'il vous plaît.

— Oh, je vous fais confiance, Asher, refusa Zorzi en agitant la main dans un geste de dénégation. Depuis le temps que nous travaillons ensemble...

— Votre confiance me flatte et m'honore, monsieur le conseiller.

— Pour les papiers ? demanda Zorzi d'un ton léger.

— À votre convenance, monsieur. Je vous sais accaparé par votre si lourde charge... et moi-même suis pressé par les événements car, en plus de mon comptoir, je marie ma fille.

— Ah bon ! s'exclama Zorzi. C'est le moment ?

— Trente-trois jours après la Pâque, comme le veut la tradition, répliqua Asher.

— Félicitations. Alors, comment fait-on ?

— C'est vous qui déciderez quand je devrai vous envoyer le contrat. Mais je vous demanderai comme une nouvelle faveur de me laisser du temps, je suis vraiment très occupé.

— Comme vous voudrez, Asher, dit Zorzi en se saisissant de la bourse et en la soupesant. Cent ducats d'or à deux grammes cent soixante-dix-huit pièce... ça fait...

— Deux grammes cent soixante-dix-huit, seigneur, c'est le poids du grosso d'argent, pas celui des pièces d'or. Ne cherchez pas. Le poids de l'or est celui que chaque homme y attache. Pour les uns, il pèsera si lourd qu'il les noiera, pour les autres, il ne sera qu'une manière de briller. Je suis votre serviteur, monsieur le conseiller, dit Asher en ouvrant la porte et en disparaissant.

Zorzi resta un moment à considérer la porte fermée.

— Quelle heureuse nouvelle que votre prochain mariage ! s'exclama Sofia.

Rachel la remercia d'un sourire. Elle s'était servie de ce prétexte pour revenir visiter la noble Vénitienne, sans savoir si ce désir de la revoir tenait davantage de son impatience à espérer son aide, à laquelle elle s'efforçait de croire, qu'à la fascination que ce monde de liberté et de facilité exerçait sur elle.

Son propre destin lui semblait si soumis au devoir et à l'inquiétude que d'avoir pénétré celui de Sofia et de ses amis l'avait troublée au point de vouloir le mieux connaître. Elle savait pourtant que se brûler à ce faux soleil pouvait la consumer autant que le plus vif des bûchers.

— Votre futur époux, dites-vous, tient boutique sur le Rialto ? J'irai lui rendre visite pour apprécier sa mine. Je le connais peut-être, reprit plaisamment la comtesse.

— Il vend des parures et des colifichets, des perles et des bijoux, des perruques et aussi des fards. Tout ce qui, en un mot, se plaît-il à dire, fait des hommes les esclaves de leurs belles.

— Comme il a raison ! Connaît-il au moins sa chance d'épouser une femme si charmante ?

— Vous êtes trop bonne, madame. Je pense qu'il sait que je serai une épouse fidèle et attentionnée, soucieuse avant tout des siens.

— C'est pour quand ?

— Dans deux dimanches. Certains événements l'ont déjà retardé, et je ne devrais pas être là à bader. Mais ce qui m'amène chez vous, en plus de la joie de vous voir, c'est l'affaire dont je vous ai parlé.

Sofia plissa les lèvres de contrariété. Elle appréhendait ce moment où elle devrait faire comprendre à Rachel que le sort de sa communauté était scellé...

— Je suis allée voir à ce propos, commença-t-elle, un homme puissant qui m'est proche par le sang et de qui j'attendais quelque espoir...

— Et… ? questionna la jeune femme d'une voix qui malgré elle s'était altérée.

— Et… il m'a dit que jusque-là les preuves retenues l'étaient contre vous et qu'il ne voyait pas le moyen de vous épargner.

— Les preuves ? De quoi parlait-il ?

— Il ne m'en a rien dit.

— Il n'existe aucune preuve, madame la comtesse.

Sofia se leva dans un mouvement agité. Comment faire comprendre à cette enfant que noyer un ou plusieurs innocents assurerait à Venise une tranquillité de navigation ? D'ailleurs, elle-même n'avait rien entendu à ces arguties. Elle se tourna vers Rachel qui soutint son regard, et Sofia reconnut celui que l'on a quand on se sait trahi.

Rachel se rapprocha d'elle.

— Vous ne me dites pas tout, madame.

Le ton était dur, et les yeux gris étirés vers les tempes qui l'avaient tant séduite par la lueur d'ironie qui y dansait en permanence, cette flamme que rien ne paraissait pouvoir éteindre, n'étaient plus qu'inquiétude, chagrin et incompréhension.

La belle Vénitienne leva une main hésitante vers le visage de Rachel et, comme celle-ci ne se dérobait pas, elle lui caressa la joue et le front dans le souci d'y gommer la douleur inscrite.

— Non, ce n'est pas tout, et vous le savez, murmura-t-elle.

— Mon père m'a dit.

— Que pouvons-nous faire ? Dites, et je m'exécuterai.

— Sofia… (Rachel lui saisit la main)… votre… allié nous croit-il coupables ?

La comtesse baissa les yeux.

— Mais il n'est pas disposé à rechercher la vérité ?

Elle en convint d'un battement de paupières.

— Néanmoins, si celui ou ceux qui avaient tué lui étaient livrés, la... la Sérénissime abandonnerait-elle les charges contre nous ?

Sofia soupira et se recula un peu. Si près de Rachel, son esprit était accaparé de pensées qui n'avaient pas leur place dans la tragédie du moment.

Elle se demanda si elle était capable, comme elle aurait aimé le croire, d'oublier son égoïsme au profit de quelqu'un qu'elle appréciait si fort, ou si au contraire toutes ses actions lui seraient toujours subordonnées.

— J'imagine que les sestiers, qui rendent des comptes à la Confraternité des Députés à la Justice, laquelle sera en dernier lieu chargée de cette affaire, ne pourront faire autrement que d'y souscrire, répondit-elle d'une voix hésitante.

— Vous le pensez ?

Sofia nota avec surprise une pointe d'espoir dans la voix de Rachel. Pourtant, quelle chance avaient-ils de découvrir les meurtriers si la police ne les recherchait pas ?

— Ils... ne pourraient certainement pas s'y dérober.

— Et pourquoi ?

— Parce que j'en appellerai à toutes les instances qui ici, dans ma ville, devront m'écouter en tant que Sofia Gritti, descendante d'un doge de Venise que l'on sait être l'un des derniers à avoir eu comme unique souci la grandeur de la cité. J'appartiens à une des familles les plus importantes de la République et à qui nombre de gens en place doivent leur fortune ! Ma chère, si vous arrivez à dénicher les vrais assassins, je vous garantis qu'ils seront tenus de les accepter ! répondit-elle d'une voix vibrante.

— Pourquoi feriez-vous cela pour nous ? demanda la jeune femme après un moment où les mots de la comtesse résonnaient dans sa tête.

— Pourquoi ? Parce que, fidèle aux idéaux de mon grand-père et des miens, je suis assoiffée de justice. Et parce que... parce que... je vous aime.

— M'aideriez-vous ?

— Autant que vous le voudrez.

Les deux femmes se regardèrent. Échange muet chargé d'étonnement et de sentiment trouble pour la plus jeune, de tendre impatience pour la comtesse.

Prise de vertige devant une terre inconnue prometteuse de fruits magnifiques mais chargés d'épines empoisonnées, Rachel sentait son impérieuse nature se rebeller de ce que sa vie tracée lui offrait. Être née juive dans un monde qui lui refusait d'exister, femme dans une philosophie qui la niait, lui semblait trop d'injustice. Ailleurs existait un monde où le bonheur n'était pas un péché.

— Votre amitié m'est précieuse, madame, pourtant... pourtant je ne saurais en abuser. Votre soutien m'est doux et me donne courage de répondre à mon devoir d'aider les miens, dit-elle d'une voix faible.

— Vous me trouverez toujours à vos côtés, répondit la comtesse en la pressant contre elle.

Asher posa sa main sur l'épaule de Rachel, occupée à écrire.

Elle releva la tête et lui sourit.

— Oui, père ?

Depuis sa visite à la comtesse, elle avait évité toute intimité avec les siens. Elle avait fui Joseph sous différents prétextes, persuadée que sur son front était inscrite la confusion de ses sentiments. Elle l'aimait pourtant, mais savait que sa nature intègre l'empêcherait de la comprendre.

Elle voyait arriver avec crainte la date de son mariage qui la retrancherait du monde social et lui interdirait de rechercher, comme elle se l'était promis, les véritables coupables des meurtres, bien qu'elle n'ait pas grande idée sur la façon de procéder.

Elle avait croisé à deux reprises la route du franciscain dont la hargne contre son peuple l'avait alertée. Se trouvant un matin à la fin de son discours sur la piazza San Marco, elle l'avait suivi quand il s'en était allé. La filature l'avait menée à une certaine boutique du quartier du Castello, près de l'église Santi Giovano e Paolo, qu'elle avait reconnu être celle de ce marchand qui distribuait des libelles horribles contre les Juifs. Elle les avait vus discuter âprement dans la boutique sombre et tellement encombrée. S'approchant sans être vue, elle les avait entendus reprendre avec tant de rage leur antienne favorite, qu'elle s'était enfuie, ne pouvant en supporter davantage.

Depuis, elle en avait déduit que cette affreuse rumeur dont ils étaient victimes aurait très bien pu prendre naissance par la fureur de ce franciscain résolu à leur perte et de son étrange allié. Encore fallait-il en apporter la preuve.

Son père s'assit à ses côtés et lui sourit avec gravité.

— Comme tu es belle et sage. Et comme mon cœur est lourd de te faire de la peine, mais tu es avant tout ma fille et je sais que ta tête saura commander à ton cœur.

— De quoi s'agit-il ? balbutia Rachel, persuadée que quelqu'un l'avait vue se rendre au palais Gritti.

— Tu connais, hélas, les problèmes que traverse actuellement notre communauté. Problèmes dont nul d'entre nous ne peut prédire où ils nous mèneront tant que pèsera la suspicion qu'un Juif ait pu perpétrer ces meurtres.

— Il nous faut trouver les vrais coupables, père !

— Je le sais bien, ma fille. Mais la police ne les recherche pas. La *vox populi* a jugé sans savoir, et la

République l'écoute davantage que nous. Nous ne pouvons qu'espérer en D'.

Il laissa passer un temps, caressant la chevelure de Rachel, d'une couleur plus soutenue que ce que préconisait la mode lancée par les courtisanes qui teignaient leurs mèches blondes de façon à les assombrir et à leur donner ce ton réputé pour les siècles à venir.

— Aussi, le reb Moshe et moi avons décidé, pour le bien de tous, de retarder votre mariage, à Joseph et toi. Je sais, ma chérie, le sacrifice que j'exige, nul mieux que moi connaît l'impatience des jeunes filles à prendre leur envol, mais le temps est trop grave en ce moment pour seulement penser à se réjouir. Le notaire possède tous les papiers nécessaires à ta dot, le reb et moi en avons discuté. Dès que le ciel s'éclaircira nous procéderons à la cérémonie et tu iras vivre dans la maison de Joseph. Ne m'en veux-tu pas trop ? s'inquiéta Asher.

Rachel respira de soulagement. Ce retard était providentiel. Elle pourrait se mettre en quête des meurtriers.

Si elle y parvenait, elle deviendrait une héroïne comme Esther, ou plus simplement son ancêtre Rachel de Troyes. Sa vie tout entière en serait changée. Elle ne serait pas seulement la femme de Joseph. Elle existerait à part entière.

Asher prit son silence pour du chagrin et l'étreignit.

— Ma chérie, je saurai me faire pardonner. Toi et ton époux aurez la plus belle cérémonie jamais donnée dans le ghetto. Je sais que tu avais demandé à ta mère que la troupe de théâtre du *hasser* vienne jouer pour ton mariage et qu'elle a refusé. Eh bien, elle sera là puisque pour toi l'art prime tout.

Rachel, confuse, se serra plus fort contre lui.

— Aucune de tes décisions ne m'afflige, père, car je sais qu'elles sont prises à bon escient. J'obéirai donc, comme je l'ai toujours fait.

— Je savais, et ta mère aussi, que nous pouvions compter sur toi. Sois-en remerciée.

Elle leva sur lui des yeux brillants.

— S'il me reste encore quelque temps d'insouciance avant que ne s'abattent sur moi les devoirs et les charges d'une épouse, m'autoriseras-tu à visiter les académies et les scuole de la cité, en toute quiétude ? demanda-t-elle, câline.

Asher fronça les sourcils.

— Ma fille ne serait-elle pas en train de m'extorquer quelque avantage ?

— Père... supplia Rachel.

Asher secoua la tête d'un air accablé.

— Je crois que Joseph, lui, peut nous remercier de lui prolonger son temps d'insouciance.

Massimo se pencha et baisa la comtesse sur la tempe.

— Je vous sens lointaine, comtesse.

— Des soucis, bel ange, rien qui ne puisse se résoudre.

— M'accorderez-vous enfin la faveur de vous portraiturer ?

— Et de montrer ton œuvre à ton maître ? (Elle se tourna, faussement sévère, vers lui.) Te servirais-tu de moi pour faire avancer ta carrière ?

Il prit un air horrifié.

— C'est ce que vous pensez ?

— Je me méfie de l'ambition de la jeunesse. Elle est toujours à vouloir qu'on lui donne tout. Comme si l'âge accordait des droits à certains et des devoirs à d'autres.

— Comme vous êtes cruelle, ce matin ! grogna le peintre en se tournant de l'autre côté.

Installé dans le lit de la comtesse où il était allé la rejoindre, le jeune homme trouvait que depuis quelque temps sa maîtresse lui manifestait de la tiédeur, et il en souffrait.

Au début de leur aventure il n'y avait vu que l'opportunité de trouver en elle un mécène, sans que pour autant cela lui déplût. Puis, au fil des jours, il s'était attaché à cette femme cultivée et raffinée, douée d'une forte personnalité qui compensait la sienne, plus malléable et le rassurait. La différence d'âge ne l'aurait gêné que dans la mesure où l'on se serait moqué de lui comme d'un mignon. Mais personne ne s'y serait risqué. La comtesse Gritti jouissait d'une position qui la mettait à l'abri de la médisance, tout au moins déclarée.

— Ne m'aimez-vous plus ? s'inquiéta-t-il, la voyant se lever.

Elle lui sourit en enfilant une chemise de fine toile bordée de dentelle.

— C'est vous, mon ange, qui à présent allez vous en soucier ?

L'éphèbe se leva d'un bond et se rapprocha.

— Cette nuit, vous ne m'apparteniez pas, martela-t-il en emprisonnant ses mains.

Sofia se dégagea et le toisa.

— Sachez, mon jeune ami, que je n'appartiens qu'au plaisir... et s'il est absent...

Il se raidit.

— Absent ?

Elle lui caressa la main.

— Disons... fugace. Allons, ne vous mettez pas en retard, Paolo vous attend, je le sais.

Massimo sentit une boule lui obstruer la gorge.

— Vous me renvoyez ?

La comtesse secoua la tête en riant.

— Qu'il est réconfortant pour une femme comme moi de sentir l'inquiétude d'un si beau jeune homme. Mais non, grand sot, je ne vous renvoie pas. On renvoie un valet, on quitte un amant. Ce qui n'est pas mon propos actuellement. Seulement quelques soucis me distraient de vous.

— Des soucis ou un autre... voire... une autre ?
Elle le regarda, un mince sourire aux lèvres.
— Allons, habillez-vous, et restez chez vous ce soir.
— Vous voyez bien !
— Massimo, mon époux doit revenir bientôt de ses courses à ses comptoirs, vous serez bien obligé de lui laisser la place. Habituons-nous à moins nous voir. Mais ne vous alarmez point, j'ai des projets pour nous.
— Pour nous ?
— Pour moi. Mais peut-être en profiterez-vous, la vie en décidera.
— Vous aimez ailleurs !
— C'est mon défaut, jeune Massimo, que de ne m'attacher qu'un temps. Comme vous, je ne me prête qu'à ce qui me plaît et m'amuse. Allons, partez, j'ai des choses à faire.
— Votre portrait ?
— Nous en reparlerons.

Ettore Bibi, quittant le rio Terra Farsetti, entra dans le ghetto par le sotoportegi du Ghetto Nuovo au débouché des calaselles, et leva la tête vers les hautes demeures étroites percées d'innombrables fenêtres de toutes formes et de toutes tailles, de petites terrasses, de pignons, de dômes d'aspect oriental qui entouraient le campo del Ghetto Nuovo, recouvert d'herbe et de quelques cultures légumières, traversé de sentiers en terre battue, insolite échappée de nature au milieu des maisons formant tout autour un bloc régulier et massif.

Par malchance pour lui, une des premières personnes qu'il croisa dans le ghetto fut un des jeunes gens qui s'étaient opposé à son envahissement, et l'avaient entendu et vu prétendre connaître l'assassin juif du bambin. Celui-ci n'en crut pas ses yeux. Il alla chercher un ami et ils suivirent le galopin.

Bibi se promenait apparemment sans but précis, les mains enfoncées dans sa vareuse à moitié déchirée. Les yeux fureteurs, cachés à demi par la méchante broussaille de ses cheveux, il paraissait observer les promeneurs, s'arrêtait devant les étals, sondait du regard l'ombre des boutiques, volait là une pomme, ailleurs un beignet.

— Que veut-il ? s'inquiéta celui qui l'avait reconnu.

— Quoi qu'il cherche, il ne va pas le trouver, assura son ami, crois-moi.

Ils comprirent qu'il repartait quand il emprunta le long pont de bois qui, par le sotoportegi du Ghetto Nuovo, reliait l'île à la paroisse di San Marcuola.

— C'est le moment, souffla le premier, la calle est vide.

Ils se portèrent à la hauteur de Bibi et l'entourèrent.

— Qu'est-ce que tu fais là ?

Leur air menaçant l'effraya.

— Mais rien !

— Tu vas nous suivre.

— Un bon chrétien n'a-t-il pas le droit de vous visiter ? riposta-t-il, reprenant assurance.

— Un bon chrétien, peut-être, mais pas toi, rétorqua l'un des garçons en l'empoignant.

Il se débattit en poussant des cris, mais il n'était pas de taille et fut entraîné dans l'entrée d'une étroite maison toute proche.

Les deux garçons le plaquèrent contre le mur.

— Qu'est-ce qu'on en fait ?

— Laissez-moi partir, je ne vous accuserai pas, dit Bibi.

Le mot « accusé » fit tressaillir un des jeunes gens.

— À ce propos, n'est-ce pas toi qui as accusé l'un des nôtres du meurtre de l'enfant nommé Barbaro ?

— Je ne sais pas de quoi vous parlez !

Les garçons hésitèrent.

— Est-ce lui ? interrogea en aparté le second.
— J'en suis certain.
— Alors, que faisons-nous ?
— Allons le montrer à l'un de nos chefs ?
— Lequel ?
— Asher, le banquier, il est tout prêt.

Traînant leur prisonnier, ils se dirigèrent jusqu'à la banque et demandèrent à Daniele à le voir.

— Qui est celui-là ? demanda le comptable.
— Celui qui nous a faussement accusés du meurtre de l'enfant Barbaro.

Daniele siffla entre ses dents.

— Il est au premier avec sa fille.
— Allons-y.

Daniele aurait bien aimé les suivre mais le comptoir devait rester ouvert.

Les trois garçons grimpèrent l'étroit escalier et toquèrent à la porte de l'office d'Asher.

— Entrez.

Celui-ci, avec Rachel, était plongé dans ses comptes.

— Qu'est-ce que c'est ? demanda-t-il en ôtant ses lorgnons.

À présent qu'ils étaient au pied du mur, les garçons hésitaient. Ne s'étaient-ils pas trompés ?

— C'est...
— Je te connais, dit Asher au plus jeune des garçons. Tu es le fils d'Angelo di Musetto, le meunier.
— Si fait, monsieur, et mon ami est David Fiorina.
— Et le troisième, n'est-ce pas celui qui nous a accusés du meurtre du jeune Barbaro ?
— C'est lui.
— Et que fait-il ici ?
— Nous l'avons surpris en train d'espionner les gens de chez nous.
— Je n'espionnais pas ! se récria Bibi, je me promenais ! je vais me plaindre à la police.

— Que faisais-tu ici ? interrogea Asher.

— Je vous l'ai dit, je me promenais. Vous n'avez pas le droit de me retenir.

— Alors, tu vas partir, convint Asher, hochant la tête.

— Un instant, intervint Rachel en se levant et se rapprochant.

Bibi la fixa avec insolence.

— Tu as accusé un homme d'ici, pourquoi ? interrogea-t-elle.

— Parce que je l'ai vu, répondit Bibi avec aplomb.

— C'est faux et tu le sais. Qui t'a demandé de le faire ?

— Personne. Mais peut-être que je me suis trompé.

— Tu t'es trompé, gronda Asher, en désignant publiquement un homme qui n'était pas là le jour du crime.

— C'est pour ça que j'ai dit que je me suis trompé. Ça arrive !

— Qui t'a payé pour mentir ? demanda Rachel.

— Vous rêvez, personne m'a payé. Je veux partir.

Asher prit sa fille à part.

— Nous ne pouvons pas le retenir.

— Que faisait-il ici, sinon espionner ? Ou mieux, repérer l'un des nôtres pour mieux l'accuser ?

— Si vous me relâchez maintenant, je ne porterai pas plainte, dit Bibi. Sinon...

Asher se mordit les lèvres. L'initiative des garçons pouvait se révéler dangereuse.

— Tu ne veux pas nous donner le nom de celui qui t'a demandé de nous accuser ? insista Rachel.

— Puisque je vous dis que c'est personne !

— Père, je me retire, dit-elle soudain. Le mieux est en effet qu'il parte. Et ne dis pas de mauvaises choses contre nous, menaça la jeune fille, parce qu'on saura te retrouver.

Bibi haussa les épaules.

— Et me saigner ? répliqua-t-il avec un mauvais sourire.

175

— Laissez-le partir, dit Asher, alors que Rachel quittait rapidement la pièce.

— Pas trop tôt, grommela Bibi, je m'souviendrai d'vous !

Les garçons le lâchèrent à contrecœur.

Bibi ouvrit la porte sans la refermer et dévala l'escalier.

— Ce n'est rien, rassura Asher. Merci de surveiller. Bonjour à vos parents.

Arrivé dans la rue, Bibi prit son temps pour gagner la porte du ghetto, comme quelqu'un qui n'a rien à se reprocher et ne craint personne. Il ne vit pas, dissimulée dans l'ombre d'une porte, une jeune femme qui s'apprêtait à le suivre.

— J'ai une piste, annonça Rachel d'entrée en embrassant la comtesse.

Celle-ci se recula pour mieux l'admirer.

— La joie de la réussite te donne un teint de rose. Comme tu es gracieuse.

— Ce n'est pas encore la réussite, répliqua la visiteuse en se laissant tomber sur un canapé bas de velours cramoisi, qui semblait inviter autant au repos qu'à l'amour.

— Explique.

Rachel lui narra la prise de Bibi par les garçons du ghetto et sa filature une fois reparti. Filature qui l'avait conduite de nouveau à la boutique du marchand, qui, elle l'avait appris, s'appelait Antoine de Crémone.

— Et alors ? demanda la comtesse.

— C'est ce même Crémone qui loge le franciscain dont les sermons nous traînent dans la boue, et qui est apparu au moment du premier meurtre.

— Tu soupçonnes le franciscain de l'avoir commis ? sourit Sofia.

— Non, je ne sais pas. Toujours est-il que voilà beaucoup de coïncidences. Ce Crémone entretient des rapports avec deux de nos accusateurs. Et il distribue de féroces libelles contre nous !

— Tu vois, ça peut s'arranger, murmura Sofia, s'asseyant à ses côtés et lui prenant la main. Oh, ligne de vie... lut-elle, assez longue... mais... tourmentée.

— Vous lisez les lignes de la main ?

— Parfois. Je te vois un grand destin. Beaucoup d'amour.

Elle leva les yeux vers Rachel en souriant.

— Ça part mal, répliqua la jeune femme, mon mariage est encore retardé.

— À cause de quoi ?

— Mon père pense que la période se prête mal à une fête. Il veut que mes épousailles soient source de joie et non de tracas. Alors, pour l'amour...

— Il existe aussi en dehors du mariage, rétorqua la comtesse.

— Pas chez nous, répliqua Rachel.

— Pas chez vous ? Manquerait-il quelque chose à vos femmes, ou au contraire auraient-elles quelque chose dont nous serions dépourvues ?

— Je ne sais pas, murmura Rachel en rougissant.

— Et vos hommes, malgré la particularité dont on dit qu'elle ne les gêne en rien, seraient-ils eux aussi différents des autres ?

Rachel se pinça les lèvres de confusion. Le langage de la comtesse n'était pas celui auquel elle était habituée. Une telle liberté de ton était inconcevable chez le peuple du ghetto. On disait bien à voix basse que quelques-unes de ses filles avaient choisi le commerce de la chair et faisaient partie, à un niveau honorable, des courtisanes de Venise, mais celles-ci n'avaient plus leur place au sein du peuple d'Israël.

— Ce retard t'afflige-t-il ? reprit la comtesse, devinant la confusion de sa visiteuse et voulant l'en détourner.

Rachel hocha la tête.

— Je ne suis pas à un mois près.

— L'aimes-tu ?

— Qui donc ?

— Ton Joseph ! Qui entre parenthèses a jolie figure. Je lui ai acheté, sans qu'il le sache, une parure de fleurs pour toi.

— Pour moi !

— N'agrémentes-tu jamais ta chevelure ? C'est vrai qu'elle n'a pas besoin d'artifice, sa beauté lui suffit.

— Vous me gênez, madame, protesta Rachel.

— Sûrement, admit la comtesse. Mais je dis toujours ce que je pense.

— Privilège des puissants ! riposta Rachel du tac au tac.

Sofia resta un instant interdite, et éclata de rire.

— Sais-tu, dit-elle en rapprochant son visage, sais-tu que peu de mes pairs ont ton insolence ?

— Je vous demande pardon, dit Rachel avec ironie.

— Pardon ? c'est au contraire ce qui m'enchante chez vous. Vous débarquez chez moi un dimanche après être restée si longtemps absente et sans donner de nouvelles. Vous m'expliquez votre peine et votre désarroi en me priant de les alléger. Puis vous revenez en exigeant mon aide, et enfin vous voilà m'annonçant que vous êtes prête à vous déguiser en sergent du guet et à appréhender pour le livrer à la justice un dangereux criminel, et que moi, sans doute, j'ai ma part de cette aventure. Pensez-vous, ma jolie, que quelqu'un d'autre s'aviserait ainsi à me solliciter ?

— Oh, madame…

— Oh, madame, singea Sofia en déposant un léger baiser sur la joue de Rachel, tout près de ses lèvres.

Rachel sentit son cœur s'emballer et se recula vivement.

— Votre ami va bien ? demanda-t-elle précipitamment ?

— Mon ami ?

— Le peintre.

— Très bien. Il vous plaît ?

— Nullement ! se récria Rachel.

— Il est beau, pourtant.

— Certainement, mais je ne l'ai pas remarqué.

— Menteuse !

Rachel se redressa, piquée.

— Je vous assure. D'ailleurs, qu'en ferai-je ? Il est à vous !

— À moi ? (Sofia éclata de rire.) Croyez-vous ainsi que l'on possède les hommes... ou les femmes ? Détrompez-vous, mon petit. Il n'y a que l'amour qui nous possède.

Rachel la fixa avec admiration. Cette aisance la fascinait. La comtesse parlait des choses de l'amour avec un naturel qui la confondait. Chez elle, ce sujet n'était jamais abordé, et pourtant sa famille passait pour être moderne. Des amies lui avaient confié n'avoir jamais osé se regarder nue, ou même se déshabiller dans la lumière. Pas elle. Elle s'était plus d'une fois, dans l'intimité de sa chambre, contemplée dans le miroir, laissant tomber sa chemise, parcourant des mains son corps qu'elle jugeait aimable, n'osant s'approcher toutefois de cet endroit dont on ne parlait jamais et qu'elle sentait vivre, caressant de ses doigts tremblants la pointe de ses seins, s'interrompant aussitôt que montait en elle un trouble curieux qu'elle ne comprenait pas.

— Quoi qu'il en soit, continua Rachel, se reprenant, je ne suis pas ici pour causer des charmes de votre ami, mais...

— Qui parle de ses charmes ? C'est vous qui m'en avez entretenue.

— Pas du tout ! je demandais simplement comment il allait.

— Alors, je vous réponds : bien.

— Tant mieux. Mais pour en revenir à ce qui me préoccupe...

— ... et qui n'est ni l'amour ni Massimo...

— Non. Ce qui me préoccupe c'est de savoir ce que ce Crémone vient faire dans notre malheur.

— Allez le lui demander ! À un moment, quand vous m'avez interrompue avec vos sottes histoires d'amour...

— Comment !

— Je vous disais que cela semblait s'arranger...

— Moi, je vous ai parlé d'amour ?

— Tout le temps. Mais laissez-moi finir.

— Faites.

— Mon ami Sforzi, qui possède une oreille de taupe et une langue de vipère, a appris qu'un nouveau meurtre avait été commis dans le quartier de San Nicolo, quartier mal famé, je vous l'accorde...

— Un enfant ?

— Non, un homme.

— Alors, quel rapport avec les nôtres ?

— Les nôtres ? rit la comtesse. Ma chérie, votre langue vous trahit.

— Je veux dire...

— Elle est adorable, d'ailleurs.

— Quoi ?

— Votre langue.

— Oh !

— Comme tout le reste, le savez-vous ?

— Madame...

— Vos yeux, par exemple, qui dans la même seconde s'enflamment et s'alanguissent... votre bouche qui frémit aussi fort dans la colère ou le désir...

— Oh, le désir !

— Mais revenons à nos soucis puisqu'il faut pour vous plaire en passer par là, poursuivit Sofia. Le rapport qui existe peut-être entre le meurtre de ce malheureux et ceux des enfants est que l'homme a été proprement saigné d'une large blessure à la gorge.

— Oh !

— Sforzi me tiendra au courant.

— Mais pourquoi dites-vous que ça peut nous arranger ?

— Parce que, petite sotte, si on vous accuse de tuer des enfants chrétiens pour mêler leur sang à vos étranges galettes de Pâque, on n'a jamais dit que vous égorgiez des hommes pour cela. D'ailleurs, la Pâque est finie.

— Pensez-vous... ?

— Je ne pense pas. Votre présence si proche m'en empêche. J'irai voir mon cousin pour lui en parler.

— Votre cousin ?

— Zorzi, le conseiller ducal.

— Mais je le connais !

— Je le sais, il me l'a dit. Il vous trouve aussi adorable.

— Il est indulgent.

— Rarement. Voulez-vous un verre de vin ?

— À cette heure ?

— Pourquoi pas ? le vin de mes vignes.

— Je ne sais pas si je dois... il n'est sûrement pas récolté...

— Selon vos habitudes ? Non, sûrement pas, d'ailleurs je ne les connais pas.

— Le raisin n'est jamais cueilli un samedi. Il est mis dans des barriques qui sont lavées sept fois... et puis surtout il n'est pas en relation avec le culte idolâtre...

— Culte idolâtre ?

— Des chrétiens et des musulmans.

— J'ai souvenir que vous en avez bu chez Titien.

— J'étais folle !
— Vous ne l'êtes plus ?

Rachel ferma les yeux. Sa tête lui tournait sans qu'elle ait pris encore la moindre goutte d'alcool. Elle avait l'impression de rêver. Sofia avait le don de transformer les mots et les pensées.

— Je dois me préoccuper de ce Crémone, murmura-t-elle.

— Nous le ferons ensemble. Ne pense plus à rien. Détends ton visage sinon les rides vont trop tôt s'y imprimer et le flétrir. Tu es jeune et belle mais c'est un état précaire. Profite de ce pouvoir, c'est le plus volatil de tous !

Chapitre X

Le meurtre de l'infirme s'était produit dans le quartier Santa Cros-San Polo et ne dépendait donc pas de la sestière d'André Cappelo mais de celle du chef sestier Gino Bartaldo. Cependant, comme leur fonction le leur enjoignait, les chefs sestiers se réunirent dans la semaine et Bartaldo parla du crime à ses pairs.

— Égorgé, mais d'étrange manière, expliqua-t-il. Coupé à la jugulaire, ou plutôt percé, comme si l'assassin avait craint de perdre une seule goutte de sang.

— Pourquoi l'aurait-il craint ? s'étonna son collègue du Dorsoduro.

— Parce que le médecin Calimi, qui a examiné le cadavre, a remarqué sur les bords de la plaie des traces qui feraient penser à des succions ou à des morsures.

Chacun retint son souffle. Le diable. Le diable et son cortège de démons. Infâmes succubes qui s'abreuvaient du sang de leurs victimes. La vision d'une succession de bûchers s'imposa à tous, les faisant frémir.

— Chef Bartaldo, vous avez bien dit que la victime était un homme adulte, et non un enfant ? se renseigna Cappelo.

— Un homme adulte, et même dans la deuxième moitié de sa vie. Un verrier de Murano venu visiter sa sœur et qui ne sera jamais reparti.

— Ça fait trois, lâcha d'une voix morne le chef sestier, Zanussi, du quartier de San Marco, qui, par sa position géographique proche du Conseil, se croyait investi de plus d'autorité. Trois, si l'on compte les deux enfants tués par les Juifs.

— Rien ne dit qu'ils soient coupables, se rebella Cappelo qui détestait que l'on décide à sa place. Je dirais même que ce troisième meurtre, si semblable aux deux premiers, innocente le peuple du ghetto.

Il était courant que les chefs sestiers défendent leur quartier, de la même manière que les chefs de jeux défendent leur équipe.

Et le fait qu'aucun Juif n'ait été arrêté, faute de preuves et de témoin crédible, l'assurait.

— Justement, où en êtes-vous ? demanda Bartaldo. Vos Juifs auraient-ils ensorcelé le Conseil qu'aucun d'entre eux n'ait encore été noyé ou, mieux, brûlé ?

— Le seul témoin qui s'est déclaré s'est avéré se tromper, répliqua Cappelo d'un ton bourru. Nous avons deux otages qui garantissent la recherche par les Juifs eux-mêmes du coupable.

— N'est-ce pas une procédure particulière que de demander aux coupables de se désigner ? ironisa Zanussi.

— Allez en parler aux inquisiteurs, riposta Cappelo, ce sont eux qui l'ont décidé.

— Curieuse affaire, soupira Bartaldo, qui ne résout en rien la mienne.

— Peut-être que si, riposta Cappelo. Si l'on admet que les Juifs sont innocents des crimes d'enfants, celui qui a tué chez vous, Bartaldo, serait celui qui a tué les enfants.

— Pourquoi donc ! s'insurgea celui-ci, qui se voyait accusé tout à coup d'abriter le responsable de tous les crimes commis à Venise.

— Mais ça ne préjuge en rien que l'assassin habite dans votre quartier, le rassura Cappelo. Les corps ont été trouvés à différents endroits, tous saignés. Il peut résider n'importe où. Même chez Zanussi.

La vanité du chef sestier était bien connue, et tous rirent de la pointe de Cappelo.

— Riez, riez, se défendit Zanussi qui était dépourvu d'esprit, attendez que la population l'apprenne et vous la verrez se transformer en une hyène assoiffée de sang. Et ce sera le nôtre qu'elle recherchera !

— Il est vrai que trois crimes aussi horribles commis en moins d'une dizaine de semaines dans notre ville ont de quoi faire peur.

Les têtes se tournèrent vers Alonzo Cugno, le chef sestier du Castello de qui dépendait l'Arsenal, et qui, par l'énorme responsabilité qu'il avait de surveiller le quartier des marins et l'embarquement des bateaux, possédait une certaine autorité sur ses pairs.

— Notre ville renfermerait-elle… commença Bartaldo.
— … un vampire ? acheva Cappelo à voix basse.

— De grâce, donnez-moi n'importe quoi de frais à boire ! exigea Sofia de son cousin Zorzi qu'elle était revenue voir. Elle se laissa tomber dans un fauteuil. Cette chaleur est insupportable !

— Du vin ?

— De l'eau ! de l'eau avec un sirop ! Mon Dieu, que les hommes sont donc empotés !

Il s'affaira, pas mécontent de la présence de sa cousine.

Le mari de celle-ci, le puissant financier armateur, Carlo Armani, de retour d'un périple de trois mois dans les possessions extérieures de Venise, avait déclaré, à son retour, aux cinq Sages de terre ferme qui s'occupaient de la guerre et des finances, « que dans tout ce qu'il avait vu l'hégémonie de la Sérénissime était menacée par l'agressive expansion de l'Autriche et de l'Espagne, et que l'église de Rome voulait partout imposer sa vision du monde au risque de heurter les populations sous administration vénitienne, ce que s'était bien gardé de faire la République soucieuse de laisser une autonomie certaine aux peuples qui dépendaient d'elle ».

À la question : Quelle serait alors la meilleure politique à suivre ? il avait répondu : « Se rapprocher davantage du Turc. »

— Quel bon vent vous amène, comtesse ? s'enquit aimablement Zorzi, prenant place à ses côtés.

— Une requête.

— Encore !

— Comment, encore ? Vous en ai-je déjà formulé ?

— C'est que votre présence, madame, me donne tout le temps envie d'y céder.

Sofia haussa les épaules. Elle détestait perdre du temps en vaines paroles dont ces politiques étaient friands.

— Que puis-je pour vous obliger ? interrogea le conseiller.

— Faire procéder à une enquête de votre police à l'encontre d'un citoyen que je soupçonne fort d'être l'auteur ou à tout le moins d'être mêlé aux récents meurtres qui ont endeuillé notre cité.

— Que vous soupçonnez fort ? Et qui est-il ?

— Un marchand du Castello qui tient boutique près de Santi Giovani e Paolo où il vend des objets pieux.

— Est-ce un crime ? sourit Zorzi.

— Oui, si sa pratique n'est qu'une façade. Savez-vous que votre témoin qui accusa les Juifs, Ettore Bibi, est de ses intimes ?

— Je ne vois pas là de quoi le condamner.

— Ainsi qu'un franciscain, un certain Bernardino da Mantova, qui loge chez lui et passe son temps en violences verbales contre le peuple du ghetto ?

Zorzi écarta les bras dans un geste d'incompréhension.

— Et que c'est ce même marchand que l'on appelle Antoine de Crémone qui entraîna la populace lorsqu'elle voulut livrer assaut au ghetto...

Zorzi, amusé, observait dans les yeux de sa cousine le feu qui y brûlait, et aurait bien donné quelques ducats sonnants et trébuchants, lui qui en manquait généralement pour ne pas savoir les garder, afin d'être une petite souris quand la favorite du moment, la belle Rachel, venait lui exposer ses doléances. Nul doute que la garce savait s'y prendre !

— Et qu'en avez-vous déduit, cousine ?
— Que ces trois-là montent un complot.
— Contre qui ?
— Contre nous !
— Contre nous ? sursauta Zorzi. Et dans quel but ?
— Vous me l'avez vous-même expliqué. Rome veut réduire notre République pour se rapprocher encore de l'Espagne...
— Justement, à ce propos...
— ... et l'obliger à modifier sa politique qu'elle trouve trop agressive à son endroit...
— Qui vous l'a dit ?
— Mon époux. Et à cet instant tout s'est éclairé pour moi.
— Vous m'en voyez ravi...
— Si, pour plaire à Rome, la Sérénissime condamne des Juifs innocents, elle se fâche avec les souverains ottomans sur lesquels les Juifs turcs ont une énorme influence, tant à la cour du sultan qu'à cause de leur puissance commerciale. Joseph Nasi, que Soliman le Magnifique éleva à la dignité de duc de Naxos, est un de ces Juifs qui peuvent d'un simple revers de main balayer des années d'effort de rapprochement entre nous et les Turcs.

Zorzi se permit de siffler cavalièrement entre ses dents.

— C'est ce qu'a dit votre époux ?

— Quand je l'ai mis au courant de la situation dans laquelle par un honteux et stupide calcul politique ont été placé ces malheureux.

— Mais, tout de même, deux enfants ont été saignés !

— Par le même qui s'est occupé du boiteux de Murano !

— Comment le savez-vous ? sursauta Zorzi qui n'ignorait pas que l'information avait été tenue secrète.

— Mon cher, je suis une Gritti !

Zorzi se leva et commença de marcher de long en large.

— Comment avez-vous regroupé ces renseignements sur le marchand ? demanda-t-il.

— Pas moi. Rachel da Modena. Ce Bibi a eu l'audace de se promener dans le ghetto et elle l'a suivi jusque chez Crémone. Même chose pour le moine.

— Cette Rachel est décidément pétrie de qualité, ironisa son cousin.

Sofia fit mine de ne pas entendre.

— Je vous promets que je vais m'en soucier, ajouta-t-il.

— Elle m'a demandé aussi que vos services veuillent bien relâcher les deux otages juifs gardés aux Plombs. Avec cette chaleur, l'endroit doit être infernal !

— Ma chère, cet élargissement ne dépend pas de moi, mais du Tribunal des Sages contre l'Hérésie qui les y a condamnés.

— Je vous en prie, cousin ! s'emporta Sofia, levant les yeux au ciel. Je connais l'indépendance de chaque institution et je m'en félicite comme tous les citoyens de Venise... mais je sais aussi que la raison d'État a bien souvent priorité. (Et d'ajouter en lançant un regard moqueur à son cousin :) C'est même vous qui me l'avez appris.

— Je vais voir ce que je peux faire, bougonna-t-il.

Sofia apportait sur un plateau le moyen d'une volte-face politique sans que la Sérénissime y perde la sienne vis-à-vis de Rome. Ce Crémone venait à point nommé. Coupables ou complices, ceux de son entourage seraient éclaboussés. Rome, confrontée à la révélation de l'ignominie d'un des membres du si turbulent ordre des franciscains qui lui cherchait querelle en toutes occasions, ne pourrait et ne voudrait faire autrement que de le condamner, en remerciant même la Sérénissime ou en lui présentant des excuses. Ce serait trop beau. Venise se montrerait magnanime, demandant seulement qu'on la laisse commercer en paix avec ses clients et fournisseurs ottomans. Ces Juifs, en fin de compte, auraient tout de même servi.

Sofia se releva.

— Je vous laisse, cousin, je vais m'abriter des feux de ce soleil trop ardent. N'avez-vous point de persiennes pour vous en protéger ? s'étonna-t-elle.

— Je suis solaire, ne le saviez-vous pas ? rétorqua le conseiller.

— Je m'en doutais. Mais prenez garde aux éclipses. J'attends de vos nouvelles.

— Je suis à vos ordres, dit Zorzi en la raccompagnant et en s'inclinant sur sa main. Oh, vous ne m'en avez pas donné de votre... protégée. Va-t-elle bien ?

Sofia redevint sérieuse et retira lentement ses doigts de ceux de Zorzi, semblant réfléchir.

— Va-t-elle bien ? Qui pourrait le dire ? Ces gens ne semblent pas être faits pour le bonheur. Dès qu'ils le pressentent, ou font seulement mine de l'approcher, ils se dérobent comme devant une tentation insupportable, un cadeau qui ne peut leur être destiné. Ils reconnaissent le mal qu'on leur fait mais se méfient du bien comme d'autant de pièges qu'on leur tendrait.

— Alors, je pose ma question autrement : allez-vous bien ?

— Ce qu'on ne peut attraper a d'autant plus de prix. Retenir dans sa main un oiseau affolé et sentir son cœur battre vous donne envie de le relâcher... avec infiniment de regrets. Pour l'instant je serre le poing, mais pour combien de temps ? Je suis votre servante, cousin, s'inclina Sofia en une révérence.

Crémone regardait le franciscain aller et venir devant lui comme un possédé.

— Savez-vous, cria Mantova, qu'un homme a été égorgé et saigné récemment ?

— Première nouvelle, de qui le tenez-vous ?

— Et que celui-là, ce ne sont pas les Juifs qui l'ont tué !

— Pourquoi ?

— Parce que les Juifs ont besoin pour leurs manigances du sang d'innocents, et pas celui d'un homme déjà âgé !

— Je ne comprends pas votre agitation, tenta Crémone.

— Ah, vous ne comprenez pas, pauvre niais ! Mais le Conseil, déjà peu enclin à sévir contre eux pour un tas de raisons qui m'échappent, va voir dans ce nouveau crime la preuve que l'assassin est le même que celui des enfants, et par conséquent ne peut pas être juif.

— Qui le dit ?

— Mais tous ! J'ai pour... ami le médecin de la Prévôté qui examine les morts, drôle d'activité pour un médecin, enfin bref... et qui tient du chef de la Contrada du Canarregio, chargé de l'enquête, que le Tribunal contre l'Hérésie va faire relâcher, si ce n'est déjà fait, les otages hébreux, indiquant par là qu'ils ont abandonné l'espoir que la communauté leur livre le coupable !

— Et... pensez-vous que l'enquête sera dirigée... heu... dans une autre direction ?

— Évidemment ! cette ville est folle mais pas au point de laisser en liberté pareil assassin !

— Mais vous-même, qu'en pensez-vous ?

— Moi ? Je ne sais plus ! Mon esprit se brouille. Deux sergents m'ont invité aujourd'hui à déguerpir de la Piazza et d'avoir à me taire sur les agissements du peuple impie. Rendez-vous compte ! Moi, un franciscain ! Mais je ne me laisserai pas faire !

— Savez-vous par votre ami... si la police a déjà quelques soupçons ?

— Comment le saurait-il ? Ce n'est qu'un médecin, pas une pythonisse, mais c'est probable !

Crémone sentit son sang se glacer. Le moine devait déguerpir de chez lui avant d'être soupçonné ou même interrogé.

— À mon avis, vous feriez mieux de partir.

— Partir ! et pour quelle raison ?

— Si la police veut un coupable elle n'hésitera pas à en trouver un. Et déjà vous vous êtes fait remarquer.

— Mais je n'ai rien à me reprocher !

— Vous avez tenté, et ils le savent, de porter la suspicion sur les Juifs par vos propos agressifs. Ils y verront une manœuvre, et de là à vous accuser... Venise n'aime pas Rome qui le lui rend bien. Et la position de votre ordre à l'ombre du Saint-Siège n'est pas faite pour lui plaire. La cité des Doges a été la seule ville à vous avoir empêché d'ouvrir vos monts-de-piété pour ne pas faire de tort à ses banquiers.

— C'est une ville maudite que mènent la luxure, la débauche et le blasphème !

— Possible, mais partez, Mantova, dans votre intérêt.

— Je suis touché de votre sollicitude, railla le moine.

— Prudence, aussi. Il n'est pas bon de fréquenter des gens qui n'ont plus la faveur des princes.

— Craindriez-vous quelque chose ?

— Moi ? qu'allez-vous chercher là ? Je me préoccupe de votre sort, c'est tout.

— C'est tout ? mais vous aussi parlez beaucoup... et même, si je m'en souviens, vous vous êtes fait remarquer par Nozerini lorsque vous avez tenté de mener la foule contre le ghetto...

— Je n'ai jamais eu de nouvelles de ce policier.

— Ce qui prouve en quelle estime il vous tient !

— Allons, le moine, ne me cherchez pas querelle. Fichez le camp et ne m'ennuyez plus !

Mantova serra les poings de rage. Se faire évincer deux fois dans la même journée était plus que son orgueil ne pouvait en supporter.

— Quand je rentre le soir, je vous trouve rarement chez vous, lâcha-t-il aigrement.

— Quoi ?

— Vous revenez bien souvent à l'aube.

— Quoi ?

— Que peut faire un homme tel que vous toute une nuit dehors ?

— Dites donc, le moine, si vous étiez davantage dans la vie et ne vous cachiez pas, vous et vos semblables, derrière vos soutanes et vos livres de prières, vous sauriez ce que peut faire un homme, la nuit !

— Quand l'enfant Barbaro a été saigné, vous étiez absent, je m'en souviens. Je voulais vous en parler mais vous étiez très agité. Et cet Ettore Bibi qui est venu vous voir pour vous dire qu'il ne fallait plus compter sur lui et exigeait davantage d'argent. J'ai tout entendu de mon réduit. Les gens du ghetto l'ont attrapé à rôder chez eux. Qu'allait-il y faire pour vous ?

— Comment, vous m'espionnez ?

— Nullement, mais vous parliez si fort qu'il aurait fallu être sourd pour ne point entendre.

— Si vous ne déguerpissez pas, il va vous arriver malheur, le moine !

— M'égorgeriez-vous pour me faire taire ?

Les deux hommes se mesurèrent du regard. Dans leurs yeux passa toute la haine dont leur âme était habituellement chargée. Mantova ignore ce qu'il a déterré. Ses piques n'étaient destinées qu'à faire peur ou mal. Et Crémone, il le sent, a peur.

— Allons, allons, camarade, nos langues sont plus rapides que nos pensées. Nous sommes tous deux fort affligés de voir que nos concitoyens ne possèdent pas notre lucidité en ce qui concerne le peuple honni, et ça nous fâche, c'est bien normal. Restez autant que vous voulez, vous êtes ici, chez vous. D'ailleurs, ne sommes-nous pas en affaire ? reprit Crémone avec un sourire forcé.

— En affaire ? de quelle sorte ?

— Eh bien, ce retable dont je vous ai parlé et que votre ordre a promis de m'aider à obtenir. Croyez-vous que vos supérieurs seraient satisfaits si sur le produit de la vente leur revenait une part des bénéfices ? Prêter avec intérêt ou profiter d'une transaction, n'est-ce pas semblable ? De toute façon, j'ai réfléchi, il n'est pas normal que votre ordre déjà si pauvre ne récolte rien.

— Que me chantez-vous là, Crémone ? Cet engagement ne valait, souvenez-vous, que si vous m'aidiez à faire condamner les Juifs pour leur forfait. Vous m'avez dit connaître ici du monde qui vous écoute... que votre influence sur certains était grande... Quant à tirer bénéfice d'un objet sain, n'y comptez pas en ce qui me concerne. Nous laissons cela à l'Église de saint Pierre qui en a l'habitude. Nous autres, franciscains, nous enorgueillissons de notre pauvreté.

— Comme il vous plaira.

Crémone s'éloigna du moine. Une envie folle de l'étrangler, de lui faire payer son arrogance et ses insinuations le démangeait si fort que ses mains en tremblaient.

Cet imbécile de Bibi, qui avait pourtant ordre de ne jamais se présenter à la boutique, qu'avait-il dit qui ait pu alerter ce fou ?

Il s'en souvenait à peine tant sa rage avait été grande au récit que cette crapule lui avait fait de sa mésaventure. Et il avait osé lui réclamer de l'argent ! Ses menaces résonnaient encore dans ses oreilles ; le moine les avait-il entendues ?

« C'que j'ai pas compris, m'sieur Crémone, avait raillé Bibi, c'est vot'acharnement à vouloir confondre les Juifs alors qu'vous savez qu'ils z'y sont pour rien.

— Pour rien ? Qu'en sais-tu ? Serais-tu plus savant que la police ? Et d'abord, de quoi te mêles-tu ?

— M'sieur Crémone, j'suis jeune mais j'connais la vie ! Et puis j'connais aussi Vittorio qu'est un ami et qui me parle.

— Tais-toi donc, pauvre idiot ! Que me veux-tu à la fin ?

— D'abord mes dix ducats, et encore dix autres.

— Pourquoi pas trente, comme Judas ?

— Oui, trente. Maintenant.

— Et pourquoi te les donnerai-je, maraud !

— Parce que tout se paie ici-bas, et le silence davantage que la parole.

— C'est trente coups de bâton que je vais te donner, bandit ! »

Crémone avait levé la main sur lui, mais l'autre s'était contenté de rire en s'esquivant d'un pas de côté.

« Vous aimez les enfants, m'sieur Crémone, hein ? beaucoup trop, p't'êt' ? J'crois bien que Vittorio sait pas trop se taire en fin de compte. Enfin, ça fait rien, si vous croyez que le chef Nozerini m'écoutera pas cette fois-là, c'est vous qui savez. »

Devant ces menaces il avait préféré s'exécuter et emprunter vingt ducats à l'un de ceux qui trafiquaient avec lui. Mais ces vingt ducats il devrait les rendre en temps et en heure, et cinq de plus par-dessus le marché.

Il regarda le moine qui le fixait, yeux fous et poings serrés, et comprit qu'il devait se calmer. Le moine, tout maigre qu'il fût, était assez nerveux pour lui donner du fil à retordre.

Da Mantova sentit la violence faiblir et, reconnaissant, tomba à genoux pour prier.

« C'est ça, prie, pensa le marchand, pendant ce temps-là t'es pas dangereux. Pense aussi à prier pour ton âme par la même occasion. On sait jamais, des fois que tu te présenterais brusquement à ton créateur. »

— Je partirai très vite, annonça le moine d'une voix sourde en se tournant vers lui. Que Dieu vous garde, Crémone.

— Vous aussi, mon père, grinça le marchand.

— Enfin, Rachel, où passes-tu ton temps ?
— Mon père ne te l'a pas dit ? Oh, Joseph, je crois bien avoir trouvé l'assassin des enfants !
— Quoi ?
— Souviens-toi, lorsque les jeunes du ghetto ont attrapé notre accusateur, je l'ai suivi quand il est reparti. Il m'a conduit tout droit à une certaine boutique du Castello dont le propriétaire se trouve être celui qui menait la foule contre nous. Or, depuis un certain temps, un moine franciscain, particulièrement haineux à notre encontre, sévit ici. Je l'ai suivi aussi. Et où crois-tu qu'il se soit rendu ? Chez le marchand du Castello !
— Quoi ? mais qu'est-ce que c'est que cette histoire !
— Mais... mon père sait...

— Ton père ! Le malheureux rase les murs de honte de ne jamais savoir où est sa fille ! Dix fois je lui ai posé la question. Et sa réponse, tu veux la connaître ? « Rachel ? je crois qu'elle est en ville. » Où en ville ? avec qui ? me suis-je inquiété. Il ne peut que hausser les épaules d'ignorance !

— Mais, Joseph…

— Quoi, « mais Joseph » ! Je t'épouse dans moins d'un mois et jamais nous ne parlons de notre avenir ou de nos projets parce que ma promise joue les chefs de Contrada, poursuit voleurs et assassins ! Mais fait-elle son trousseau ? A-t-elle déjà pris rendez-vous pour son bain rituel ? Est-elle allée trouver les matrones, le rabbin ? Non ! Ma fiancée s'occupe de politique ! Grâce lui soit rendue ! Ma fiancée est Esther et je suis Assuérus, et notre peuple sera sauvé grâce à elle !

Joseph, qui contient mal sa colère, marche de long en large dans la chambre réservée à sa fiancée.

Un luxe inouï dans ces logements du ghetto si exigus qu'il avait fallu les surélever de plusieurs étages, si bien que leurs toits se haussaient au-dessus des maisons chrétiennes.

La chance de Rachel était de n'avoir eu qu'un frère, et que nul aïeul, cousin ou tante n'habite chez eux. Et depuis que Vitale logeait près de la faculté, l'espace avait encore augmenté.

Mais espace ne veut pas dire intimité ; les cloisons de bois étaient autant de passoires pour les sons et les éclats de voix. Et des éclats de voix, il n'en manquait pas à cet instant.

Rachel se doutait que sa mère qui s'affairait dans la pièce voisine ne perdait rien de ce qui se disait. Que son cœur se serrait d'effroi devant les violents reproches de son futur gendre. Qu'elle devait trembler qu'il ne reprenne sa parole et que sa fille ne se retrouve délaissée, vouée à la solitude.

Sans doute est-ce cette crainte qui déclencha sa propre colère contre son fiancé.

De quel droit se permettait-il de crier sous son toit, de la railler, alors qu'en tant qu'homme il s'était contenté, tandis que les siens étaient menacés, de vendre ses fleurs et ses parfums, d'exécuter courbettes et ronds de jambe devant le monde chrétien qui les méprisait tant !

Certes, il y avait aussi ceux qui les aimaient et les protégeaient. Ces esprits forts qui se moquaient des anathèmes et des accusations, tels le grand-père de Sofia, le doge Andrea Gritti qui les fréquenta avec amitié, ou l'oncle de l'actuel conseiller ducal, Zorzi, qui s'employa jadis à les défendre lorsqu'ils étaient injustement accusés, comme le lui avait rapporté la comtesse. Les artistes aussi subissaient les foudres de la religion dominante, tel ce pauvre Véronèse traîné au Saint-Office devant le Tribunal sacré. Ces gens se préoccupaient plus de vérité que de vouloir plaire, et aimaient selon leur cœur et pas selon ce qu'on leur chantait.

— Je te prie de ne pas crier à faire trembler les murs et à terroriser ma pauvre mère. De quoi as-tu à te plaindre ? Israël di Isaïa et Angelo da Nuccia sont sortis de prison.

— Et c'est grâce à toi ? Et de quelle manière, voudrais-tu me le dire ?

— Parce que je me suis adressée à d'honnêtes et loyales personnes qui sont intervenues après que je les en eus priées. Des personnes qui m'aiment et me respectent !

— Mon Dieu, j'ignorais ma chance d'épouser une femme si bien en cour. Quoique, si je veux être honnête, ton frère m'en a entretenu, mais surtout pour craindre que ces... « relations » d'au-delà des murs ne t'entraînent là où la présence d'une femme vertueuse n'est pas souhaitée.

— Tu parles de vertu et je te réponds salut. Le Conseil va bientôt abandonner ses charges contre nous et se préoccuper plutôt de ce Crémone.

— Qui est Crémone ?

— Le marchand.

— Ah, celui que tu as dénoncé...

— Pas dénoncé, soupçonné. Sais-tu qu'un troisième corps martyrisé a été découvert ?

— Et que m'importe ce qui se passe chez les chrétiens ! Toute cette histoire était une fable montée pour nous faire peur et nous faire accepter de nouvelles taxes ou de nouveaux interdits. Ils ne sont pas assez bêtes pour croire que nous tuons des enfants pour nous servir de leur sang !

— Ah, non ?

— Ah, non ! Et il faut être singulièrement dépourvu de sens commun pour penser les Vénitiens vont se priver de ce que nous leur rapportons parce que des agitateurs de profession les y incitent.

— Et bien sûr, Joseph, tu es au fait de la politique de la Sérénissime ?

— Davantage que toi, tout au moins ! Mais quelle est cette femme qui veut se mêler des affaires de la cité ? Qui croit que la moindre de ses actions peut changer la marche du monde ? Sais-tu ce qu'est le devoir d'une femme, Rachel, d'une vraie femme ?

— Je sens que tu vas me le dire, Joseph. Alors, de grâce, épargne-moi. Je connais aussi bien que toi les devoirs des épouses, mais je regrette, je ne suis pas encore mariée.

— Tu ferais bien de t'y préparer car il me paraît que beaucoup de chemin te reste à parcourir. On sait que tu pars le matin et ne reviens que le soir. Où passes-tu tout ce temps ? Pas à ma boutique, je ne t'y vois jamais. Pas à la préparation de ton trousseau, tu t'en désintéresses. Tu n'es plus à la banque, tu n'es jamais chez toi. Où cours-tu ainsi, Rachel, et après quoi ?

Rachel à cet instant aurait voulu trouver les accents de sincérité susceptibles de convaincre Joseph de son attachement. Lui faire entendre que son goût de la liberté n'entamait en rien son sens de l'honneur et les sentiments qu'elle lui portait.

Mais il ne voulait rien entendre, rien savoir de ce qui l'animait. Les siècles qui les avaient précédés les avaient enfermés chacun dans un labyrinthe où ils ne pouvaient se rejoindre.

Il n'y était pour rien, c'était elle la coupable.

Coupable de désirer autre chose que la vie qu'on lui proposait et qui la laisserait, elle le savait, insatisfaite. Joseph ne voyait en elle que la future épouse qui devrait en tous points se conformer à ce qu'on attendait habituellement d'une femme. Qui avait besoin d'une héroïne pour tenir sa maison et élever ses enfants ?

Joseph l'observait d'un œil sombre. Et Rachel se demanda si lui aussi aurait désiré échapper à son destin d'homme de devoir et de gravité, sans oser le formuler.

Souffrait-il de ce qu'il appréhendait de sa vie d'époux et de père ? Aurait-il préféré être un troubadour ou un soldat de fortune ? un marin ou un conquérant ? Ou se satisfaisait-il de ce que D' avait décidé pour lui ?

— Je te parle en ami, dit-il en lui saisissant les mains, pas en époux. Tu dois te reprendre, Rachel, abandonner tes idées folles. Tu ne seras jamais comme eux, même s'ils font mine de t'aimer. Peut-être nous as-tu sauvés, je ne sais. Ou l'as-tu seulement cru parce que le romanesque fait partie du goût des jeunes filles et qu'il semblerait que ce sentiment soit chez vous plus fort que la raison.

« Crains-tu que nos traditions ne t'obligent et penses-tu sentir sur ta joue le souffle d'une fausse liberté dont tu serais privée ? Nos traditions, Rachel, sont les fondations de notre maison. Sans elles, rien de solide et de durable. Nous traversons les siècles dans les pires conditions, et pourtant, nous sommes toujours là.

« Nous avons été pour nos péchés dispersés au milieu des nations, mais nous sommes restés unis et c'est la condition de notre survie. Chaque pierre, chaque petit caillou a son importance. Ôtes-en un, et la maison vacille. Ne détourne pas ton front de D' sous prétexte qu'il est exigeant.

— D' n'est pas plus exigeant que les hommes, et au moins Il est plus juste, repartit-elle. S'Il frappe, c'est au hasard. Jeune ou vieux, riche ou pauvre, homme ou femme. S'Il récompense, c'est de la même façon. Nous ne sommes comptables envers LUI que de nos seules actions. Mais pas les hommes. Pour eux, nous sommes coupables si nous pensons pouvoir choisir notre vie. Coupables encore d'en vouloir comprendre son sens. D' n'exige pas tout ça. Il n'exige que notre amour et notre obéissance.

Joseph sentit son souffle se figer et son esprit s'affoler.

Qui était cette femme ? Ou plutôt, qu'était-elle devenue ? D' dont elle parle avec tant d'impudence l'avait-il abandonnée ou la mettait-il à l'épreuve ?

Il frissonna. Il ne reconnaissait plus celle qu'il avait choisi de chérir et de protéger. Le monde du dehors, si néfaste aux femmes parce qu'il leur montrait une vie éloignée de D', l'avait gâtée. Son cœur se brisa en pensant qu'elle ne serait pas la mère de ses enfants.

Elle se tenait devant lui, roide comme le reproche, et il aurait voulu la mettre en garde contre son orgueil qui obombrait ses torts et aveuglait son cœur.

Il sentit sa poitrine se gonfler de chagrin et eut envie de pleurer sur son rêve défunt.

Ne l'aimait-elle plus ? En aimait-elle un autre ? Un du dehors ? Un de ces artistes qu'elle chérissait et qui n'avaient pour eux que charme et légèreté ?

Il ne voulut plus penser. Il ne voulut plus souffrir. Il lui lâcha les mains qu'il avait conservées dans les siennes.

Chapitre XI

Nozerini reposa le rapport que venait de lui soumettre Cappelo.

— Vous connaissez ce Crémone ? interrogea le capisestière.

— De vue. Je l'ai remarqué excitant la foule contre le ghetto.

— Et le moine ?

— Voilà des semaines qu'il va, de places en campos, vociférer et jeter l'anathème sur les Juifs.

— D'où vient-il ?

Nozerini haussa les épaules.

— De partout et de nulle part en particulier. Il traîne son baluchon et sa vindicte dans tous les coins de la péninsule.

— Qu'ont en commun ces deux hommes ?

Nozerini secoua la tête. Il n'en savait rien.

— Et l'enfant ?

— Ettore Bibi ? C'est un cœur de hyène sous une défroque d'enfant. Pour un demi-grosso il tuerait sa mère.

— Curieux trio, remarqua Cappelo.

— Il faut les interpeller ? s'enquit Nozerini.

— C'est ce qu'on dit. Le conseiller Zorzi semble posséder des renseignements sur eux et le Tribunal voudrait en savoir davantage.

— J'ai depuis le début pensé que les Juifs n'étaient pour rien dans les meurtres des enfants, dit Nozerini.

Cappelo hocha la tête.

— Alors si ce n'est pas eux, dit-il, qui c'est ?

— Ce que j'aime dans mon métier, répondit Nozerini d'un ton monocorde, c'est de chercher à comprendre ce qui fait agir les hommes.

— Et ?

— Et dans cette affaire qui peut sembler compliquée, je sais que je vais trouver un fil qui va dérouler l'écheveau.

Cappelo eut un rire silencieux.

— Comment ?

— En me mettant à la place de l'assassin.

Cappelo écarta les mains, les joignit, et appuya dessus son menton dodu. Il ressemblait, disaient ses ennemis, davantage à un chapon qu'à un coq.

— Je vous écoute.

— J'ai tué. J'ai tué et je hais les Juifs. J'ai peur de me faire prendre et je réfléchis qu'il est aisé d'ameuter la foule contre eux.

— Continuez.

— J'accuse les Juifs de mon crime.

Cappelo cligna des yeux, étendit le bout de ses doigts et souffla dessus.

— Simplement ?

— Très simplement.

— Va pour les deux premiers, mais le troisième ?

— Une erreur, un emportement.

— Supputation.

Nozerini en convint de la tête.

— Il faut arrêter et interroger ce Crémone et le moine, et aussi Bibi, déclara le capisestière. Enfermez-les ensemble, s'ils sont coupables, ils s'accuseront mutuellement.

— Ils ne sont pas de notre sestière, objecta Nozerini. Crémone loge au Castello et le moine chez lui. Quant à Bibi, c'est à Santa Croce.

Cappelo pinça la bouche pour s'aider à réfléchir. Si ces hommes étaient coupables, le bénéfice de leur arrestation retomberait sur lui. S'ils ne l'étaient pas, le Conseil ne manquerait pas de le lui faire payer. Les Dix ne pardonneraient pas d'avoir perdu la face devant l'Église de Rome en accusant un moine innocent.

Cette affaire, quoi qu'en pensait Nozerini, était bien plus compliquée qu'elle n'y paraissait.

— C'est vous qui allez les arrêter, capitaine, puis vous les mettrez au secret. Nous les interrogerons nous-mêmes.

— Sans l'Inquisition ?

— Le Collège, qui est comme vous le savez « la porte par laquelle il faut que toutes les affaires du dehors, entrent », sera satisfait que nous lui présentions, à lui ainsi qu'au *Sage Grand*, trois suspects affirmés.

— Et l'Inquisition ? insista Nozerini.

— Vous comme moi travaillons pour les Pregadi, pas pour le Tribunal. Et je crois savoir que la bonne résolution de cette affaire recevrait l'approbation des Dix et celle des Trois Sages contre l'Hérésie.

— Tu dois te calmer, maintenant, dit doucement Sofia en caressant les cheveux de Rachel.

La jeune femme avait couru à perdre haleine, les yeux brouillés de larmes, depuis le ghetto jusque chez elle.

— Que s'est-il passé qui vous ait mise dans un tel état ? s'est exclamé la comtesse, alarmée de son apparence.

Le visage ravagé, Rachel s'est précipitée sur elle.

— Si vous saviez, si vous saviez... a-t-elle haleté, incapable de reprendre souffle.

— Vous allez me raconter, et en attendant, venez chez moi vous reposer.

Sofia l'a emmenée dans ses appartements et installée dans un sofa. Elle a ensuite prié une domestique de lui apporter du vin.

— Remettez-vous, et dites-moi ce qui vous trouble tant.

— Joseph est venu me visiter sous prétexte de prendre de mes nouvelles, a commencé la jeune femme, la voix entrecoupée de sanglots. En réalité, il n'a été que reproches et colère. Nous nous sommes disputés et il est parti comme un fou, négligeant de saluer mes parents qui ont aussitôt voulu savoir.

« — Rachel, que s'est-il passé avec Joseph ? a interrogé mon père d'un ton sévère.

« — Il a repris sa parole, lui ai-je répondu.

« — Quoi ! que veux-tu dire ?

« — Ce que je viens de dire. Il a rompu nos fiançailles.

« Ma mère s'est écroulée, en larmes.

« — Et pour quelle raison a demandé mon père ?

« Je n'ai pas pu lui répondre parce que je l'ignorais moi-même. Mais il a insisté.

« — Il ne veut pas que je fréquente des chrétiens, même si c'est pour nous sauver.

« — Eh bien, a-t-il déclaré, il fallait lui obéir !

« — Mon père, j'ai agi selon mon cœur. À l'heure qu'il est le Conseil des Dix a reconnu notre innocence, ou presque, quant aux meurtres des enfants. Il a bien voulu relâcher nos otages que tu es toi-même allé accueillir.

« — Je le sais bien, ma fille, et j'ignore comment tu as fait. J'espère seulement que ton honneur est sauf.

« — Peux-tu en douter ? ai-je répliqué avec colère. J'ai une amie, une grande amie qui s'est chargée de tout.

« — Qui est-ce ?

« J'ai hésité et j'ai donné votre nom, croyant l'apaiser. Mais ce fut le contraire. Son visage s'est tordu de colère.

« — Sais-tu qui est cette femme ? a-t-il fulminé.

« — Une grande dame qui m'aime et que j'aime.

« — Maudite ! s'est-il écrié. Sais-tu le genre d'amour que donne cette femme ?

« — Celui du cœur, ai-je répondu.

« — Du cœur, a-t-il ricané, et il a fait sortir ma mère. Ma fille, j'ignore jusqu'où tu es allée avec elle et je veux l'ignorer. Je n'ai jamais vu un chrétien nous faire du bien pour rien. À partir de maintenant je ne veux plus te voir et tu demeureras dans ta chambre jusqu'à ce que je t'autorise à te montrer de nouveau car tu as couvert notre nom de honte. Ton fiancé t'as renvoyée comme l'exigeait son honneur. S'il ne l'avait fait maintenant, il l'aurait fait une fois marié car le Deutéronome dit : "Quand un homme épouse une femme de laquelle après quelque temps il est mécontent parce qu'il a découvert quelque chose d'indécent ou de malséant à son sujet, il pourra écrire une lettre de divorce et la lui donner."

« — Mais qu'ai-je fait de malséant ? me suis-je écriée. Serait-ce malséant de vouloir obtenir justice pour les siens ? Malséant de sauver des vies ? Malséant de désirer rester dans la ville qui nous a vus naître et que nous aimons ?

« — Oui, si c'est au prix de son honneur. »

— Ne pleure pas, murmura Sofia, alors que les larmes de Rachel redoublaient. Tu as fait ce que tu devais faire.

— Mais pourquoi votre nom a-t-il mis mon père dans un tel état ? Vous êtes belle et bonne et votre aïeul a su lui aussi nous aimer !

Sofia se redressa et allongea les jambes de Rachel sur le canapé.

L'enfant était épuisée. Son esprit et son cœur ne comprenaient pas la méchanceté parce qu'ils l'ignoraient.

— Tu sais, commença la comtesse en s'installant derrière elle, il existe plusieurs façons de mener sa vie. La vôtre, faite de rigueur et de devoirs... N'y a-t-il pas plus de six cents commandements que vous devez respecter ? D'autres encore où devoirs et droits se partagent plus ou moins équitablement, et enfin la mienne qui privilégie comme tu l'as peut-être pressenti le goût de la vie et des plaisirs qu'elle nous donne. Je ne dis pas que l'une soit meilleure que l'autre, je dis simplement que l'on doit se laisser porter par son inclination à choisir telle ou telle, sous peine de l'avoir ratée.

— Je ne comprends pas, murmura Rachel au travers de ses larmes.

— Tu as vu Massimo ? Tu sais que je suis mariée ? Massimo est un bel ange qui est passé dans ma vie et en est sorti après bien d'autres. Qu'en penses-tu ?

— Que... que...

— Que j'avais raison ou tort ?

— Je n'ai pas à juger.

— Et tes parents, et ton fiancé, en ont-ils le droit ?

— Oui.

— Pourquoi ?

— Parce que ce sont mes parents et qu'ils m'aiment.

— Vraiment ? T'ont-ils aimée en t'accusant à tort ? Ont-ils fait preuve de cette miséricorde que l'on doit précisément accorder aux siens, ou pour le moins qui doit servir à ne pas condamner sans savoir... Vous l'avez été tellement de fois sans raison, pourquoi n'en ont-ils pas tiré leçon ?

— Vous me brouillez l'esprit. Oh, que je suis malheureuse !

— Tu ne l'es pas seulement parce que les tiens t'ont rejetée mais parce qu'ils t'ont trahie.

Rachel enfouit son visage dans ses mains. Elle ne comprenait pas ce que lui disait la comtesse ou craignait de trop comprendre.

Ce sentiment si fort qui la portait vers elle était-il le même que celui qui l'avait conduite vers Joseph ? Et Sofia voulait-elle lui faire entendre qu'elle l'aimait comme elle avait aimé Massimo et d'autres ?

Qu'est-ce que ce monde où l'amour régnait sans lois ?

— Que vais-je devenir ? murmura la jeune femme, effrayée de ce qu'elle entrevoyait.

Sofia se rembrunit devant tant de détresse. Leurs mondes étaient si éloignés, si étrangers, que son cœur se serrait. La route que devrait emprunter la jeune femme pour se libérer du carcan des siens serait semée tout au long de pièges et de dangers.

Il fallait s'appeler Gritti, être riche, familière des puissants et crainte des humbles pour mener son destin comme on l'entendait.

— Tu seras mon amie, répondit-elle, et je te protégerai.

— Saurez-vous aussi me protéger contre moi ?

— Le souhaites-tu ?

— Souhaiter, c'est espérer, or je n'espère plus.

Sofia l'attira contre elle et Rachel posa la tête au creux de son bras. Émue, la comtesse ne voulait sentir que ce poids délicieux et retenir le moment avant qu'il ne s'efface.

La nuit était tombée sans qu'elles s'en aperçoivent, et les bruits avaient changé en même temps que la lumière du jour. Du Grand Canal arrivaient par rafales des cris et des rires assourdis. Un gondolier lança une chanson reprise par d'autres, et les notes tissèrent un chœur de voix viriles et chaudes.

Sofia baissa les yeux et rencontra ceux de Rachel, qu'elle baisa.

Chapitre XII

Alvise Calimi avait depuis quelque temps l'ambition de posséder une de ces maisons dites « de campagne » dont la mode s'était propagée chez les nobles et les citoyens vénitiens enrichis qui voulaient vivre et se donner plaisir, délectation et verdure, et leur faisait acheter des propriétés et des bâtisses sur le continent.

Aussi, en quittant un de ses collègues installé sur la terre ferme qui avait décidé de ne soigner que les riches, et y était parvenu, ruminait-il sa rancœur.

La journée de ce début d'août était parée de tous les attraits, bien qu'il fît un peu trop chaud, et Calimi regrettait d'avoir conservé son manteau de médecin en drap lourd et son grand chapeau. Mais il aimait cet équipement qui attirait sur lui, de la part du peuple, considération et respect.

Il marchait pensivement le long de la lagune sur un chemin de halage du Canale Osellino, à la hauteur du Seno di Seppa, et se dirigeait vers l'embarcadère du bac qui le ramènerait à Venise.

Des chaumières de paysans, des champs et même des vignes — puisque décidément les Vénitiens s'intéressaient de plus en plus à la *terra ferma* — ponctuaient son parcours, quand à son approche surgit une paysanne.

— Dottore ! dottore ! c'est le Ciel qui vous envoie !

Il se détourna, furieux d'être importuné alors qu'il ne rêvait que charme bucolique et luxe d'une résidence que le grand Palladio aurait lui-même décorée, et où il aurait invité libertins et courtisanes dans des bacchanales dignes de l'Empire romain.

— Dottore ! par pitié !

— Que voulez-vous ? demanda-t-il d'un ton rogue. Ne voyez-vous pas que je me presse ?

— Dottore, Dottore, par la Sainte Vierge et par tous les Saints, je vous en supplie, venez voir mon petit Roberto, le pauvre enfant se meurt !

— Et qu'y puis-je ?

— Mais n'êtes-vous pas médecin ?

— Je le suis, mais pas maintenant.

La *villane*, interloquée, se reprit vite.

— Je vous paierai ce que je vous dois.

Calimi haussa les épaules et se dit que décidément il ne pouvait se dérober.

— Où demeurez-vous ?

— Tout près, cette maison, répondit-elle désignant une cabane de pas trop mauvais aspect.

— Eh bien, allons-y, je suis pressé.

Elle le précéda, se confondant en remerciements, et le fit entrer chez elle.

Ils pénétrèrent dans une pièce basse et sombre, mais propre, où sur un lit placé contre un mur un enfant était couché.

— Depuis combien de temps est-il malade ? interrogea Calimi.

— Sa forte fièvre a commencé voilà trois ou quatre jours et il souffre énormément de l'aine et des aisselles.

— Quoi ? sursauta Calimi en s'approchant avec précaution du garçon. Apportez une bougie, ordonna-t-il.

La femme s'exécuta et leva la chandelle au-dessus de la couche.

— Dieu du Ciel ! s'exclama-t-il en reculant.
— Que se passe-t-il ? demanda la paysanne.

Mais Calimi, les yeux exorbités, le souffle coupé, contemplait l'enfant dont le visage présentait des taches noirâtres sur une face déjà ravagée par la maladie. Ses cheveux collés par la fièvre et son regard terreux témoignaient à eux seuls du mal qui le frappait.

Le médecin recula jusqu'à la porte.

— Sortez d'ici immédiatement, ordonna-t-il, et n'y entrez plus !

— Quoi...

Mais déjà il était dehors.

— Cet enfant a la peste !

Et il s'enfuit comme poursuivi par le diable.

Derrière lui il entendait la femme l'appeler et se lamenter mais rien n'aurait pu lui faire rebrousser chemin. Il courut d'une traite jusqu'à l'embarcadère où le bac attendait.

Il sauta dedans.

— Vite, embarquons ! cria-t-il au passeur appuyé nonchalamment sur la rambarde et qui discutait avec un passager.

Celui-ci éclata de rire.

— Eh, Dottore, auriez-vous vu le diable ?

Calimi le fixa d'un regard fou qui mit l'homme en garde.

— Je vous dis qu'il faut partir !

L'homme hésita, haussa les épaules, compta ses voyageurs, se dit probablement qu'il en avait assez et qu'il n'était pas utile de contrarier un tel dément.

Le bac s'éloigna de la rive et, durant tout le trajet, Calimi, tourné vers le rivage qu'il venait de quitter, trembla sans pouvoir se maîtriser.

Alvise Calimi entra dans la salle du Conseil et prit place face aux deux provéditeurs de la santé qui avaient pour nom : Marchado Di Segna et Dono Arbutino, lesquels le recevaient sur sa pressante demande.

— Dottore Calimi, je vous en prie, invita Di Segna qui était d'apparence débonnaire contrairement à son collègue Arbutino qui arborait une mine sévère.

— Messieurs les provéditeurs, je vous salue et vous sais gré de m'avoir si vite reçu. Mais quand vous saurez le motif de ma venue, vous comprendrez.

— Nous vous écoutons, dit Arbutino d'un ton sec.

Calimi, lorsqu'il avait gravi les degrés de l'escalier de marbre qui conduisait à la salle des provéditeurs et franchi les obstacles courtois mais intraitables des huissiers armés de piques, s'était repris à penser à sa déconvenue de ne pas être celui que l'on venait consulter avec déférence.

— Voilà ce qui m'amène, commença-t-il, décidé à traiter d'égal à égal. Je reviens de la terre ferme où j'ai constaté, par hasard, un cas de peste sur un enfant âgé d'une dizaine d'années.

Il laissa passer un temps afin de savourer l'effet de sa communication sur les provéditeurs.

— En êtes-vous certain ? demanda enfin Di Segna après avoir lancé un regard effrayé à Arbutino.

— Autant qu'on peut l'être pour un malade qui présente une forte fièvre, des taches noires sur le visage, et des douleurs aux aisselles et à l'aine.

— Avez-vous vu des… bubons ? interrogea Di Segna d'une voix hésitante comme si seulement prononcer le mot le terrorisait.

— Non, monsieur le provéditeur, je n'en ai pas eu besoin.

Di Segna hocha la tête comme quelqu'un qui comprenait la réticence de Calimi.

— Il faut réunir sans tarder le Grand Conseil, dit Arbutino.

— Et s'empresser de mettre en application les recettes que Girolamo Frascatoro donne dans son livre *De contigionibus et contagiosis morbis*, ajouta Calimi ne voulant pas être en reste.

— Vous y croyez, dottore ? demanda Di Segna.

— C'est, à mon sens, raisonnable, répondit-il d'un air important. Les trois modes de contagion qu'il indique : par contact avec un malade, à partir d'un foyer, et à distance, ainsi que le rôle contagieux des vêtements et de la literie ont été partout remarqués.

Arbutino hocha la tête d'une façon peu convaincue.

— On peut croire aussi que l'air en est empesté et recourir à ce que préconisait le grand Hippocrate d'avoir à allumer des feux dans les rues pour les purifier, ou plus près de nous, Mercurialis, soutenant que cette fièvre provenait de la lagune.

— Quoi qu'il en soit nous allons envoyer des médecins sur la terre ferme, décida Di Segna, afin d'y corroborer ce que vous y avez vu. C'était où exactement ?

— À peu près entre Punto Lungo et Seno di Tessera.

— Bien. Vous les y conduirez, dottore.

— À condition de prendre certaines précautions, regimba Calimi.

— Comme quoi ? s'enquit Arbutino.

— Comme... se protéger avec des masques et des senteurs...

— Il n'en est pas question, coupa Arbutino. Tant que nous ne savons pas de formelle façon si la maladie est là, tout se fera dans la grande discrétion. Seul le Conseil des Dix sera prévenu.

Calimi prit congé après être convenu avec les provéditeurs d'aller sur la terre en compagnie de confrères. Il rentra vivement chez lui, examinant chemin faisant ceux qu'il croisait pour y détecter l'horrible mal.

— Ermone, cria-t-il à sa servante en arrivant, prépare-moi deux sacs avec des affaires, je dois m'absenter quelque temps.

— Pour longtemps, monsieur ?

— Non, affaire de famille. Je vais à Vérone.

Puis il s'assit à son secrétaire et rédigea une lettre destinée au prévôt et une autre pour Mina.

Pendant qu'il écrivait cette dernière, il se rendit compte que sa fuite lui interdirait tout retour à Venise, mais s'aperçut être soulagé de quitter des habitudes si bien ancrées et en même temps si pesantes.

Il pria Mina de s'occuper de son logement et de son contenu, de vendre ce qu'elle pourrait puisqu'il n'était pas propriétaire des lieux, et de lui envoyer l'argent ainsi récupéré. Ce n'était pas la confiance qu'il avait en elle qui le poussait à agir ainsi mais il ne voyait personne d'autre a qui confier ses intérêts. Ces années passées dans la cité lagunaire avaient été vides d'amitié et même de bonnes relations, et c'était ce triste constat qui atténuait le désagrément de devoir changer de vie.

Il scella les deux missives et les donna à Ermone.

— Que dois-je faire, moi, monsieur ? s'inquiéta-t-elle.

— Vous demeurez. Une dame viendra dans quelque temps avec une lettre. D'ici là, vous gardez le lieu. Je vous enverrai vos gages, n'ayez crainte.

— Mais vous n'allez pas être trop longtemps absent ?

— Ce n'est nullement mon intention, Ermone. Simplement, comme je suis un maître de devoir et un homme responsable, je veux que vous ne manquiez de rien. Si on vous interroge vous déclarerez tout simplement que ma mère vient de mourir et que je suis allé présenter mes devoirs et m'occuper de l'enterrement.

— Ô mon Dieu, quel malheur, mais je croyais que vous étiez de Raguse ?

— C'est vrai.

— Et vous m'avez dit partir à Vérone...

— Vérone ? Non, vous aurez mal compris. Je vais à Raguse dans la propriété familiale. Vous avez l'adresse d'ailleurs, vous pourrez m'y envoyer des nouvelles.

— Entendu, monsieur. Voilà vos deux sacs. J'y ai mis vos vêtements de rechange, un nécessaire de toilette, ainsi que votre trousse. Oh, quel malheur !

— Merci, Ermone. Je vous ferai signe dès mon arrivée à Raguse.

— Bonne route, monsieur, et que Dieu vous garde.

— Vous aussi, Ermone, vous aussi, que Dieu vous garde.

Sofia Gritti dégringola si vite l'escalier des Géants, que ses pieds chaussés de fines bottines semblaient voler sur les marches.

Elle sortit sur la piazza San Marco où l'habituelle agitation lui serra le cœur. Les marchands d'oublies, les porteurs d'eau et les mille petits métiers qui donnaient vie à la place circulaient parmi les promeneurs sans qu'aucun semble soupçonner l'horrible fatalité qui allait s'abattre sur eux.

Zorzi lui avait tout raconté. L'avertissement de Calimi et sa fuite probable, puisque le médecin restait introuvable.

Épouvantée, elle l'avait écouté dresser un tableau apocalyptique du futur, la mère du garçon ayant été trouvée agonisante chez elle et deux voisins frappés du même mal.

— Qu'allons-nous faire ? s'était-elle écriée.

— Le Sénat est en conseil. Les provéditeurs de la santé se sont réunis afin d'établir une action.

— C'est-à-dire ?

— Nous avons décidé d'appointer spécialement des « chirurgiens de peste » et des « médecins de peste » qui s'occuperont spécialement des malades.

— Vous pensez donc qu'il s'agit d'une grave épidémie ?

Zorzi était resté un moment silencieux. Le souvenir des grandes pestes avait marqué de terreur les esprits. Des régions entières avaient été décimées et l'équilibre économique et politique de bien des pays, bouleversé.

— Je le crains, hélas, lâcha-t-il à voix basse.

— Que conseillez-vous ?

Il l'avait examinée par en dessous.

— Ce que font habituellement les riches et ceux qui le peuvent. Fuir. Encore que bien souvent les fuyards, non seulement transportent le mal à la semelle de leurs souliers, mais encore sont rattrapés.

Sofia, en attendant ces mots, avait crû s'évanouir. La mort, bien que chose connue, est lointaine, et la voir arriver à sa porte était insoutenable.

— Le peuple aura-t-il été prévenu ?

— Il va l'être. Dès les prochains jours des avis vont être placardés aux entrées de Venise pour en interdire l'accès. À l'heure qu'il est, d'autres cas ont dû se déclarer.

— Permettez que je me retire, cousin.

— Votre époux est-il resté ?

— Non, il est parti pour l'Égypte où il a des intérêts.

— Vous êtes donc seule ?

— Autant que peut l'être chacun dans ce cas. Et les vôtres ?

Zorzi avait soupiré.

— Ils ont pris la route hier soir.

Elle courut vers son palais par des petites rues qu'elle savait habituellement peu fréquentées.

Chaque rencontre pouvait désormais être fatale. Celui-là qui se croyait au début atteint d'une fièvre banale ou d'un simple mal de tête, risquait de transporter des germes mortels.

Elle frappa avec tant de force à sa porte, que Clémente vint ouvrir, la mine effarée.

— Comtesse !

— Clémente, ordonna-t-elle, faites venir ma chambrière dans mes appartements.

— À vos ordres, comtesse.

— Tenez prêt un messager d'avoir à porter quelques missives à des amis.

— Oui, madame.

Elle vola jusqu'à chez elle, bientôt rejointe par sa chambrière.

— Choisissez-moi de quoi voyager un long moment, dit-elle à la jeune fille, et préoccupez-vous de me donner mon coffret à bijoux.

— Et à onguents ?

— Évidemment. Sortez-moi une confortable toilette de voyage.

— Vous partez, madame ?

— Oui.

— Dois-je vous suivre ?

Sofia hésita. Pourquoi pas en effet ? Quel que soit le temps de l'absence elle aura besoin de ses services. Et la pauvrette était trop jeune pour mourir.

— Oui. Préparez-vous aussi.

— Mais nous partons quand ?

— Ce soir, si Dieu le veut.

La chambrière, qui se nommait Giovanita, en fut tout épouvantée. Son galant pourrait-il être prévenu et que dirait-il de ce départ soudain ?

— C'est que madame, tenta-t-elle, j'aurais besoin de prévenir les miens.

— Pas le temps. Clémente s'en chargera.

Giovanita se rembrunit et maudit dans sa pensée ces riches qui en prenaient si bien à leur aise.

Elle sortit de mauvaise humeur, espérant que son attitude alerterait sa maîtresse, mais la voyant déjà si occupée à fourrager dans ses papiers elle comprit qu'elle ne pouvait rien en attendre.

Sofia, que la terreur agitait, parvenait difficilement à mettre de l'ordre dans son esprit autant que dans ses affaires.

Les papiers lui tombaient des mains, elle n'en percevait plus l'importance et craignait d'emporter avec elle des factures à la place d'actes notariés. Son époux avait serré dans un dossier les actes relatifs à leurs propriétés et à leurs biens, mais ce portefeuille restait introuvable. Pourtant elle devait s'en assurer comme il le lui avait fortement recommandé pour ce genre de cas.

Ce ne fut qu'au bout d'un long moment, une fois qu'elle eut repris ses esprits et que Giovanita eut commencé d'entasser les sacs et bagages qui l'accompagneraient, qu'elle eut soudain conscience de la réalité. Elle allait fuir, certes, et peut-être être sauvée. Mais ceux qui ne le pouvaient et devraient rester ? Le premier nom qui lui vint à l'esprit fut celui de Rachel.

La jeune femme, après être restée près d'elle six courtes semaines, écartelée entre le désir de retourner chez les siens et la peur de leur colère, avait été prévenue par Daniele que ses parents se morfondaient de sa fuite, et qu'ayant appris où elle se trouvait la suppliaient de revenir parmi eux.

Les premiers temps de séparation son chagrin avait été immense, et Sofia avait dû l'entourer de toute sa tendresse.

La première nuit, l'entendant pleurer dans sa chambre, elle l'avait rejointe.

— Rachel, ma chérie, séchez vos larmes qui me poignent le cœur et me font sentir toute ma misérable impuissance.

La jeune fille l'avait implorée de lui pardonner et s'était instinctivement réfugiée dans ses bras.

Sofia l'avait gardée serrée contre elle, osant à peine respirer pour ne pas troubler cet instant. Peu à peu le chagrin de Rachel s'était calmé. Son amie lui avait parlé aussi doucement qu'on le fait pour un enfant, tentant de l'apaiser, caressant ses cheveux, ses mains, baisant ses yeux, s'imposant à elle-même un calvaire tant son être se tendait vers la jeune femme.

Elle ne l'avait quittée que lorsque Rachel s'était endormie, au moment où les premiers rayons du jour s'insinuaient entre les persiennes.

Rachel, qui s'était si vite enfuie de chez elle n'avait rien emporté de ses habits, et Sofia lui avait fait essayer ses propres robes, étoles et manteaux, richement ornés de soies, de rubans et de fourrure, autant de tenues qui avaient émerveillé la jeune femme habillée plus sobrement comme le voulait la mode du ghetto, de robes fermées et sombres, parfois égayées d'une broche ou d'un bijou.

De taille identique, elles s'étaient amusées à échanger leurs tenues, et parfois, pour faire rire leurs amis, à s'habiller de même façon. La comtesse s'était rassurée de voir les yeux de Rachel s'illuminer de surprise et de curiosité en abordant ce monde nouveau, bien que trop souvent encore son regard se troublât de tristesse.

Elles s'étaient promenées partout dans la cité, et Sofia avait constaté avec bonheur que sa protégée la suivait avec plaisir dans les académies et les scuole dont elles étaient l'une et l'autre si friandes. Elles avaient déjeuné ou dîné chez Sforzi et d'autres amis, et Rachel peu à peu, sans que même elle s'en rende compte, avait partagé certains mets que jusque-là sa foi lui interdisait.

Elles avaient, avec Massimo, voyagé jusqu'aux îles où Andrea Palladio, padouan de naissance mais vicentin d'élection, construisait les villas-temples que tous lui réclamaient et dont les peintres à la mode décoraient les intérieurs. Durant toute la promenade, Massimo avait couvé Rachel d'un regard ardent, bien qu'on le sût depuis peu le favori du comte Sforzi. Mais Rachel ne semblait s'apercevoir de rien. Ni de la tendresse de ses amis ni de sa dissipation nouvelle dans laquelle elle paraissait vouloir se noyer.

Quand, épuisées, les deux femmes revenaient au palais, elles prenaient une tasse de vin parfumé dans la chambre de l'une ou de l'autre, se répétant ce qu'elles avaient fait et vu, riant de ce qu'elles avaient entendu. Parfois, l'époux de Sofia les rejoignait et se mêlait à leur conversation. Il n'était point dupe du jeu de sa femme mais s'en accommodait. Leur mariage, comme ceux de beaucoup de patriciens de ce temps, était de raison et d'intérêt plus que d'amour. Il avait sa vie, elle la sienne, et dans la mesure où ni l'une ni l'autre ne compromettait leurs affaires, nul n'y trouvait à redire.

Et un soir, où les deux femmes s'étaient encore rapprochées, qu'un joli feu projetait ses lueurs joyeuses sur leurs visages et colorait de cuivre les coins d'ombre, Sofia avait amoureusement embrassé les lèvres de son amie, et Rachel lui avait rendu son baiser. Elle s'était alors enhardie à lui caresser la naissance des seins et à lui baiser l'endroit délicieux où cou et buste s'unissent.

La jeune femme avait frémi et murmuré :

— Mon âme, vous me faites mourir. Mourir de bonheur et de gêne. Je ne suis pas comme vous attachée au seul plaisir sinon il y aurait beau temps que je vous aurais cédé. Ne me pensez pas si sotte que je ne sache l'amour que peuvent se porter deux amies. Depuis peu, il est vrai, car mon éducation ne s'y est pas prêtée. Vous et les vôtres me l'avez montré sans pour autant m'y convertir. Alors de grâce, ma douce amie, soyez patiente et ne voyez dans mon retrait que le souci de ma pudeur.

— N'ai-je pas été assez patiente ? avait répondu Sofia, la voix brisée. Ne voyez-vous pas l'affreuse douleur que vous m'infligez ? Que savez-vous de mes nuits où je pleure après vous ? De ces heures passées ensemble où tout me tend vers vous ? De ces rires que vous échangez avec d'autres, de ces regards qui ne sont pas pour moi alors que je brûle de vous aimer comme vous le méritez !

À cet instant, Sofia s'en souviendrait aussi longtemps qu'elle vivrait, Rachel s'était levée, et la prenant par la main l'avait entraînée vers sa chambre.

Sofia enfila la tenue de voyage que sa chambrière lui avait préparée.

— Que dois-je dire aux autres serviteurs, madame ? s'enquit Giovanita avec un brin d'insolence.

— Rien ma fille. Que je sache vous n'êtes pas mon intendante, seulement ma chambrière. Retirez-vous, je vous ferai appeler.

Elle arpenta son salon en se tordant les mains. Ses amis seraient prévenus de son départ et de son motif dans la soirée. Ils pourraient alors juger de ce qu'ils devaient faire. La vision qu'elle eut à ce moment de sa situation la pétrifia d'angoisse. Devait-elle aller chercher Rachel et la supplier de l'accompagner ? La jeune femme voudrait-elle abandonner les siens ? c'était peu probable.

Les gens du ghetto sauraient en même temps que les autres l'affreuse nouvelle mais pour eux la fuite serait bien plus difficile. Il était courant qu'à chaque épidémie de l'affreux mal le peuple cherche une raison au malheur qui le frappait. Et bien souvent ils accusaient les Juifs de le répandre.

L'Histoire regorgeait de ces bûchers où on les brûlait par centaines alors que leurs biens confisqués entraient dans les recettes des églises et des communes. Et s'ils échappaient à la vindicte populaire, l'affreux entassement dont ils souffraient ne les prédisposait-il pas spécialement à la contagion ? Mais comment le faire comprendre à une fille qui préférerait mourir plutôt qu'abandonner les siens ?

La nuit tomba sans qu'elle s'en aperçut. Elle entendit dans sa maison une agitation qui lui fit comprendre que Giovanita n'avait pu se retenir d'annoncer le départ de sa maîtresse.

Elle songea à ses amis qui à cette heure savaient à quoi s'en tenir et dont les gondoles lourdement chargées devaient quitter les embarcadères des palais.

De l'autre côté du canal, le soleil couchant creusait les bleus et les jaunes des vitraux, incendiait les rouges, projetait sur les meubles et les objets un reflet sanglant.

Elle vit la gondole au felze soigneusement clos des Bordeghini qu'elle n'avait pas prévenus glisser dans la pénombre.

La rumeur s'était déjà répandue. Elle s'éloigna de la fenêtre et appela Giovanita pour qu'elle la prépare au coucher.

L'endroit n'était pas aussi terrible qu'il l'avait craint. D'ailleurs, il se souvenait que des étrangers de passage avaient manifesté leur surprise disant que les prisons de la Sérénissime se révélaient plus confortables que bien des logements en France. N'empêche, le temps était à l'orage. Crémone se tourna contre le mur en relevant son manteau sur la tête. À quelques pas de lui étaient assis Mantova et Bibi qui ne s'adressaient pas davantage la parole que s'ils n'étaient pas là.

Les gardes de la Contrada avaient fait irruption dans son échoppe avec violence, le contraignant à les suivre sans même lui laisser le temps de prendre quelques affaires. Puis ils étaient montés à l'étage pour s'emparer du moine.

Quand on les avait jetés dans ce cul-de-basse-fosse, Bibi s'y trouvait déjà.

Il sentit qu'on le secouait fortement à l'épaule et se retourna, l'air mauvais.

— Pourquoi sommes-nous là, Crémone ? aboya le moine. Qu'avez-vous fait ?

Crémone se dégagea.

— Eh, le moine, vous êtes là aussi. Alors je vous demande : qu'avez-vous fait, vous ?

— Et celui-là ? dit Mantova en désignant le jeune Bibi qui les observait d'un œil torve.

— Qu'est-ce que j'en sais ! s'emporta le marchand en se relevant. J'étais un honnête commerçant et vous arrivez avec vos vitupérations qui vous font remarquer de tous ! Vous accusez les Juifs sans fournir de preuves ! Vous parlez à tort et à travers et vous mettez mal avec chacun ! Moi, je suis juste coupable de vous avoir fourni gîte et couvert, c'est tout !

Devant tant de mauvaise foi, Mantova cligna des paupières, incapable d'articuler le moindre mot. Il se retourna en entendant fuser le rire de Bibi.

— Ah, voyez-les, les beaux seigneurs ! s'esclaffa le garçon. Celui-là avec sa robe toute crottée qui se prend pour Dieu le Père, et cet autre gras et puant qui se dit innocent comme le petit Jésus !

— Vas-tu te taire, gibier de potence ! cracha Mantova. De quelles manigances es-tu complice avec celui-là !

Sans cesser de ricaner, le garçon se leva et s'approcha jusqu'à se retrouver sous le nez du moine.

— Tout c'que j'sais, m'sieur le moine, c'est qu'j'ai tué personne, moi ! j'ai même jamais maudit ! Et vous croyez pas qu'on va me noyer à vot' place, messeigneurs, parce que moi j'vais causer !

— Piaille tant que tu voudras, à ta barbe tu l'auras ! rugit Crémone en se jetant sur lui.

— Aïe, aïe, aïe, brailla Bibi que la brute secouait en tous sens ! Lâchez-moi, par la croix de Dieu !

Mantova s'interposa et les sépara. Ils se fixèrent haineusement.

— De quoi voudras-tu causer ? demanda Mantova.

Crémone leva la main.

— Je t'écorche vif si tu dis des menteries !

— Laissez-le donc parler ! protesta le moine, peut-être sait-il des choses qui peuvent nous aider.

— Savez-vous seulement pourquoi nous sommes là ? cria Crémone.

— Ma foi, non ! Une dénonciation, une erreur, sans doute.

— Alors de quoi peut-il bien parler ?

— C'est-y que vous auriez peur, Crémone, de ce que dira cet enfant ?

— Enfant ? ricana le marchand... quel enfant ? Dis-lui, toi, comment tu gagnes ta vie !

Les yeux de Crémone et de Bibi se croisèrent comme des lames d'épée.

— Normalement, répondit Bibi d'un air dédaigneux.

— Normalement, ah ouiche ! En offrant ton cul aux passants ! riposta l'autre en se rejetant sur lui.

Mantova s'interposa à nouveau.

— Peu m'importe, cracha-t-il, l'ignominie de ce garçon ! Ce qui m'intéresse c'est ce que je fais ici ! Holà, cria-t-il en frappant violemment la lourde porte de fer qui fermait la cellule, holà, gardien, je veux sortir ! Laissez-moi sortir !

Mais ses cris et les coups assenés furent avalés par le métal. Crémone retourna s'asseoir contre le mur en haussant les épaules.

— Attendons sans nous chamailler ; ce qu'ils espèrent c'est qu'on se dispute pour mieux nous surprendre.

— Surprendre de quoi ? cracha le moine, je n'ai rien à faire avec vous !

Le marchand ne répondit pas et ferma les yeux. Lui non plus ne comprenait pas ce qu'il faisait là. Qui l'avait dénoncé, et comment ? Bibi ? impossible. Ce vaurien pouvait juste avouer que Crémone l'avait forcé à témoigner. Le moine ? trop stupide pour imaginer quoi que ce soit.

Ne pas comprendre lui faisait perdre les nerfs. Et qu'attendaient-ils pour venir les interroger ?

À moins de cinq mètres au-dessus de la cellule, l'oreille et l'œil collés à un conduit d'air qui donnait dans un petit cabinet, Nozerini et son sergent écoutaient et observaient le trio. Le capitaine de la Contrada se redressa.

— Armez-vous de patience, sergent, ces trois-là sont presque mûrs. Ne perdez rien de ce qu'ils diront et feront et rapportez-le-moi illico.

— Pourquoi ne pas les violenter, capitaine ? s'étonna le garde.

— Parce qu'ils ne devraient pas être là, expliqua Nozerini. Voyez-vous, sergent, s'ils sont innocents, ils repartiront et personne ne saura qu'ils étaient chez nous... Dans le cas contraire...

— Et pourquoi ne devraient-ils pas être là ?

— Parce qu'ils ne dépendent pas de notre sestière et que le conseiller ducal a intérêt à ce que cette affaire soit menée avec discrétion. Vous comprenez, sergent ?

— Heu... oui capitaine.

— Parfait.

Chapitre XIII

La première victime de la peste dans le ghetto fut Nathan Mellsbaum, qui avait couru donner l'alerte quand la populace avait voulu le forcer.

Son fils, qui s'occupait de couper et coudre des fourrures et chez qui il vivait en compagnie de sa belle-fille et de ses quatre petits-enfants, le trouva couché lorsqu'il revint le soir.

— Ton père n'est pas bien, Samuel, il a de la fièvre, lui dit sa femme.

Alarmé, Samuel alla le voir et le trouva effectivement au plus mal. Le malheureux respirait à grand-peine et réclamait avec avidité de l'eau.

— Samuel, mon fils, bredouilla-t-il, je crois que c'est la fin...

— Qu'est-ce que tu racontes, père, une mauvaise fièvre, c'est tout, ces fièvres qui viennent des marais... tu t'es cogné ? demanda-t-il désignant une tâche noirâtre sur le front du malade.

Le vieillard secoua la tête.

— J'ai mal, gémit-il.

— Où as-tu mal, père ? demanda Samuel en lui épongeant la sueur.

— Partout...

Le fourreur se redressa, le cœur serré d'angoisse. Que se passait-il ? D'où venait cette fièvre si soudaine et si forte ?

— Repose-toi, je vais chercher un médecin.

Il redescendit trouver sa femme.

— Depuis quand est-il comme ça ?

— Ça fait quelques heures seulement. Sa fièvre est brusquement montée ; il jouait avec les enfants et s'est plaint d'avoir mal à la cuisse, alors je lui ai conseillé d'aller se coucher. Qu'est-ce que tu vas faire, mon mari ?

— Quérir un médecin.

— J'ai rencontré Vitale, le fils d'Asher, qui rentrait chez lui.

— J'y vais.

Samuel Mellsbaum, le pelletier, était un garçon aimable, fort et trapu, toujours à plaisanter. Il avait quatre enfants, trois garçons et une fille, la dernière, âgée de deux ans, qu'il appelait « mon sucre » « mes yeux », « ma vie ». Sa femme Myrna, bonne et douce, possédait une voix qui l'enchantait. C'est d'ailleurs en l'entendant à la chorale qu'il était tombé amoureux et lui avait demandé de l'épouser.

Il pressa le pas, répondant distraitement aux saluts, le cœur serré d'inquiétude. Son père, certes, n'était plus jeune, mais il était encore robuste et avait de belles années devant lui.

Il arriva à la porte de la banque *Nera*, fermée à cette heure, et cogna à l'huis.

Daniele lui ouvrit.

— Quoi donc ? demanda-t-il.

— Vitale da Modena est-il là ?

Le clerc acquiesça.

— Il est arrivé ce tantôt.

— Je dois le voir.

— Entre.

Samuel monta l'escalier en colimaçon. Vitale l'attendait sur le palier.

— J'ai entendu que tu me demandais ?

— Vitale, c'est mon père, il est malade !

Derrière Vitale, Samuel aperçut Asher.

— Entre, Samuel, invita ce dernier.

Mais Samuel était trop nerveux. Il prit Vitale par le bras.

— Il faut que tu viennes, mon père a une forte fièvre !

Samuel, en voyant Vitale lancer un coup d'œil à son père, remarqua alors leurs visages gris de peur.

— Qu'est-ce qu'il y a ? s'inquiéta-t-il.

— Tu as vu ton père ? questionna Vitale.

— Évidemment !

— Tu l'as touché... toi ou tes enfants ?

— Il jouait avec mes enfants quand il s'est senti mal et a dit qu'il souffrait de la cuisse.

Samuel sursauta car Asher venait de gémir.

— Mais quoi ? cria-t-il.

— Allons-y, dit Vitale en le poussant dans l'escalier. Je prends ma trousse, attends-moi en bas.

Il se tourna vers son père.

— Ne sortez pas, restez ici.

— À quoi ça sert ? rétorqua Asher en haussant les épaules.

Vitale dégringola l'escalier sans répondre.

— Qu'est-ce qu'il a, Vitale ? Qu'a donc mon père ?

Vitale venait de ressortir de la chambre du mourant. Samuel, Myrna et les enfants l'attendaient dans l'autre pièce.

Le médecin, l'air accablé, se laissa tomber sur une chaise.

Le pelletier crispa ses doigts sur son épaule.

— Il ne va pas... ?

Le médecin releva la tête et plongea son regard dans le sien.

— Si, Samuel.

Samuel porta la main à sa bouche comme pour étouffer un cri. Ses enfants apeurés se réfugièrent dans les jupes de leur mère.

— Qu'est-ce qu'il a ? Il était très bien hier !

Vitale soupira si fort qu'on aurait dit qu'il soulevait le Temple en entier.

— Hier... Beaucoup de gens en bonne santé hier seront malades aujourd'hui... lâcha-t-il au bout d'un long moment et d'une voix si sourde que Samuel dut se pencher pour l'entendre.

— Mais quoi, qu'est-ce qu'ils ont ?

Vitale regarda alternativement les enfants, Myrna, et Samuel.

— La peste.

Nozerini, le regard vide, s'appuya des deux mains sur la table chargée de parchemins où étaient consignés les incidents de la sestière.

Par la croisée ouverte sur une rue perpendiculaire au quai des Esclaves lui parvenait le grondement confus d'une foule en mouvement.

Cependant, ce n'étaient pas là les bruits habituels que connaît tout Vénitien familier des poussées de l'eau et de ceux qui y naviguent, tintamarre bien spécifique d'une population lacustre où les apostrophes coléreuses ou joyeuses des bateliers répondent aux interpellations, où les chocs sourds des remous de la marée contre les rives en bois et le grincement des embarcations frottant contre les palines remplacent les grincements des roues des carrosses et le claquement des sabots des chevaux des autres villes, mais plutôt une rumeur sourde comme s'il était essentiel que tout demeurât secret ou tout au moins discret.

Nozerini, comme la plupart des fonctionnaires d'État chargés de la sécurité et de l'application des lois, avait été prévenu d'avoir à prendre les mesures édictées par le Sénat pour contrer l'épidémie.

L'une des premières était d'empêcher l'entrée et la sortie de tout individu de la cité ; d'interdire le vagabondage des animaux et d'abattre en priorité les chats et les chiens accusés de retenir dans leur pelage les miasmes de la maladie et de la transmettre de maison en maison.

De nommer les médecins de peste et les chirurgiens de peste qui porteraient à la main une baguette rouge pour qu'on les reconnût, habiteraient ensemble dans des endroits désignés, et commanderaient aux apothicaires de confectionner les remèdes propres à soigner les pestiférés et à protéger les autres de la contagion.

Il faudrait aussi surveiller la construction de huttes et de cabanes où seraient hébergés les malades, constructions brûlées une fois le courroux de Dieu apaisé. Désinfecter les maisons contaminées et le mobilier appartenant aux pestiférés par les « aéreurs » ou « parfumeurs », lesquels boucheraient toutes les issues des maisons, puis laisseraient brûler un mélange de bois, de soufre et d'herbes odorantes, selon une recette que chacun conservait et qu'ils feraient payer très cher.

Désigner les nettoyeurs de rue qui transporteraient les ordures hors de la cité, ramasseraient les cadavres pour aller les enterrer hors de l'enclos paroissial, et signaleraient par une croix peinte sur la porte ou une botte de paille suspendue au-dessus de celle-ci, les maisons des pestiférés.

Enfin, quand l'épidémie serait installée, on devrait veiller à l'approvisionnement en nourriture des populations privées de subsistance par l'arrêt du commerce, ou, pour les serviteurs, par la fuite de leurs maîtres.

Mais la population prévenue sans doute par quelque rumeur se pressait de décamper avant que lesdits règlements soient appliqués, si bien que depuis le matin devant les embarcadères tournait une noria de gondoles et de bateaux de toutes formes où s'empilaient gens et coffres dans une précipitation affolée que des gardes diligentés mais trop peu nombreux tentaient de retenir.

Le Sénat avait été tardivement prévenu de la menace à cause des provéditeurs qui avaient d'abord voulu s'assurer de la réalité de la maladie (après avoir cherché en vain à retrouver Calimi), et attendu, pour sonner le tocsin et ainsi éviter la panique, que les premiers cas de l'horrible infection fussent avérés.

Mais tout ça aurait été moins préoccupant pour Nozerini, si Cappelo, son chef sestier, n'avait pas insisté pour qu'il continuât de s'occuper du trio qui pourrissait dans son cul-de-basse-fosse, avec depuis quatre jours un seul verre d'eau par jour et par homme comme on le lui avait enjoint.

Malin autant que prudent, Cappelo avait expliqué qu'une fois la peste passée il faudrait faire face aux accusations de Rome qui ne manquerait pas d'expliquer l'épidémie par le châtiment divin venu frapper la cité lacustre, coupable de luxure et de rébellion contre le Saint-Siège, et renfermant dans ses entrailles un monstrueux criminel. Et si les Juifs n'y étaient pour rien, avait-il précisé, il serait nécessaire de présenter des coupables. Et ceux-là, à part peut-être le franciscain, feraient parfaitement l'affaire.

Nozerini, s'il était mieux né, aurait sans conteste pu occuper un poste important dans la hiérarchie de la République, tant étaient grandes sa probité et son honnêteté. Ainsi, même dans cette période affreuse où chacun pouvait se dire attendre la mort, il n'aurait pas accepté, au nom de la raison d'État, et à moins d'y être formellement obligé, de sacrifier des innocents. Et jusqu'à ce qu'un de ces trois-là ou les trois avouent leurs horribles forfaits, il n'était pas décidé à les livrer au bourreau.

Le sergent chargé de les surveiller entra dans son bureau.

— Capitaine, ils deviennent fous en bas. Ils se chamaillent rudement pour une goutte d'eau. Que dois-je faire ?

Nozerini regarda pensivement son sergent. Devait-il le soustraire à son devoir tout tracé d'aider ses camarades à maintenir l'ordre dans cette période si folle où l'on manquait cruellement d'effectifs, ou l'employer à la garde des trois malandrins ?

— Ils n'ont toujours rien dit ?

— Rien, capitaine. Ils ne font que brailler les uns contre les autres en s'accusant du pire.

— C'est-à-dire ?

— Des insultes, des coups comme s'ils étaient atteints du haut mal. En plus ils ont dû apprendre la nouvelle de l'épidémie car c'est à qui vociférera le plus fort pour sortir.

— Ils sont pourtant plus à l'abri en bas que de se mêler aux autres.

Le sergent haussa les épaules sans répondre.

— Merci, sergent, allez rejoindre vos camarades qui ont bien du mal à faire respecter la loi. Mettez-vous sous les ordres de notre chef, le commandant Cappelo, moi je reste ici.

— Et eux ? demanda l'homme en désignant le sol.

— Je m'en occupe.

L'odeur qui se dégageait de la cellule où étaient enfermés les trois captifs aurait fait fuir un régiment de putois, pensa Nozerini penché sur le conduit. Les détenus étaient affalés loin les uns des autres, comme si eux-mêmes ne pouvaient la supporter, et semblaient si affligés que, s'il n'avait tenu qu'à lui, il les eût fait boire et manger.

Mais les ordres du conseiller ducal étaient formels. À moins qu'ils ne lui eussent paru en danger de mort et qu'on n'eût pu encore les faire avouer, on devait les tenir en privation.

La torture était exclue à cause des traces possibles et du secret où on voulait les garder. Mais Nozerini se dit que, passé vingt-quatre heures, il irait avertir Cappelo qu'il n'y avait plus rien à espérer.

D'ailleurs, le mot espoir, que ce soit ici ou dehors, n'avait plus cours. Dans les dernières journées, médecins et chirurgiens-barbiers avaient recensé deux cents nouveaux malades, chiffre, on le savait, qui irait croissant.

Les habitants qui n'avaient pas fui se terraient chez eux, n'ouvrant leurs fenêtres que pour signaler un pestiféré et le balancer dehors afin qu'il soit enlevé.

Depuis quarante-huit heures, Venise était une ville bouclée. Nul bateau n'y accostait ni n'en sortait. Seuls les *monatti* chargés de ramasser les cadavres dans les charrettes passaient les postes de garde pour aller déverser les corps dans des grandes fosses creusées en dehors des limites, auxquelles, à moitié remplies, on mettait le feu. Du campanile, on pouvait voir les flammes qui dégageaient une épaisse fumée à l'odeur âcre que le vent tourbillonnant ramenait vers la ville. Ce vent de la lagune, habituel porteur de miasmes, et qui cette fois sentait la mort.

Nozerini tressaillit.

— Y vont nous laisser crever, moi j'vous l'dis ! hurlait Bibi. Mais pourquoi y'm'dise pas c'qu'ils veulent !

— Vous n'avez pas compris, lui renvoya Mantova sur le même ton, ils cherchent l'assassin des enfants !

— Quoi ! (L'adolescent s'était redressé en se tenant au mur gluant sans se soucier de la vermine qui y grouillait.) Quoi ? et en quoi ça m'regarde ?

Mantova se contenta de hausser les épaules. Crémone, écroulé dans le creux d'un épais parement de pierre, n'avait pas bronché.

— En quoi ça m'regarde ! répéta Bibi qui, malgré sa faiblesse, se mit à gesticuler et à lever le poing vers Crémone.

— Taisez-vous, suppôt de Satan ! tonna le moine en se dressant et en marchant sur l'adolescent qui n'eut aucun mal à le balayer d'un revers de bras qui l'envoya valdinguer contre Crémone toujours accroupi.

Celui-ci grogna et repoussa le franciscain qui s'affala dans sa soutane en glapissant.

Ces hommes deviennent fous, se dit Nozerini. Mais déjà Bibi secouait Crémone en hurlant des injures, bavant de rage, le sommant de se dénoncer. Nozerini dressa l'oreille.

— Vas-tu nous laisser crever, vermine pouilleuse ! buveur de sang et enculeur d'innocents !

Ses cris se mêlaient à ceux du moine qui piaillait comme si c'était lui qu'on insultait ou écorchait, mais qui se tut quand les mots firent leur chemin dans sa tête.

— Pourquoi dis-tu ça ? hurla-t-il.

— Il le sait bien pourquoi j'le dis cet animal malfaisant ! brailla Bibi de toute la force de ses poumons ! D'mandez-lui donc c'qu'il réclamait comme plaisir à mon ami Vittorio !

Nozerini retint son souffle. Ce qui se passait en bas relevait de l'enfer comme on pouvait le voir sur les vitraux des églises ou dans les grimoires. Bibi était un diable incarné au souffle chargé de pestilence. Même le moine fou reculait devant lui.

L'enfant tournait sur lui-même et autour de Crémone toujours figé dans sa position recroquevillée, les genoux remontés sur la poitrine, la tête dans le creux de ses bras, ne voyant ni n'entendant rien, ignorant les bourrades et les coups de pied que lui assenait l'adolescent que ce retranchement exaspérait davantage.

— Vas-tu leur dire, espèce de porc puant ! Vas-tu leur dire que les enfants c'est toi qui les tuais ! brailla plus fort le garçon.

Crémone se redressa soudain face à Bibi qui gesticulait dans une frénésie de faim, de soif et de désespoir, trop jeune pour retenir sa terreur de la mort, trop innocent pour se rendre compte que l'expression de Crémone avait changé comme si un maquilleur dément lui avait creusé à l'acide des traits de folie et de haine.

— J'ai soif, dit Crémone, très soif.

Et sa voix était si métamorphosée, si effrayante, sifflante et horripilante, semblable à la scie qui entame le métal ou à la craie grinçante, que Bibi s'arrêta net de crier, que le moine se ratatina davantage dans l'ombre mortelle d'humidité et de froid de la pierre.

D'un geste mesuré, le marchand ramena autour de lui ses hardes poisseuses de crasse et marcha sur l'enfant qu'il attrapa au col et renversa sur le sol, indifférent à ses cris et à sa défense, et, malgré sa faim, ou plutôt à cause d'elle, le maintint solidement. Il se pencha sur son cou où il enfonça les dents sans se soucier de ses soubresauts horrifiés, de ses hurlements qui se transformèrent en gargouillements, sans qu'interviennent le moine prostré par la terreur ni Nozerini paralysé par l'horreur, jusqu'à ce qu'il relevât sa trogne sanglante du corps sans vie de Bibi, et que Nozerini, retrouvant ses esprits, se ruât en hurlant dans l'escalier qui menait aux cellules. Il ameuta les gardes, épouvanté de devoir affronter seul le vampire, somma un soldat accouru d'ouvrir la porte pour s'apercevoir à son air que les clés pendaient à sa ceinture ; en détacha une d'une main qu'il contrôlait mal, tenta de l'introduire dans la lourde serrure tandis que le soldat se tenait à son côté, l'épée brandie, prêt à tailler ; poussa la porte qui tourna sur ses gonds pour se retrouver face à l'assassin qui se jeta sur lui, gueule béante, vernissée de sang, l'encerclant de ses bras avec une force incroyable, tandis que le soldat qui sautait de part et d'autre du couple monstrueux et cherchait à frapper Crémone sans blesser son chef, trouvait la faille au moment où, Nozerini revenu de sa terreur, parvenait à éloigner le monstre d'une longueur de bras, et abattait son épée sur le cou du vampire, séparant presque entièrement la tête du tronc.

Les portes étaient maintenues fermées jour et nuit.

À cause de l'exiguïté on devait enterrer les morts dans les jardins potagers en bordure des rios, et parce que les fosses étaient jugées trop proches des maisons, au lieu d'y mettre le feu, on recouvrait les cadavres de chaux vive.

Nathan Mellsbaum avait été le premier d'une longue liste, précédant de peu sa bru Myrna et sa petite-fille, laissant Samuel fou de chagrin.

Le fléau s'était répandu selon une géométrie aberrante, frappant là, épargnant la maison voisine, tuant celui-ci, négligeant celui-là, selon le processus bien connu de la propagation de la peste qui laissait les gens sans moyen de se défier. Certains mouraient après un simple mal de tête, d'autres en se tordant. Ceux qui présentaient d'énormes bubons rougeâtres et infectés ne succombaient pas plus tôt ni plus vite que ceux qui en avaient de petits et secs.

Le ghetto était trop exigu pour que l'on pût y construire des lazarets, et les parnassim avaient décidé d'affecter la maison communautaire à l'enfermement des malades.

Vitale et ses confrères se dépensaient sans compter, aidés par les bonnes volontés. Deux médecins, sur les cinq que comptait le ghetto, avaient déjà été atteints malgré les protections dont ils s'entouraient et qui consistaient à serrer dans la bouche une éponge imbibée de vinaigre pour arrêter les miasmes, et à porter un masque en forme de tête d'oiseau dont le bec était rempli de substances odorantes et désinfectantes.

Car, pire encore que le spectacle des mourants se tordant de douleur, aines et aisselles gonflées de bubons remplis de pus que les médecins incisaient d'un bref coup de scalpel après y avoir appliqué, pour les faire mûrir, des cataplasmes d'oignons cuits et de fiente de pigeon séchée, était la puanteur de ces corps suppliciés qui ne retenaient plus leurs déjections et vomissaient des flots de matière verdâtre, filandreuse, qui se mêlait à l'odeur odieuse de chair brûlée des plaies que l'on cautérisait.

Dans l'immense salle d'où Dieu semblait définitivement absent malgré les prières des morts psalmodiées partout, s'ajoutaient les cris d'épouvante de ceux que la peste atteignait au cerveau et qui déliraient des heures avant que la mort miséricordieuse ne les délivre.

Dans les rues brûlaient de grands feux surveillés jour et nuit où l'on jetait le linge et les meubles des malades. Leurs maisons après avoir été nettoyées et purifiées étaient fermées, et, s'il restait des survivants, ils devaient se réfugier chez l'un ou l'autre qui les regardaient arriver avec crainte, ou rester chez eux et y mourir.

Dans les synagogues avaient été mis à disposition des secours aux nécessiteux, des repas servis à ceux qui se retrouvaient seuls, des vêtements propres. Des matelas encombraient les couloirs qui menaient aux salles de prière où les fidèles se pressaient pour implorer la clémence divine.

La maison d'Asher avait été jusque-là épargnée bien que Vitale se dépensât sans compter et que Rachel l'y aidât.

Sarra, comme toutes les femmes qui se voient soudain investies de responsabilités, se montrait une alliée efficace en préparant de la nourriture en quantité, en fabriquant de la charpie ou des emplâtres, en s'occupant des orphelins.

Les réserves de provisions avaient été mises en commun dans la mesure où aucune aide venue de l'extérieur n'était à espérer. Il était d'ailleurs surprenant que la population chrétienne ne s'en soit pas encore prise à celle du ghetto, la jugeant responsable du fléau.

Chacun se souvenait des douze mille Juifs brûlés en quelques jours à Mayence, bûchers aux feux si intenses qu'ils firent fondre les vitraux de l'église Saint-Quirinus, et que les chrétiens qui les avaient allumés durent fuir, ivres d'empyreumes, sans oublier les feux de Strasbourg, de Cologne ou de Chambéry.

Rachel recouvrit d'un drap le visage d'une défunte et se redressa. Autour d'elle c'était la même vision d'horreur dans laquelle elle baignait depuis si longtemps.

Son esprit comme son corps étaient perclus de douleurs au point qu'elle avait l'impression qu'ils se détachaient d'elle, et que c'était une autre personne qui continuait de soigner, de laver, de consoler.

Au début, comme tous, elle avait craint la contagion, et chacun de ses gestes avait été forcé pour ne pas s'écarter ni s'enfuir loin de cette misère. Les semaines passant sans qu'aucun symptôme survienne, elle s'était laissée aller à penser qu'elle échapperait à la maladie.

La seule précaution qu'elle prenait hormis celles qu'elle observait contre les miasmes et les odeurs était de se laver entièrement chaque jour et de brûler ses vêtements.

Vitale, qui faisait partie de l'école des « contagionnistes » opposée à celle des « miasmatiques », l'y encourageait. Leur exemple fut peu à peu suivi par les autres sans que l'on sût de façon formelle si cette pratique était utile.

Certains pensaient se protéger en mangeant des bézoards, ces concrétions calcaires trouvées dans l'estomac de certains animaux et qui passaient pour éloigner la peste. D'autres, croyants ou incroyants, portaient des amulettes ou les suspendaient à la porte de leur maison. Des images pieuses, des phylactères, des crapauds séchés cousus dans des sacs ; des pierres précieuses, grenats, émeraudes, saphirs, bien que le diamant passât pour le meilleur des préservatifs, étaient aussi très recherchées.

Les apothicaires confectionnaient sans désemparer des remèdes propres à soigner ou à préserver. Une des recettes les plus prisées consistait à verser deux pots de bon vinaigre dans un coquemar, à y ajouter une pointe de rue, une autre de menthe, une petite d'absinthe, une de romarin, à faire infuser le tout une huitaine de jours sur des cendres chaudes ou sous l'ardeur du soleil, à filtrer la décoction dans un linge puis de la mettre en bouteille après y avoir fait dissoudre une once de camphre et à s'en frotter tous les matins les narines, la bouche, les tempes et les extrémités du corps.

Quoi qu'il en fût, une même terreur régnait, et tous guettaient les signes que le Ciel leur enverrait quand il déciderait de faire cesser la punition divine.

Des rues proches des portes du ghetto on entendait les litanies des longues cohortes de flagellants qui de l'autre côté des murs parcouraient la ville chrétienne en suppliant Dieu de les épargner et d'écarter son courroux. Les cloches des églises sonnaient un glas lugubre rythmant aussi bien la vie des chrétiens que celle des Juifs.

Leur parvenait aussi la cavalcade des forces de police à la poursuite de pillards ou de ceux qu'on appelait les *graisseurs*, accusés de répandre le fléau pour profiter des troubles sociaux et voler à leur guise, et qui enduisaient les portes des belles maisons avec le pus des bubons pour éloigner leurs habitants et revenir.

Des habitants du ghetto, qui, plus hardis, étaient sortis, racontaient qu'entre les colonnes de Saint-Marc et de Saint-Théodore qui marquaient sur la Piazzeta l'entrée de Venise, il ne se passait pas de jour sans que des pendus se balancent aux gibets dressés exprès pour ceux que l'on nommait les « semeurs de peste », et pas un jour non plus sans que le *malifico*, la cloche du campanile qui annonçait les exécutions, retentisse.

Quand Rachel quittait la salle communautaire après y avoir passé des jours et des nuits et revenait chez elle par les rues désertées, elle ne savait plus rien ni du temps ni de sa course.

Les souvenirs de sa vie antérieure avec Sofia Gritti et ses amis appartenaient à une autre existence. Quoi de commun entre ces moments passés en compagnie de brillants esprits, dans cette Venise chrétienne riche et fière de ses palais et des fêtes qui s'y donnaient, et ce monde de mort, de désespoir et de souffrance ?

Enveloppée dans une longue cape, elle traversa le Campo Nuovo et frappa à sa porte. Ce fut son père qui vint lui ouvrir.

— Bonsoir, père.

Asher la prit dans ses bras.

— Comment vas-tu, ma fille ?

Elle secoua la tête, incapable de lui répondre d'une manière apaisante.

— Comment va mère ? lui retourna-t-elle, étonnée du silence de la maison.

Asher étouffa un sanglot. Alarmée, la jeune femme leva la tête vers lui.

— Qu'est-ce qu'il y a ?

Son père la serra plus fort.

— Elle s'est couchée avec de la fièvre, répondit-il d'une voix détimbrée.

— Quoi !

Elle se dégagea de son étreinte et courut à l'étage. Sarra reposait les yeux fermés, le souffle court.

— Mère, mère, cria Rachel, qu'est-ce que tu as ?

Sarra ouvrit les yeux et esquissa un sourire.

— Je suis fatiguée, murmura-t-elle, si fatiguée...

Rachel se tourna vers Asher qui venait d'apparaître sur le seuil de la chambre. Ils se regardèrent et des larmes coulèrent sur le visage ravagé du vieil homme.

— Depuis quand es-tu couchée ? (En même temps elle repoussait les draps découvrant le cou de sa mère où saillait un bubon.) Il faut faire venir Vitale !

Sarra lui prit la main et chuchota dans un murmure :

— Laisse ton frère, ma fille, et éloigne-toi avec ton père.

— Mais, mère, nous allons te soigner et te guérir, je le fais tous les jours ! Tu vas vivre, je le veux !

Elle criait, incapable d'admettre que, tandis qu'elle s'occupait d'étrangers, sa mère se mourait.

— C'est ce que j'ai dit, murmura Asher, nous allons la soigner.

Rachel se redressa.

— Je vais chercher Vitale, dit-elle, passant devant son père. Reste en bas. Je reviens tout de suite.

Asher lui serra les mains sans répondre.

La nuit était profonde, seulement illuminée par les bûchers. Elle passa devant des groupes errants et croisa plusieurs charrettes débordantes de cadavres menés aux fosses.

Folle d'angoisse, elle arriva essoufflée à la maison communautaire où elle trouva Vitale occupé à vider un bubon.

— Vitale, Vitale !

Il se retourna et comprit immédiatement, à son air égaré, qu'un malheur était arrivé.

— Quoi donc ?

— Mère, c'est mère !

Il ôta son masque qu'il posa près de lui et acheva son travail. Le malade qu'il soignait n'était autre que David, un des garçons qui leur avaient amené Bibi. Déjà son regard tourné vers l'au-delà ne voyait plus les vivants.

— Il faut que tu viennes vite, insista Rachel.

Vitale se releva, fit signe à un de ses collègues de cautériser la plaie, alla se verser de l'eau sur les mains et suivit sa sœur.

Ils coururent durant tout le trajet vers la maison.

— Depuis quand est-elle touchée ? demanda-t-il, absent lui aussi depuis plusieurs jours.

— Je l'ignore.

— A-t-elle… a-t-elle des bubons ?

— Oui…

Rachel l'entendit gémir.

Ils arrivèrent et grimpèrent l'escalier jusqu'à la chambre où reposait leur mère, et y trouvèrent Asher en pleurs, penché sur elle. Il tourna la tête vers eux.

— C'est fini, dit-il.

Vitale se précipita, découvrit le corps de Sarra, posa sa main à l'emplacement du cœur mais, avant même de s'apercevoir de son silence, il sut qu'il était trop tard.

Sarra était morte comme elle avait vécu, discrètement. Dieu dans sa miséricorde lui avait évité souffrance et corruption.

— Elle s'est couchée ce matin, murmura Asher, mais depuis plusieurs jours elle n'était pas bien. Et moi, occupé des autres, je n'ai pas vu arriver le malheur.

La bougie, placée près de la couche, tremblota et s'éteignit, les plongeant dans la nuit.

Rachel sentit sa poitrine se soulever et sanglota sans même songer à essuyer ses larmes. Vitale la prit contre lui.

— Il faut que tu sois forte, ma sœur. Le malheur nous frappe tous. Il faut espérer.

Mais la jeune femme sentait ses forces l'abandonner. Espérer, comment pouvait-on encore le faire ? Vitale ne comprenait-il pas qu'ils étaient tous condamnés ? Elle n'avait plus la rage de combattre. Dieu se détournait encore une fois. Que leur faisait-il payer dans sa colère ? Sa conduite indigne, l'égoïsme dont elle avait fait preuve en quittant les siens pour choisir un bonheur interdit, ou son orgueil démesuré qui l'avait détournée d'eux ?

Pourquoi Dieu ne l'avait-Il pas choisie, elle qui était coupable, au lieu de prendre Sarra qui toute sa vie Lui avait obéi ? Était-ce Sa façon de la punir ? Elle serra les poings de rage, s'apercevant avec honte et terreur qu'elle Le remettait en cause.

Vitale la lâcha et dit à son père :

— Il faut sortir et fermer la maison. Ne prends rien d'autre que des vêtements neufs que mère n'aura pas touchés. (Il se tourna vers Rachel.) Rejoignez la maison communautaire et trouvez-vous un coin pour vous installer.

— Et toi ? demanda Asher.

— Je vous y rejoindrai dès que j'aurai fait désinfecter et fermer ta maison.

Asher regarda Sarra un long moment avant de se relever. Quand il le fit ce n'était plus le même homme mais un vieillard brisé.

— Est-ce que... est-ce que... ?

— Oui, les *manotti* doivent venir l'enlever, répondit Vitale qui avait compris. C'est obligatoire, et là où elle est, elle le comprend et nous pardonne.

— Je vais avant l'envelopper dans un linceul, selon notre coutume.

— Je le ferai, dit Vitale, s'interposant. Je t'en prie, père, ne la touche plus. Moi, je ne risque plus rien.

Asher regarda son fils, l'air hagard.

— Tu me le promets ?

— Je te le promets. Partez à présent.

Sofia Gritti s'observa dans son miroir, reconnaissant à peine ce visage ravagé, ces yeux ternes, creux, cette bouche au pli amer.

La maison était silencieuse. Ses domestiques étaient partis ou morts. Le dernier, un splendide esclave nubien, s'était précipité dans le canal pour s'y noyer quand les stigmates de l'horrible mal étaient apparus. Ne restaient que Clémente la fidèle, et deux ou trois domestiques orphelins de famille qui assuraient plus ou moins la marche de la maison.

Sforzi était mort la semaine précédente comme un empereur romain. Le libertin, l'épicurien, avait choisi de s'empoisonner avec son chien préféré, un lévrier français, quand le bubon mortel était apparu à l'endroit exact où Lorenzo Lotto l'avait immortalisé sur la cuisse de Saint-Roch. Le comte, qui avait autant aimé l'amour des hommes que celui des femmes, aurait voulu donner une fête où ses amis seraient venus lui dire adieu. Hélas, la plupart avaient fui, d'autres étaient morts, et ceux qui étaient restés se terraient.

Il n'y avait eu que Sofia et Massimo, son dernier amant, pour partager avec lui ses ultimes moments.

Sur sa prière, Massimo avait maquillé son masque de mourant, l'embellissant de couleur et de joie.

Puis, quand l'aube avait pointé derrière les vitraux, Sforzi, allongé, son chien à ses côtés, leur avait dit adieu.

— Point de larmes ni de cris, avait-il prié ses amis. Je meurs comme on mourait à Rome, je meurs comme Socrate. Je meurs entouré de ceux que j'ai aimés. Nous nous reverrons en enfer, si Dieu le veut.

Sofia se redressa et se dirigea vers la fenêtre. Sur le Grand Canal circulaient les gondoles municipales qui transportaient les corps entassés conduits à l'extérieur et qui croisaient celles de la maréchaussée surveillant les distributions de vivres et les maisons abandonnées. Parfois, une procession de la confrérie de Saint-Roch, ou d'un saint quelconque, le remontait de San Marco jusqu'au Ponte degli Scalzi et revenait en brûlant de l'encens et en implorant bruyamment la pitié de Dieu.

Durant ces temps où la mort avait rôdé autour d'elle, l'enfermant dans un isolement que même son mari n'avait pu rompre en raison de l'interdiction d'entrer, se contentant de lui adresser des missives que les autorités aspergeaient de vinaigre avant de les lui transmettre, Sofia n'avait cessé de penser à Rachel.

Elle s'était approchée le plus près possible des murailles du ghetto. Avait aperçu les lueurs des bûchers, suivi l'ensevelissement de leurs morts de l'autre côté des rios, mais jamais les portes ne s'étaient ouvertes pour elle.

Elle savait l'horrible promiscuité qui régnait dans l'île et le danger accru de contagion ; elle aurait donné dix ans de sa vie pour connaître le sort de Rachel, mais aucune nouvelle n'était jamais venue la réconforter.

Elle s'assit devant la petite table en marqueterie où elle aimait à écrire. Elle repensa au jour où elle avait voulu s'enfuir et laisser derrière elle ce qui lui importait le plus. Elle ne s'était depuis jamais posé la question de savoir si elle avait eu raison ou tort de ne pas quitter les lieux.

Comme tous, elle guettait sur son corps l'apparition des premières atteintes du mal, mais jusque-là la Providence l'en avait préservée. Comme tous aussi elle s'était mise à espérer y échapper puisque l'on constatait que déjà le fléau régressait.

Les autorités avaient officiellement annoncé que la maladie s'éteignait sans qu'on en connût la raison. Le Conseil, bien évidemment, s'en attribuait le mérite grâce aux mesures de prophylaxie qu'il avait immédiatement prises, comme la désinfection des objets souillés, l'éloignement des malades, règles d'hygiène dont Venise avait été l'une des premières à reconnaître l'importance. Quoi qu'il en fût, l'espoir revenait chez le peuple de Vénétie qui se remettait à regarder l'avenir avec confiance.

Sofia commença sa lettre par « Ma Rachel bien-aimée ».

Rachel se retourna vers la porte de la salle. Joseph se tenait sur le seuil et la regardait. Elle hésita à le reconnaître tant il avait changé. Elle se releva et alla au-devant de lui.

— Joseph ?

Il pinça les lèvres et lui prit les mains.

— J'ai su pour ta mère, murmura-t-il.

Ils s'étaient croisés deux, trois fois dans le ghetto sans se parler. Joseph, avec d'autres, s'était chargé de la répartition des aliments qu'il allait chercher de nuit à l'extérieur, achetant à prix d'or aux trafiquants les denrées de première nécessité. Des circuits parallèles s'étaient établis avec des Vénitiens sans scrupule qui avaient stocké dans les silos des marchandises qui arrivaient par bateaux, et qui les débarquaient sur les îles alentour que la police surveillait moins.

— Comment va ton père ? demanda-t-elle, sachant qu'il avait été touché.

— Grâce à D' il est sauvé, mais encore très faible. Comment vont... Asher et Vitale ?

— Ça va.

— Je sais tout ce que tu as fait pour les nôtres, Rachel, et... je me suis maudit d'avoir... d'avoir été si injuste envers toi.

Elle ne répondit pas.

— Voudrais-tu sortir un peu respirer à l'extérieur ? proposa-t-il

Elle jeta un coup d'œil sur la femme qu'elle venait de quitter. Elle ne pouvait plus rien pour elle.

Depuis une semaine on savait que la maladie reculait, qu'aucun nouveau cas n'avait été signalé.

La malheureuse ferait partie des dernières victimes de la guerre que la peste avait livrée à Venise. Il y en aurait d'autres, absurde butin que la mort emporterait comme ces soldats abattus lors de l'ultime bataille.

— Sortons, répondit-elle.

On était en avril 1576 et la peste s'éloignait vers Milan où déjà les premiers cas avaient été constatés.

Ils marchèrent dans les rues du ghetto qui pendant ces longs mois s'était recroquevillé et mettrait bien du temps à reprendre vie. Les survivants erraient sans but, s'évitaient frileusement, cherchant instinctivement sur les autres les derniers stigmates.

Ils se dirigèrent vers les portes qui venaient juste d'être rouvertes, et restèrent un moment à regarder au-delà, tels des prisonniers qui, à l'approche de la liberté, n'oseraient s'en approcher.

L'air était doux et, de l'autre côté du rio, le peuple réapprenait à vivre. Au loin, s'élevaient les dernières fumées des bûchers.

Une cloche sonna. Le son fut repris par d'autres. À travers toute la ville elles carillonnèrent et se répondirent.

Ils traversèrent le rio du Ghetto Nuovo par la calle Farnese, tournèrent dans celle d'Ormesini, laissant leurs pas les guider sans chercher à les diriger, désirant seulement respirer cet air qui n'était plus mortel et sentir sur leur peau la douceur du soleil.

Ils marchèrent longtemps, se mêlant à la foule, qui, au fur et à mesure qu'ils se rapprochaient de la piazza San Marco, devenait plus dense et plus bruyante.

Ils arrivèrent sur la place noire de monde, assourdis par la voix de bronze des cloches du campanile. La *marangona*, la *nonna*, la *mezza torsa*, la *trottiera*, et non plus le *malefico* qui se taisait enfin. Et aussi, emplissant le ciel et leur donnant la réplique, celles de San Moisè, de San Zaccaria et San Maria della Salute, et toutes celles de la cité aux mille églises qui, pendant ces temps redoutables, s'étaient tues ou n'avaient sonné que la mort et la désolation.

Les Vénitiens, aussi prompts à se lamenter qu'à se réjouir, laissaient éclater leur joie, et déjà des farandoles se formaient, les amis se retrouvaient et se félicitaient de leur chance, s'enquéraient de l'un ou l'autre. Et, selon les réponses, les visages tantôt s'assombrissaient, tantôt s'éclairaient.

— Éloignons-nous, dit Rachel que cette joyeuse ambiance insupportait.

Sans lui lâcher la main, Joseph l'entraîna vers un côté de la place plus dégagé. Lui aussi trouvait indécente cette joie puérile alors que brûlaient encore les derniers bûchers. Il savait combien à cet instant la perte de sa mère pesait à la jeune femme.

— Ils sont fous, murmura Rachel, ils se croient sauvés alors que ce n'est qu'une rémission.

— Pourquoi penses-tu ça ?

— A-t-on déjà vu un tel fléau se contenter de quelques proies ? La mort est autrement gourmande, et là elle nous trompe pour mieux nous saisir.

Joseph ne répondit pas. Les pensées morbides de Rachel correspondaient à son chagrin. La mort de Sarra devait lui paraître d'autant plus injuste qu'elle était plus isolée.

Des listes des victimes avaient été affichées. Dans Venise on en dénombrait 3 500 sur une population estimée à 175 000 âmes, et au ghetto on en déplorait à ce jour 80 sur 1 500 habitants.

Peut-être avait-elle raison. Nulle part la peste ne s'était contenté d'une si courte victoire.

— Les autorités ont réagi vite et bien, objecta-t-il.

Ce fut à son tour de rester silencieuse. Elle se surprit malgré elle à chercher un certain visage, une silhouette désirée dans cette foule tapageuse.

— Allons-nous promener sur les quais, dit-elle.

Mais à ce moment un grand remue-ménage se fit sur la piazza, et tous se tournèrent vers le palais ducal dont les portes, à ce qu'ils comprirent, venaient de s'ouvrir.

— Le doge, le doge ! cria la foule qui se porta en avant.

Effectivement, un son de trompe retentit, annonçant une procession. Fendant la multitude qui s'était instinctivement creusée, déboucha une troupe de plusieurs dizaines d'hommes parmi lesquels ils reconnurent, revêtus de leurs habits de cérémonie, les membres du Grand Conseil suivis des conseillers ducaux, les provéditeurs de la santé précédant les magistrats du Tribunal suprême, les Six Sages grands, les procurateurs de Saint-Marc, et, à leur tête, le doge Alvise Mocenigo, coiffé du *corno ducale*, vêtu du manteau de brocart d'or fourré et bordé d'hermine, chaussé des souliers rouges des empereurs byzantins, follement acclamé par les Vénitiens qui savaient que, pas une fois pendant cette affreuse période, ni lui, ni les sénateurs, ni les autres dignitaires en charge des affaires de la Sérénissime ne s'étaient dispensés de siéger et de légiférer.

Et de les voir défiler, la mine sévère mais confiante, le peuple crut à son salut et laissa plus encore éclater sa joie, inventant un carnaval sans masques, dansant aux sons des fifres et des trompettes, s'enlaçant et s'embrassant sans retenue, accompagnant de ses vivats la procession qui revenait vers le Palais après avoir traversé la piazza et salué le Lion de Saint-Marc débarrassé de son gibet.

— Partons, dit Rachel.

Ils s'éloignèrent par le môle, étourdis de bruits et de mouvements.

— Veux-tu que nous rentrions ? proposa Joseph.

La jeune femme hésita.

— Pas tout de suite, si tu veux bien, je voudrais passer devant un certain palais.

— Lequel ?

— Le palais Gritti, répondit-elle d'un ton quelque peu provocant.

— Si tu veux.

Au fur et à mesure qu'ils s'en approchaient, Rachel sentait son cœur s'emballer. Que faisait-elle à traîner là en compagnie de Joseph ? Était-elle devenue folle ? Pensait-elle pouvoir se faire ouvrir les portes et demander tout simplement des nouvelles de la comtesse ?

Elle s'arrêta et se tourna vers Joseph. Leurs yeux se rencontrèrent et Rachel put lire dans ceux de son fiancé une infinie tendresse mêlée d'inquiétude.

— Non, rentrons, dit-elle, j'ai envie de me retrouver chez nous.

Nozerini, sur la prière du conseiller Zorzi, s'assit devant la table.

Il l'examina à la dérobée et le trouva amaigri et de mauvaise pâleur. Le conseiller s'éclaircit la gorge et le regarda d'un air las.

— Quelles sont les nouvelles, capitaine ?
— À quel propos, monsieur le conseiller ?

Zorzi hocha la tête.

— Mais pour le franciscain. Est-il toujours vivant ?
— Oui, monsieur.
— Enfermé ?
— Oui, monsieur.

Zorzi soupira et se leva. Il mit les mains derrière le dos, marcha du bureau à la fenêtre et revint vers Nozerini.

— Le capisestière Cappelo est mort, le pauvre, dit-il.
— Je le sais, monsieur, il y a déjà trois semaines.

Zorzi haussa les sourcils.

— Qui le remplace ?
— Personne, monsieur. Nous n'avons pas pu réunir les autres sestières à cause des événements.
— Oui... hum... il était en fin de charge... ?
— Oui, monsieur. Elle devait se terminer ce mois-ci.
— Voulait-il présenter son successeur ?

Nozerini hésita. Cappelo lui avait dit qu'arrivé au terme de son mandat il le proposerait, lui, Nozerini, mais que ce serait bien évidemment au Conseil de décider.

— Nozerini... commença le conseiller en se rapprochant, il est bien évident que cette charge pourrait vous revenir... devrait vous revenir... (il posa ses deux mains sur les épaules du capitaine). Nous n'avons qu'à nous louer de vos services... (Nozerini se raidit.) Vous vous êtes toujours montré d'une parfaite loyauté envers la République... (Zorzi ôta ses mains)... et pourtant... c'est un autre qui l'aura. (Nozerini se leva, tendu.) Parce que vous, capitaine, vous serez dorénavant mon représentant auprès du Saint-Siège.

Nozerini fixa le conseiller.

— Je vous demande pardon ?

— Vous avez bien entendu, capitaine, et vous n'aurez à rendre de comptes qu'à moi.

— Dois-je comprendre, monsieur... ?

— Que vous serez les yeux et les oreilles de la Sérénissime auprès de Grégoire XIII, oui, capitaine.

Nozerini eut comme un vertige. Ce que lui proposait le conseiller était sans commune mesure avec ce qu'il aurait pu espérer. Être le représentant de Venise à Rome pour le compte du Conseil ducal était presque l'équivalent d'une ambassade.

— À quoi dois-je cet honneur, monsieur le conseiller, si je peux me permettre de vous le demander ?

— Je vous l'ai dit, capitaine, à votre loyauté et votre esprit d'initiative. L'idée que vous avez eue de placer Crémone et ses acolytes dans une cellule que vous pouviez surveiller à leur insu relève du génie politique.

Nozerini hocha la tête.

— J'ai été servi par la configuration des lieux, murmura-t-il.

— Peut-être, capitaine, mais le chef Cappelo qui vous tenait en estime avait eu la loyauté de me signaler que vous aviez été un des tout premiers à vous méfier des prétendues révélations de ce Bibi, et que cette prudente méfiance... nous avait certainement évité de commettre un impair... avec nos partenaires économiques de la Sublime Porte. Sans préjuger du fait qu'il est toujours déplaisant de se rendre responsable d'une erreur judiciaire. Vous avez agi là, capitaine, en homme de sang-froid et de raison.

— Je n'ai fait que mon devoir, monsieur le conseiller.

— Certes, certes... et vous n'êtes pas homme à vous y soustraire, je le sais bien.

Nozerini baissa la tête avec humilité. Ce qui lui arrivait tenait du miracle. Comment un simple capitaine de la Contrada, un chef de brigade de quartier en quelque sorte et rien de plus, aurait-il pu espérer un tel honneur ?

— Je vais néanmoins vous demander, avant de prendre vos nouvelles fonctions, de terminer pour nous... le travail commencé.

— À vos ordres, monsieur le conseiller ducal, répondit Nozerini en se redressant.

— Fort bien, capitaine, fort bien...

Zorzi reprit sa déambulation, l'air soucieux. Il s'arrêta devant son bureau et regarda le capitaine avec froideur.

— Débarrassez-nous du franciscain.

Nozerini ne put retenir un haut-le-corps. Le prêtre avait été définitivement innocenté par le dernier meurtre de Crémone sur Ettore Bibi. D'ailleurs, rendu à moitié fou par ce qu'il avait vu, il avait fallu l'enfermer aux Puits et l'enchaîner au mur.

— Il n'est pour rien dans les crimes... commença Nozerini.

Le conseiller Zorzi le coupa d'un geste.

— C'est la volonté du Conseil.

Nozerini retint un instant son souffle.

— À vos ordres, monsieur le conseiller, lâcha-t-il très vite.

— Cette nuit. (Nozerini battit des paupières et détourna le regard.) Noyé, continua-t-il.

— Oui... monsieur le conseiller.

Le conseiller parut se détendre. Il caressa pensivement sur sa table un demi-crâne dont l'ivoire avait pris une teinte légèrement verdâtre.

— Ce moine est un fou, commença-t-il, vous en conviendrez, Nozerini. (Le capitaine acquiesça mollement.) Par ses actions inconsidérées et ses propos excessifs il a failli entraîner notre justice sur une mauvaise voie. Il serait très dommageable pour Venise qu'il allât se plaindre à Rome, par pur esprit de vengeance, d'une prétendue désinvolture de la République vis-à-vis de ses obligations envers Sa Sainteté. Savons-nous de quoi ces zélotes sont capables au nom de leur foi ? Voyez quels étaient ses amis...

Nozerini, qui avait été présent au tout début de l'affaire, apercevait d'autres responsables que le franciscain dans cette histoire. Et en tout premier lieu le pouvoir politique et son éminent représentant le conseiller ducal Zorzi. Sans parler bien sûr du Dottore Calimi. (Tiens, où était-il passé celui-là ?) Le moine était un fanatique, dangereux comme ils le sont tous, mais qui n'avait de pouvoir que celui que les autorités voulaient bien lui accorder. Tant que celles-ci avaient eu intérêt à accuser les Juifs, le moine avait pu tout à son aise déverser sa haine contre eux. À partir du moment où le vent avait tourné et où la Sérénissime n'avait plus besoin de donner des gages à Rome, elle le lâchait.

Il regarda Zorzi passer un doigt distrait autour des orbites vides du crâne dont la mâchoire inférieure manquait. On disait que c'était celui de Marcantonio Bragadin, le provéditeur qui avait soutenu le siège de Famagouste contre Lala Mustafa, et qui avait été horriblement supplicié par le Turc à qui il s'était rendu pour éviter la mise à sac de la ville qui avait tout de même eu lieu.

— Monsieur le conseiller... si je peux me permettre...

Zorzi releva vivement la tête.

— Quoi donc, capitaine ?

Nozerini se tut. Il y avait dans les yeux du conseiller une lueur qu'il connaissait bien. Celle qu'ont les puissants quand on se permet de douter de leur infaillibilité. Il hésita mais poursuivit :

— Pardonnez-moi... mais je ne vois pas la nécessité de... d'exécuter Bernardino da Mantova... dans la mesure où... il n'a pas commis les meurtres... et...

Il s'arrêta en voyant se crisper le visage de Zorzi.

— Oui, capitaine... ?

— C'est-à-dire qu'en le gardant prisonnier... et dans l'état où il se trouve... je crois... enfin... c'est mon impression, qu'il ne tardera pas à passer naturellement... enfin, si je peux me permettre...

Zorzi le fixa sans répondre, et Nozerini détourna le regard. Zorzi se rapprocha.

— Vos scrupules vous honorent, capitaine, mais de grâce, laissez penser les politiques. Dans vos nouvelles fonctions vous aurez tout loisir de saisir la différence entre ce qui *doit* être fait, et ce qui *peut* être fait. Le Sénat est aux prises avec de trop graves problèmes pour s'embarrasser d'un nouveau tracas.

— Oui, monsieur...

— Je compte sur vous, capitaine.

— À vos ordres, monsieur le conseiller.

— Vu l'état du moine que vous avez vous-même souligné, il ne sera pas besoin de vous faire aider pour vous en débarrasser. Nous tenons à une grande discrétion. Une barque vous attendra au Ponte della Paglia. Vous la dirigerez vers Torcello et ses marécages, par exemple. Voilà, capitaine, c'est tout.

Nozerini salua et s'en fut. Dégringolant les escaliers et parcourant d'un pas vif la loggia du premier étage qui surplombait la salle du Sénat et du Collège, entre les arcatures de laquelle jouaient des flots de lumière dorée, il se demanda si la scène qu'il venait de vivre avait réellement eu lieu.

Dans le même temps on lui avait offert un poste de prestige auprès du chef de tous les chrétiens et exigé qu'il participât à un assassinat. Car comment nommer autrement le fait de tuer un homme qui n'avait pas été jugé et encore moins condamné ?

Le capitaine n'était pas assez naïf pour ne pas savoir que raison d'État remplace bien souvent équité, mais en ce qui le concernait il n'y avait encore jamais sacrifié.

Il n'avait aucune sympathie pour le moine dont l'aspect extérieur et la folie le révulsaient, mais il était trop honnête homme pour ne pas savoir combien il est facile de transformer les esprits faibles en dangereux fous, et s'en débarrasser quand ils ne servent plus. Néanmoins, et parce qu'il n'avait pas le choix, il obéirait.

Il revint à son office où il savait trouver son sergent. Celui-ci, le voyant arriver, rectifia la position. Le sergent était un homme simple issu d'une famille de paysans des Pouilles, honnête et pieuse et pas très maligne, tout comme il l'était lui-même.

— Sergent, je vous charge de mener à l'heure du soleil couchant le moine Bernardino da Mantova à une barque amarrée au Ponte della Paglia. Je vous y rejoindrai. Ensuite vous regagnerez votre poste. Ah, faites-le manger et boire autant qu'il voudra mais recouvrez-lui la tête d'une étoffe qui l'aveuglera. J'ai l'ordre de le conduire à un autre lieu qu'il ne devra pas reconnaître.

— À vos ordres, capitaine. Capitaine...

— Oui, sergent... ?

— Vous allez sûrement devenir capisestière à la place de notre ancien chef... alors je voulais vous dire que mes camarades et moi allons regretter de ne plus être directement sous vos ordres, capitaine.

Nozerini regarda le petit sergent dont les yeux ronds et bleus brillaient sous ses épais sourcils roux. Il ignorait son âge mais ne lui donnait pas plus de vingt, vingt-deux ans. Son expression était celle d'un homme qui vieillirait tardivement.

— Merci, sergent, mais je ne serai pas capisestière.

Le visage piqué de taches de rousseur s'arrondit dans un sourire.

— Vrai, capitaine, vous restez avec nous ?

Nozerini lui posa la main sur l'épaule.

— Non, sergent, on m'envoie en mission à Rome.

Le sourire s'effaça doucement mais le sergent ne dit rien, se rendant peut-être compte qu'il s'était déjà montré trop hardi.

— Occupez-vous du moine, dit Nozerini.

— À vos ordres, capitaine.

Le reste du jour, Nozerini expédia les affaires courantes ; vols, rixes, viols, agressions. Parce que la vie reprenait à Venise, qui, comme chaque fois qu'elle se sortait d'un mauvais pas, se plongeait dans un tourbillon de fêtes, de défilés, de processions, de cortèges, de festins, les crimes et délits se multipliaient et remplissaient les prisons.

À cause de la peste le temps du Carnaval était passé sans qu'on pût le fêter, mais depuis l'annonce officielle de la fin de l'épidémie pas un jour que ne fussent annoncés une messe solennelle, un banquet chez l'un ou l'autre, une fête populaire dans tel ou tel quartier.

Nozerini s'essaya à ne pas penser à ce qu'il devrait faire le soir même. Avant d'être policier il s'était battu comme soldat et avait tué pour ne pas l'être. Ce soir ce serait différent.

Quand le soleil entama son dernier parcours, prêt à s'abîmer dans les flots, il revêtit chausses et tunique sombres et se couvrit d'un manteau. Il prit son épée et sa dague et se coiffa d'un feutre qui dissimulait son visage. Il se munit aussi d'une cordelette de cuir qu'il passerait autour du cou du moine avant de le précipiter dans la lagune.

Les noyades avaient souvent la préférence pour les exécutions secrètes, les corps étant entraînés au loin par le courant.

Il poussa une porte dérobée et gagna le Ponti della Paglia qui, sur le Quai des esclaves, reliait le Palais au palazzo Farsetti Loredan où serait attachée la barque.

Il descendit les degrés du pont et l'aperçut en même temps que son sergent. Un corps était allongé entre les bancs. Le sergent vint à sa rencontre.

— J'ai tout fait comme vous me l'avez dit, capitaine. Le moine a mangé et bu tant et plus, si bien que maintenant il dort comme une marmotte. Entendez-le.

Effectivement, des ronflements sonores s'élevaient de l'embarcation.

— Très bien, sergent, regagnez vos quartiers, je m'en occupe.

— Je peux vous aider, si vous voulez...

— Ce ne sera pas nécessaire, riposta Nozerini en sautant dans l'esquif qui tangua sans que le moine interrompît ses ronflements qui faisaient trembler la toile dont le sergent lui avait recouvert le visage. Détachez le bout !

Le sergent décrocha la corde, la lança dans l'embarcation que le capitaine poussait déjà de sa rame. Il n'était pas gondolier mais comme tous les Vénitiens savait naviguer.

Le sergent le regarda partir jusqu'à ce que la barque et son équipage se fondent dans la nuit. De nombreux bateaux circulaient sur le Grand Canal mais le sergent comprit que son capitaine se dirigeait dans l'autre sens. Il se demandait pourquoi on se donnait la peine de transférer ailleurs le franciscain, et même pourquoi on ne lui avait pas rendu sa liberté puisqu'on avait compris qu'il n'était pour rien dans les meurtres. Le capitaine devait savoir.

Nozerini passa la pointe de San Giorgio et se dirigea vers le Lido. Il croisa de nombreuses gondoles où l'on faisait la fête, mais ni les rires bruyants ni les chansons ne dérangèrent le moine qui dormait si fort que Nozerini se demanda un instant si, dans un excès de zèle, son sergent ne l'avait pas drogué.

Ils contournèrent les marais qui bordaient la pointe Est de Venise et qu'évitaient les bateaux. La nuit était profonde et Nozerini avait l'impression de ramer dans l'encre. Il avait pensé aller jusqu'à la pointe de Punta Sabbioni mais il eut envie tout à coup d'en finir au plus vite.

Il dirigea la barque vers l'extrémité de l'île et reposa sa rame dans le tolet. Il jeta un coup d'œil alentour. Les embarcations étaient munies d'un fanal et se repéraient de loin, mais aucune lumière ne perçait la nuit noire qui les entourait. La lagune était calme et le léger clapotis de l'eau faisait à peine bouger l'esquif.

Il s'approcha du moine et se pencha sur lui. Celui-ci poussa un grand soupir et s'agita dans son sommeil. Nozerini se figea. Ayant sorti de sa poche la cordelette de cuir, il attendit que Mantova fût reparti dans ses rêves pour la lui serrer autour du cou.

L'homme s'agita et suffoqua. Il ouvrit les yeux mais Nozerini dans son dos tirait de toutes ses forces. Il imagina que le franciscain ne devait rien comprendre à ce qui lui arrivait. Il se voyait au milieu de la nuit, étranglé sans savoir par qui ni par quoi.

La lutte fut de courte durée parce que trop inégale. Nozerini, après s'être assuré du trépas du moine, le souleva et le laissa glisser dans les eaux sombres. Il le vit disparaître dans un tourbillon et, sans reprendre son souffle, saisit la rame et repartit sans demander son reste.

Le vent tiède séchait la sueur sur ses mains et son visage. Il pagaya le plus fort qu'il put, pressé de rentrer chez lui et d'oublier.

Il aborda riva San Biaggo, proche de sa demeure. Il s'enroula dans sa cape, rabattit son chapeau et enfila les ruelles en direction de l'église de San Lorenzo près de laquelle il habitait. Cette partie de Venise était calme et il évita autant qu'il le put les rencontres.

Il déboucha dans la calle San Lorenzo qui formait un angle droit jusqu'à la place. Sa maison se trouvait dans l'angle et déjà il mettait la main dans la poche à la recherche de sa clé, quand il perçut un mouvement dans l'ombre. Il se figea et porta la main à son épée. Le criminel qui avait fait trembler Venise était mort, mais le crime ne l'était pas.

— Qui va là ?

Nul ne répondit, mais Nozerini savait que quelqu'un se dissimulait dans l'encoignure.

— Qui va là ? Sortez ou je charge !

Trois ombres se détachèrent. Trois hommes aux visages soigneusement cachés, armés d'une épée.

Nozerini dégaina et tomba en garde. Bien que bretteur émérite, il comprit que la partie serait rude.

Les trois hommes se séparèrent et l'entourèrent selon une tactique éprouvée. Il voulut s'adosser au mur pour ne pas être surpris à rebours, mais l'un des agresseurs avait prévu sa manœuvre et se glissa derrière lui.

Nozerini était à présent au centre d'un mortel encerclement. Il se fendit soudain et toucha celui qui était le plus à sa gauche.

L'homme porta la main à son bras et gémit, mais déjà celui qui était derrière l'avait touché avant qu'il pût se dégager. Il ressentit une vive douleur à l'omoplate. Il rompit et se retrouva face à ses attaquants. Celui qu'il avait blessé restait en arrière des deux autres, une dague dans sa main valide. Aucun ne parlait et ce silence chargé de menaces n'en était que plus impressionnant.

Nozerini se fendit encore une fois mais son coup fut détourné par celui qu'il avait visé. Il comprit alors qu'il avait affaire à des tueurs expérimentés et déterminés. Ces hommes étaient chargés de l'occire. Ce n'étaient pas de simples malandrins, des détrousseurs, les habituels coupe-jarrets que l'on risquait de rencontrer la nuit dans les endroits isolés. Non, ceux-là savaient pourquoi ils étaient là.

Il recula l'épée haute, la dague serrée dans sa main gauche. Son dos le faisait souffrir et il se sentit faible. Il fallait en finir très vite et courir aussi vite et loin qu'il le pourrait.

On l'attaqua sur sa droite mais il para et toucha de sa dague. Son assaillant cria et se recula, mais il fut de nouveau atteint à l'épaule, par le même et par la même botte ! Il se retourna, furieux, feinta, changea de pied, déséquilibrant son adversaire qui se retrouva garde trop haute, et enfonça sa lame dans sa poitrine. L'homme poussa un cri et roula au sol. Nozerini, sans s'attarder, se retourna face à celui qui restait indemne.

— À toi, crapule ! gronda-t-il.

Il lança le premier assaut que l'autre détourna en enroulant son épée autour de celle de Nozerini dans une parade classique. Il rompit, mais l'homme le poursuivit, se servant de son épée comme d'un sabre, frappant d'estoc et de taille, accompagnant chaque coup d'un « han » puissant, se déplaçant sans cesse, se battant non comme un duelliste mais comme un pirate.

Nozerini le tenait à distance sans pouvoir toutefois le contraindre. Il avait dans la lutte oublié le troisième. Il trébucha, s'éloignant involontairement, pour se rattraper, de l'abri de la colonne où il s'était adossé.

Son adversaire repartit à l'assaut, Nozerini rompit encore, se fendit, toucha, mais à cet instant une atroce douleur lui déchira les reins.

Hébété, il fit volte-face pour se retrouver face au troisième larron, la dague qu'il lui avait enfoncée dans le corps encore sanglante à la main.

Le capitaine faiblit sur ses jarrets en même temps qu'un violent spasme nauséeux le secouait et qu'un flot de sang lui inondait la bouche. Il vit dans un brouillard rouge l'homme lever sa dague et la lui enfoncer dans la gorge. Il mourut avant de toucher le sol.

Chapitre XIV

Rachel reposa la lettre qu'elle venait de lire. Elle avait tant retenu son souffle qu'il lui manquait. Elle serra le pli contre sa poitrine et fit quelques pas. Ainsi, elle ne l'avait pas oubliée. Et elle était vivante.

Du campo lui arrivait l'habituel tintamarre qui avait repris de la même façon et avec la même intensité que si nul malheur n'avait secoué le ghetto.

Vitale était retourné à Padoue et son père à la banque.

Mais ce n'était plus le même homme. Sa figure avait pris une transparence qui ne la quitterait plus. Ses gestes étaient lents et sa voix sourde comme un homme que la vie a brisé.

Daniele l'aidait de son mieux ainsi que Rachel qui s'occupait des clients extérieurs et des intérêts de la famille en dehors de Venise. Leurs cousins de Smyrne leur avaient répondu et les avaient rassurés quant aux lettres de change transmises par le capitaine Trevisan. Ils les suppliaient de venir les rejoindre. On disait que l'épidémie n'était pas morte et reprenait seulement son souffle pour frapper plus fort. On suivait ses traces à Milan, en Ombrie.

Elle relut encore une fois la courte missive parfumée. Sofia l'assurait de son amitié et la suppliait de venir la visiter, étant elle-même dans l'impossibilité de le faire pour les raisons que son amie savait.

Elle dissimula le pli dans la poche de sa robe, répugnant de s'en séparer ne serait-ce qu'un moment, et descendit rejoindre son père et Daniele au comptoir.

— Tiens, dit Asher, lui tendant un document, vois ce que j'ai reçu aujourd'hui de Chypre. Une proposition de rachat d'un domaine viticole en cessation de paiement. Serais-tu intéressée par la culture du vin, ma fille ?

Asher avait rencontré le reb Moshe, père de Joseph, et les deux hommes avaient discuté de la reprise des relations entre leurs enfants. Pour ne pas être sans précédent, le cas était néanmoins délicat.

Voilà un jeune homme qui rompt ses fiançailles ; le père de la jeune fille, qui, sous le coup de l'émotion, veut l'enfermer pour la punir, et la jeune fille qui, au lieu de s'abîmer dans l'affliction, fuit et court se réfugier chez les Gentils. Non, décidément, le cas était sans précédent, avaient finalement jugé les deux pères.

« Que devons-nous faire, reb ? » avait questionné Asher, davantage à l'aise dans les affaires de finance que dans celles de la morale et de la théologie.

Le reb Moshe, fragilisé par l'atteinte de la peste qui l'avait épargné, n'en était pas moins obligé de rester couché la plupart du temps.

« Mon ami, j'ai beau user mes yeux à fouiller les textes qui pourraient nous éclairer, lire les commentaires de nos sages aussi bien dans le Talmud de Babylone que dans celui de Palestine que mon pauvre père a eu le bonheur de sauver du feu de l'Inquisition, rien ne m'indique la marche à suivre. Il faudrait au moins la sagesse et l'érudition d'un Rachi ou d'un Maimonide pour trouver une solution honorable et juste à cette histoire.

— Et si nous laissions la nature s'en occuper ? avait suggéré Asher avec le pragmatisme habituel de l'homme d'affaire.

— C'est-à-dire, avait repris le reb, voir si nos enfants veulent toujours unir leurs destins ?

— Exactement. Le récent malheur qui nous a frappés nous a une fois de plus démontré, s'il en était besoin, la fragilité et la précarité de notre avenir. Nous proposons, et D' décide. Dans ce cas, remettons-nous entre ses mains. Si nos enfants le désirent, laissons-les s'aimer. »

Le reb avait souri. Le judaïsme et sa philosophie n'étaient pas réputés pour leur simplicité ou leur pragmatisme. Ils avaient besoin pour respirer, ou tout simplement exister, d'une infinité de propositions contradictoires ou complémentaires, chaque proposition entraînant son contraire, chaque idée son commentaire. Ce que les Juifs moqueurs appelaient le « Pilpul ».

— Voudrais-tu que je représente notre maison à Chypre, père ? Je n'y serais pas opposée, répondit Rachel d'un ton taquin.

— J'en suis sûr ! Si tu étais née garçon, ma fille, tu serais marin ou aventurier, peut-être même les deux ! riposta Asher avec un faux emportement. En attendant, je te prie de répondre par la négative à cette proposition. Il se rapprocha d'elle, jetant un rapide coup d'œil autour de lui pour s'assurer de leur tranquillité. Dis-moi, ma fille, si tu estimes que ton vieux père a le droit de te questionner, où en es-tu avec Joseph ?

Rachel se tordit un peu les lèvres. Bien sûr, elle s'attendait à cette question. Sa rencontre et sa promenade avec son ancien fiancé n'étaient pas restées ignorées des deux familles.

Elle savait que Joseph en avait parlé à son père. Elle avait senti chez le jeune homme un feu à son endroit qui l'avait probablement poussé à évoquer avec le reb une reprise des projets conjugaux.

— Avec Joseph ? Eh bien, nous nous sommes promenés dans Venise où nous avons assisté à une très luxueuse procession du doge, et ensuite...

— Ne te moque pas de moi ! cria si soudainement Asher que Daniele, occupé à écrire un peu plus loin, sursauta vivement. (Le banquier se tourna vers lui.) Daniele, mon ami, prie D' qu'il ne te rende jamais père d'une fille qui ressemblerait à la mienne, sous peine d'y perdre la raison !

Daniele et Rachel éclatèrent de rire, et Asher grimaça pour ne pas les imiter. Comme c'était bon de retrouver un semblant de joie. Semblant seulement, car le chagrin de la mort de Sarra engluait leurs élans. Cette mort était doublement sensible parce que Sarra, comme les autres Juifs emportés par le fléau, n'avait pu recevoir les marques de respect et d'affliction traditionnels. Elle avait été enlevée presque à la sauvette, jetée dans une charrette comme on le ferait du corps d'un animal, et enterrée avec d'autres sans qu'aucune prière des siens, aucun accompagnement la guidât vers la demeure de Dieu.

Certes, les rabbins étaient restés en permanence près des fosses à réciter le kaddish, la prière des morts. Oui, Rachel comme Vitale avaient déchiré le côté gauche de leurs vêtements pour montrer combien leur cœur était affligé ; bien sûr, dans les cinq synagogues, les fidèles avaient prié pour le salut des vivants et le repos des âmes des morts, et dans les maisons, les survivants, avant de fuir, avaient recouvert d'étoffes sombres les miroirs, mais tous ces gestes avaient été accomplis dans l'urgence, et, à présent que les temps redevenaient plus paisibles, chacun dans son cœur s'apercevait que le travail de deuil restait à faire.

— Viens, ma fille, dit Asher, allons marcher ensemble. Daniele, ferme derrière nous, je n'attends plus personne.

Ils sortirent, se mêlant à la foule, et aperçurent leur servante qui achetait un poulet à un marchand.

— Nous avons de la chance d'avoir pour nous aider une personne aussi bonne et dévouée que l'est notre Rosa, déclara Asher en observant la jeune femme qui discutait vigoureusement avec le boucher, lequel leva les deux mains devant lui dans un geste de reddition.

— Maman l'aimait beaucoup, dit Rachel. Il ne faudra pas oublier de la doter quand elle voudra s'établir.

Ils quittèrent la strada Maestra et prirent la longue calle Storta où ne se trouvait nulle échoppe. Cette rue, où les hautes maisons étaient si proches qu'on pouvait presque les toucher en étendant les bras, était traversée de ruelles sombres et tortueuses qui s'ouvraient sur des cours et des piazzetas, chacune avec leur puits, autour desquels s'articulait la vie sociale du ghetto.

Ils croisèrent nombre de personnes de connaissance qui les saluèrent avec respect. Le dévouement sans faille de Rachel au moment de l'épidémie avait fait oublier, du moins apparemment, le scandale de sa rupture avec Joseph.

Ils s'assirent sur un banc à l'ombre d'un marronnier, près d'un puits dont les bas-reliefs représentaient les trois lions de Juda. L'air de ce premier jour de juin avait la suavité du lys, et l'odeur des arbres fruitiers en fleurs autour desquels bourdonnaient les abeilles conférait au lieu un parfum de bonheur.

Asher s'essuya le front avec son mouchoir et soupira.

— Ça ne va pas, père, tu as chaud ?

— Ça va bien, ma fille. Bon, commença-t-il, maintenant que nous n'avons pas ce Daniele pour nous espionner, je veux savoir ce qu'il en est exactement de tes projets avec Joseph. Tu sais combien ce garçon tient à toi ? Tu sais de quelle honorable famille il est issu, et tu sais que chacun lui prédit un avenir de réussite et d'honneur ? (Asher s'arrêta et regarda sa fille comme pour recevoir une réponse. Il n'y en eut pas et il poursuivit.) J'ai parlé dernièrement avec le reb Moshe, qui t'aime tant et qui voudrait, ainsi que moi, ma fille, savoir si l'on doit publier les bans et commander la fête ? Ta pauvre mère, que D' ait son âme, nous a quittés à présent depuis plus de trois mois, et tu as le droit de t'occuper de toi.

Rachel resta muette, semblant réfléchir, et son père respecta son silence.

— Alors ? dit-il enfin.

— Père… nous n'avons jamais évoqué… le moment où j'ai fui ma maison pour me réfugier chez mon amie. Tu étais furieux et injuste comme l'avait été Joseph.

— Je reconnais m'être emporté, mais… ta fuite nous a brisé le cœur. Tu es revenue et nous t'avons pardonné. Grâce à D' ta pauvre mère est partie le cœur apaisé. Ne parlons plus du passé, il est trop douloureux, envisageons l'avenir que je veux pour toi radieux. Veux-tu épouser Joseph ?

Rachel crut sentir brûler sur sa peau la lettre de Sofia. Elle savait que cet amour interdit serait sans lendemain et resterait à jamais leur secret.

Elle se devait aux siens davantage encore depuis la mort de Sarra. Jamais aucune fille juive ne s'était dérobée à son devoir et à son honneur, du moins dans leur monde. Elle aimait Joseph d'un amour différent de celui qu'elle avait eu pour Sofia. Mais l'un était le bien et l'autre était le mal.

Quand elle pensait aux jours passés en compagnie de la comtesse, c'était comme si une autre femme les avait vécus. Jamais personne, elle s'en était fait le serment sur la mémoire de sa mère, ne devrait connaître ce pan de sa vie.

— Si Joseph veut de moi, je l'épouserai avec bonheur, dit Rachel.

Le 10 juin 1576, Alvise Zorzi fut reçu dans la salle du Conseil restreint qui, pour être de dimensions plus modestes que celle du Sénat, n'en était pas moins somptueuse par les nombreux tableaux et fresques couvrant ses murs, tous signés de Titien, Véronèse, Palma le Jeune, Carpaccio ou le Tintoret.

Autour de l'immense table de bois d'ébène étaient assis, outre les deux Sages grands, qui, avec les quatre autres Sages grands élus par le Sénat, étaient les véritables ministres de la République et les maîtres du gouvernement, le légat du pape, monseigneur Masccachi, et les trois avocats de la commune.

— Prenez place, conseiller, je vous en prie, invita Rafaele Sanso, le plus jeune des deux Sages grands en charge cette semaine-là et qui portait beau.

— Merci, sénateur.

Zorzi s'assit près du légat, vieillard courbé par l'âge mais dont le regard brillait d'un vif éclat et dont on disait qu'il était l'éminence grise de Grégoire XIII et en tout cas son conseiller le plus écouté.

Les sept hommes étaient seuls dans la pièce, même les gardes habituels avaient été priés de rester à l'extérieur. Ce qui allait se dire devrait rester confidentiel.

— Monseigneur, commença Sanso, le conseiller ducal Zorzi a été depuis le début l'initiateur et l'enquêteur de l'horrible affaire qui a secoué l'été dernier notre ville, à savoir les affreux meurtres perpétrés sur des enfants que l'on avait abominés et mutilés avant de les tuer. Dès le début les responsables de l'ordre ont enquêté avec célérité et détermination et dans un premier temps ont cru, à cause des dates correspondant à la Pâque juive, que ces malheureux enfants saignés avaient été victimes de crimes rituels de la part de la communauté juive de notre ville. Divers indices nous le faisaient croire, mais nous savions aussi que ces accusations avaient été au cours des temps et partout démenties. Le conseiller s'est alors intéressé à un citoyen établi dans notre ville depuis trois ans, marchand de son état, et qui s'est lui-même confondu par le fait qu'arrêté par nos policiers il a égorgé son compagnon de cellule qui le sommait de se dénoncer. Avant d'être exécuté par décapitation, il a avoué ses crimes.

Monseigneur Masccachi resta impassible, le regard fixé sur le Sage grand.

— Le rapport qui a été rédigé par l'officier chargé de l'affaire est à votre disposition, monseigneur, dit alors, Aldo Pavese, l'un des trois avocats de la commune en poussant le document devant le Monsignore.

Celui-ci le prit et le parcourut rapidement des yeux sans que rien transparaisse sur son visage parcheminé.

Si l'on se fiait à la couleur ivoirine et transparente de sa peau, et aux nombreux plis qui creusaient son visage, on aurait pu lui donner cent ans. Mais le regard désavouait la flétrissure des traits et l'affaissement du corps. C'était celui d'un homme habitué à juger et à commander. Impérieux, distant, calculateur.

Après avoir lu, il repoussa le dossier.

— On m'a dit, commença-t-il, et sa voix était étonnamment ferme, qu'un moine franciscain du nom de Bernardino da Mantova, qui prêchait la bonne parole, aurait eu partie liée avec cet assassin ?

— On vous aura mal renseigné, monseigneur, répondit Sanso. Le franciscain a eu pour seul tort de choisir ce Crémone comme hôte. Il ne l'aura pas même connu. L'un sortait quand l'autre rentrait puisque les forfaits étaient exécutés de nuit.

Masccachi secoua la tête et l'on aurait pu craindre d'entendre les os s'entrechoquer tant son visage était émacié.

— Qu'est-il devenu ?

Il a été hélas emporté par la peste. Son corps a été reconnu par le chef de la Contrada Pietro Nozerini qui l'avait interrogé tout au début puisque le franciscain se disait, par les leçons de son maître Bernardin de Sienne, capable de reconnaître d'un seul coup d'œil un crime rituel.

— Un fou ! conclut monseigneur Masccachi. Le Saint-Père est formel contre ces fausses accusations. Les Juifs se rendent suffisamment coupables d'autres crimes pour ne pas leur en imputer des imaginaires.

— C'était bien notre avis, monseigneur, sourit Sanso.

L'autre Sage grand n'avait pas encore ouvert la bouche, pas plus que Zorzi d'ailleurs. Le prélat se tourna vers lui.

— Ainsi c'est vous, monsieur le conseiller, qui depuis le début vous êtes méfié ?

— C'est-à-dire, monseigneur, que j'ai trop de respect pour la papauté et le représentant de Pierre pour ne pas avoir désiré chercher la vérité. Venise et Rome sont sœurs, et ce qui est bon pour l'une l'est pour l'autre. Leurs intérêts sont concomitants, et liés sont leur passé et leur avenir. Mais bien sûr cette complicité peut en fâcher certains et nous ne devons, ni vous ni nous, laisser place au soupçon et à la médisance...

— Pourriez-vous être plus clair, monsieur le conseiller ? interrompit le vieillard, clignant un œil.

— Ce que veut dire le conseiller Zorzi, monseigneur, intervint le deuxième Sage grand, gros homme rubicond aux épais sourcils noirs, c'est que, dans cette affaire, personne ne peut rien reprocher. Les coupables ont été châtiés et les témoins... ont disparu. La communauté du ghetto a été lavée de tout soupçon, sinon nous étions décidés à nous en débarrasser comme le voulait le Saint-Père.

— Vous conservez donc vos bonnes relations avec la Sublime Porte, ironisa le vieillard, c'est ce que vous souhaitiez au fond...

— Ce que nous souhaitions, monseigneur, répondit le Sage grand qui avait pour nom Michele Visconti, c'étaient la justice et la confiance de Grégoire XIII, qui pourra ainsi, auprès de ses alliés espagnols, autrichiens et français, assurer qu'il est bien le chef de la chrétienté et que chacun d'entre nous est son très humble et très obéissant sujet.

La bouche du prélat, réduite à un fil de lame, s'élargit dans un vague sourire.

— Sa Sainteté n'a jamais douté de la loyauté de ses sujets vénitiens, même si parfois... le choix de ses partenaires peut la laisser perplexe. Elle peut aussi paraître s'inquiéter que, malgré la très belle victoire à Lépante de nos forces sur le Turc, l'empire ottoman manifeste encore une... très forte vigueur et de grandes ambitions ; vigueur et ambitions qui pour des esprits moins informés que celui de Sa Sainteté pourraient paraître encouragées par les relations économiques qu'entretiennent avec lui certaines puissances de la chrétienté.

« Le pape a pour unique souci le salut du Christ et sa victoire sur le Croissant. Mais cette malheureuse affaire lui a fait comprendre qu'il n'avait nul motif de s'inquiéter, et que, comme vous le souligniez, sénateur Visconti, la République de Venise aurait répondu comme elle l'a toujours fait aux demandes exprimées par Rome, et n'aurait pas cherché à privilégier d'égoïstes intérêts au détriment de la bannière du Christ. (Le vieillard se leva, et il était si courbé qu'il parut à peine plus grand debout qu'assis.)

« Je vais donc m'en retourner à Rome rassurer Sa Sainteté sur la bonne fin de cette affaire et lui certifier que rien n'a été négligé qui pourrait donner prise à nos ennemis. Le coupable a été châtié, les témoins ont malheureusement disparu… au fait, conseiller, ce capitaine Nozerini chargé d'interroger le franciscain et qui l'aura reconnu mort, qu'est-il devenu ?

— Hélas, monseigneur, la peste aura fait chez nous beaucoup de victimes.

— Hélas, monsieur le conseiller, nous devons prier pour qu'un tel malheur nous épargne à l'avenir.

Le vendredi 14 juin, Sofia Gritti et son époux ouvrirent leur palais pour une grande fête, et, pour l'occasion, l'édifice fut somptueusement décoré. L'on célébrait la fin du malheur.

Quand les invités arrivés dans leurs gondoles richement parées poussèrent les portes aux marteaux de bronze finement ciselés, ils découvrirent la cour intérieure parée des plantes les plus rares et les plus belles.

Sur la margelle sculptée du puits creusé au milieu de la cour s'élançait une profusion de rosiers aux teintes délicates. De nouvelles statues l'entouraient, dont l'une de Jacopo Sansovino, réplique en plus petit d'un des « Géants » qui couronnaient l'escalier du même nom. Des jets d'eau colorée fusaient de deux fontaines de porphyre placées dans les coins et sculptées de chérubins.

Les fenêtres ouvragées qui s'ouvraient sur le patio étaient ornées de compositions de plantes et de fleurs figurant des scènes païennes. Les bannières frappées des armes des Gritti et des Armani claquaient au vent.

Des larges vasques de marbre disséminées dans les jardins jaillissaient des fleurs rares et exotiques aux odeurs entêtantes.

Sofia et son époux Carlo reçurent leurs hôtes costumés en Arlequins. Leurs habits identiques étaient brodés de sequins d'argent et d'or ; leurs visages, dissimulés sous des masques de velours.

À leurs côtés, deux esclaves noirs de haute stature que Carlo Armani avait ramenés de ses voyages tenaient haut de somptueuses torches de vermeil.

Dans l'immense hall de réception dallé de marbre d'Orient avait été dressée une estrade où cinq musiciens accueillaient les invités en compagnie d'une troupe d'acrobates et de funambules.

À l'opposé, sous deux toiles de Titien, *L'Amour sacré et l'Amour profane* et le *Portrait du doge Andrea Gritti*, un somptueux buffet servi par des valets habillés à la française proposait les mets et les boissons les plus raffinés dans une vaisselle d'une richesse royale.

Sur les meubles de bois précieux, des bougeoirs et des torches aux formes compliquées et charmantes en verrerie de Murano ou en cuivre de style oriental voisinaient avec des vases de majolique et des corbeilles débordant de fleurs et d'herbes odorantes.

Le conseiller Zorzi fut l'un des premiers à s'incliner devant la comtesse.

— Cousine, la renaissance de Venise ne pouvait passer que par vous.

— Cousin, j'ai pourtant cru comprendre que la vie de ses habitants reposait entre vos mains, répliqua Sofia en inclinant la tête.

Puis il salua Armani et le complimenta sur sa maison.

— Vous êtes très indulgent. Mon épouse m'a fait part de votre présence constante et de votre parfait dévouement pendant cette période terrible où, hélas, je n'ai pas pu être là pour la soutenir. Je suis votre obligé, monsieur le conseiller, répondit Armani.

— Mon dévouement n'est en aucune mesure égal au vôtre en ce qui concerne la Sérénissime, répondit gracieusement Zorzi. Vos bateaux et vos comptoirs font briller partout le renom de la République.

Zorzi céda la place au sculpteur Palladio accompagné de son habituelle cour d'admirateurs. Le Padouan avait le vent en poupe et aucune fête ne pouvait être réussie sans sa présence. Il avait été sérieusement pressenti pour la construction de l'église du Redentore sur l'île de la Giudecca que le Sénat avait fait serment d'ériger quand la peste quitterait Venise.

Sofia Gritti salua aimablement les uns et les autres, tourna un compliment pour chacun. Cette nuit, se pressait chez elle tout ce que Venise comptait de patriciens et de beaux esprits.

Elle espérait Titien sans trop y croire. Le vieil homme ne sortait pratiquement plus de sa maison de Biri Grande. Peut-être ferait-il une exception pour elle. Mais ce que souhaitait encore davantage la comtesse, c'était la venue de Rachel.

Elle lui avait fait porter un pli l'avant-veille, la priant d'embellir de sa chère présence la fête donnée secrètement à son intention.

Elle lui avait proposé de se faire accompagner par qui bon lui semblerait. Une visite d'une heure seulement, si elle ne pouvait davantage, la comblerait de joie. Elle lui avait avoué l'avoir aperçue avec Joseph au Rialto où elle s'était rendue dans cet espoir, mais ne pas avoir osé l'aborder. « À présent que l'horreur de la mort s'est éloignée en abandonnant son cortège de malheurs, ne croyez-vous pas, ma douce, qu'il faut saisir la vie qui s'offre à vous ? »

Mais la fête s'était enfoncée dans la nuit, les acteurs de la commedia dell'arte avaient succédé aux acrobates, et les invités avaient dansé sans que la belle Juive se soit montrée.

Beaucoup ne repartiraient qu'à l'aube dans leurs somptueuses gondoles où les avaient attendus, endormis, leurs gondoliers.

Le ciel immense avait blanchi comme tous les matins, et les premiers rayons du soleil avaient frappé les vitraux du palais Gritti.

Piazza San Marco, la *marangona* avait carillonné pour saluer le lever du jour et un vol de pigeons avait traversé la place en criant. Sur le Grand Canal, les Vénitiens laborieux avaient croisé les notables noctambules.

Sur les quais, dans les cours, aux balcons, femmes et hommes avaient commencé de chanter et de travailler.

Mais Sofia n'avait rien vu ni rien entendu. Allongée sur son lit, elle souffrait pour la première fois du mal d'amour.

La date des épousailles de Rachel et de Joseph fut fixée au dimanche 14 juillet. C'était le temps nécessaire pour la publication des bans chez le notaire, l'évaluation de la dot et les préparatifs de la fête.

Il y eut bien quelques murmures surpris et parfois malveillants à cette annonce, mais ils furent le fait des jaloux et des aigris car les deux jeunes gens semblaient faits pour le bonheur.

Certains mauvais augures disaient toutefois que cette union, sans cesse reportée, se trouvait placée sous une mauvaise influence astrale et était destinée à périr.

Asher s'activait comme un beau diable pour que la fête soit exactement comme l'aurait désiré Sarra. Ils en avaient parlé quand la première date avait été fixée et il savait qu'elle aurait voulu pour les noces de Rachel la plus jolie toilette, la meilleure chorale, les mets les plus fins.

— Rachel, ma fille, as-tu pris rendez-vous pour le bain rituel ? s'inquiéta Asher trois semaines avant le mariage.

Rachel secoua la tête.

— J'ai vu le rabbin et nous avons oublié d'en parler.

— Aïe, aïe, aïe, comme ta chère maman nous manque ! C'est elle qui aurait dû être près de toi pour cet événement ! Mais je veux que tu saches que si je ne peux la remplacer et te parler comme elle seule aurait pu le faire, je suis à tes côtés. Regina, ta tante, doit venir cette semaine pour t'entretenir. Je vous laisserai seules, ce que vous avez à vous dire ne regarde pas un homme.

Regina était la sœur de Sarra et habitait Ferrare avec sa famille qui tenait une importante affaire de commerce d'huile et d'épices. C'était une femme aussi autoritaire que Sarra avait été douce. Elle menait son monde à la baguette et croyait avoir raison en toutes choses.

Rachel comprit que sa tante, qu'elle n'appréciait guère car elle était d'une indiscrétion et d'une curiosité inlassables, voudrait savoir très exactement ce qui s'était passé dans la vie de sa nièce quand celle-ci s'était réfugiée hors du ghetto, aussi trouva-t-elle mille raisons pour s'opposer à l'entrevue.

Si sa mère avait été vivante, elle se serait seulement montrée attentive à rassurer sa fille avant le mariage, tout comme sa mère et la mère de celle-ci l'avaient fait avant elle.

Les temps n'étaient plus, au moins dans la communauté juive de Venise, à ce que les matrones profitent du bain rituel pour s'assurer de la pureté de la future épousée, c'était à l'époux de s'en préoccuper, et cette pensée remplissait Rachel de frayeur.

Sofia avait tenté de la rassurer par les mots les plus tendres.

« Crois-tu, ma chérie, que si les femmes portaient en bandoulière les émois auxquels elles ont consenti, elles ne seraient pas pour la plupart d'entre elles obligées de se couvrir d'une cape qui les cacherait des cheveux jusqu'aux chevilles ? Les hommes sont aussi sots que vains, et les tromper est à la portée de la plus niaise. »

Mais à présent que l'échéance approchait, la peur d'être confondue la faisait trembler.

— Mais enfin, ma fille, protesta Asher, dépassé par les événements, une future mariée a des choses à connaître que seule une femme peut lui expliquer, comme le futur époux d'ailleurs les apprendra de son père. Ce n'est qu'à cette condition qu'un bon mariage peut être réalisé !

— Ma tante, quoique la meilleure des femmes, n'est pas ma mère chérie que j'aurais écoutée bien volontiers. Joseph est un homme fait et je ne suis pas stupide comme ces chrétiennes qui sortent de leurs couvents.

— Qui parle de stupidité ? Mais D' nous a créés différents, et si cette différence nous fait complémentaires il n'en reste pas moins qu'un homme et une femme appelés à s'aimer doivent savoir ce qui les attend.

— Père, je t'en prie ! La fréquentation des peintres et des poètes m'aura au moins appris que pour deux êtres qui s'aiment l'union tient davantage du cœur et de l'esprit que des gestes.

— Ah, ma fille, que vas-tu chercher là ! Faudra-t-il que jusqu'à la veille du jour où tu vas me quitter pour être à un autre ton caractère s'oppose au mien ? Il n'est pas bon pour une femme de tant discuter, et pourtant je sais que c'est grâce à ce tempérament que tu nous as sauvés. Et malgré ma contrariété je rends grâces à D' de t'avoir fait d'une telle étoffe.

— Père, tu dis dans le même instant une chose et son contraire !

— Tsst... tsst... ma fille, tu verras bientôt que c'est une bonne façon de parler. Sais-tu que le conseiller Zorzi, que je tiens pour un homme intelligent autant que malhonnête, est venu me trouver pour me rendre une partie du prêt que je lui avais consenti à un taux tout à fait avantageux, puisque sans intérêt ni échéance précise de remboursement ? Enfin bref, cet honnête chrétien, en même temps qu'il me rendait cinquante ducats, te rendit justice dans la mesure où il reconnut, du bout des lèvres, te devoir le dénouement des crimes dont nous fûmes faussement accusés, et dans la même phrase me conseilla fortement de n'en point parler. Tu vois, ma fille, que je ne suis pas le seul à penser ainsi.

— Et quelle raison en a-t-il donné ?

— Avait-il besoin d'en donner ? D'après ce que j'ai compris nous devrions nous satisfaire de l'issue de cette affaire et en laisser le bénéfice à notre bien-aimée République.

— Mais c'est injuste ! s'écria Rachel. Et pourra-t-il faire taire ceux qui depuis le début l'ont suivie ?

Asher secoua la tête.

— Hélas, ma fille, si tu veux parler du capisestière Cappelo, il a été emporté par la peste, et aussi le chef de la Contrada, Nozerini, que je tenais pour un des rares hommes de bien de notre ville.

Rachel se retint à temps de prononcer le nom de Sofia. Ainsi, seule son amante, elle-même et son propre père connaîtraient son aventure. Même Joseph l'ignorerait !

— Je comprends ta déconvenue, Rachel, mais la vie est ainsi faite que les vertus des petits profitent le plus souvent aux grands. Pour l'heure, ce qui est important c'est ton mariage, et seul ce doux souci devrait te préoccuper.

Le mois de juin passa dans un tourbillon qui eut le mérite d'empêcher la jeune femme de se complaire dans une morosité habituellement peu compatible avec la joie d'une prochaine union. Par respect pour la tradition, elle ne rencontrait Joseph qu'en compagnie de son père ou de son frère qui finissait son diplôme de médecin. Elle ne quittait plus le ghetto et n'en avait d'ailleurs pas envie. La mère d'une de ses amies l'accompagna au bain rituel qui fut promptement expédié.

Tout se faisait comme si chacun s'efforçait d'accélérer les choses pour qu'enfin ce mariage ne ressemble pas à ces farces que donnaient les acteurs de la commedia dell'arte, où l'un courait après l'autre sans pouvoir le rattraper.

Le 5 juillet, dix jours avant la cérémonie, et alors que Rachel essayait pour la troisième fois sa robe de mariée, une rumeur franchit les murs du ghetto et précipita la population dans les rues.

— Que se passe-t-il ? s'inquiéta-t-elle auprès de la couturière accroupie à ses pieds et qui piquait son ourlet d'épingles.

Elle n'attendit pas la réponse et courut au balcon. En bas, des groupes nerveux s'étaient formés. Au centre de l'un d'entre eux elle reconnut Vitale et son père.

— Que se passe-t-il ? héla-t-elle.

Des visages ravagés d'effroi se levèrent vers elle.

— Que se passe-t-il ?

Son père lui fit signe et, entraînant son frère, entra précipitamment dans la banque.

Tel un signal, tous se débandèrent et détalèrent en tous sens comme si le diable était à leurs trousses. En un clin d'œil la place fut vide. Elle entendit des pas dans l'escalier et vit son frère surgir, pâle comme la mort.

— Vitale ! cria-t-elle, quel malheur arrive-t-il encore ?

Il ne répondit pas et la prit contre lui. Son père apparut à la porte avec Daniele.

Elle se dégagea et considéra les trois hommes aux expressions pétrifiées qui la regardaient sans mot dire.
— Mais qu'y a-t-il donc, par pitié ?
Vitale la serra plus fort contre lui.
— La peste est revenue, plus forte que jamais.

ÉPILOGUE

Entre juin et décembre 1576, et comme pour se moquer des assertions de deux doctes professeurs de l'université de Padoue qui avaient affirmé avec suffisance qu'il n'y avait plus rien à craindre, cinquante mille Vénitiens périrent.

Le zèle du doge et du Sénat, qui continuaient de se réunir malgré les risques de contagion, les mesures adoptées et l'excellente organisation des hôpitaux ne purent empêcher le fléau de sévir.

La peste emporta le Titien le 27 août, alors que dans son atelier de Biri Grande il mettait la dernière main à un portrait de Sofia Gritti commandé par son époux.

Le 3 septembre, la comtesse se coucha pour ne plus se relever. Carlo Armani, touché quelques jours plus tard, survécut.

Ce fut un des pires moments de l'épidémie. Les cadavres étaient si nombreux que le clergé rescapé ne suffisait plus, même pour les enterrements des nobles. Plus tard, dans le caveau familial des Gritti, une plaque serait scellée pour Sofia mais sa tombe resterait vide.

Sur les mille cinq cents habitants habituellement recensés dans le ghetto il ne resta, en 1577, année du terrible incendie du palais ducal où partirent en fumée des œuvres de Gentile et Giovanni Bellini, Vivarini,

Carpaccio, Véronèse, le Tintoret et Titien, que mille quarante personnes.

Joseph da Padova et Daniele de Ravenne, le clerc d'Asher, figurèrent parmi les premières victimes.

Rachel resta mariée deux mois et ne refit jamais sa vie. Cependant, une petite fille couronna cette courte union, enfant qu'elle porta durant toute l'épidémie dans la pire des angoisses. Elle accoucha d'une petite Sarra le 28 avril 1577.

D'après les chroniques familiales, elle partit en 1579 avec son enfant et son père rejoindre sa famille à Smyrne où l'on perdit leurs traces.

Note de l'auteur

Les personnages qui ont animé ce livre sont sortis de mon imagination. J'ai vécu avec eux un moment de l'histoire de cette ville fascinante, et j'aurais aimé que certains d'entre eux existent réellement. Si j'ai pris quelque liberté avec la vérité historique, que mes lecteurs veuillent bien me pardonner, et je sais qu'ils le feront s'ils ont eu plaisir à me lire.

BIBLIOGRAPHIE

Venise et la Vénétie, Guide Voir, Hachette.
- *Les Roueries des hommes.*
- *La Vie des nonnes.*
- *La Vie des courtisanes.*
- *L'Éducation de la Pipa*, Pierre Arétin, Éditions Allia.

La République de Venise, Diehl, Collection Champs, Flammarion.
La Renaissance à Venise, Patricia Fortini Brown, Flammarion.
La République du Lion (Histoire de Venise), Alvise Zorzi, Éditions Perrin.
Venise : portrait historique d'une cité, Ph. Braunstein/R, Delort, Points Histoire.
Pourquoi la peste ? Jacqueline Brossolet, Henri Mollaret, Découvertes Gallimard.
Histoire du ghetto de Venise, Riccardo Calimani, Stock, Judaïsme/Israël.
Venise au siècle de Titien, Éditions Textuel.
Le Ghetto de Venise, Éditions Herscher.
Jews and Synagogues, Éditions Storti.
Le Livre juif du Pourquoi ? Alfred. J Kolatch, Collection Savoir.

Dans la même collection

Claude Amoz	Le caveau	5741
	Dans la tourbe	5854
William Bayer	Mort d'un magicien	6088
	Pièges de lumière	6492
Nicolas Bouchard	La ville noire	6575
Philippe Bouin	Les croix de paille	6177
	La peste blonde	6360
Laurent Botti	Pleine brume	5579
Serge Brussolo	Le livre du grand secret	5704
Philippe Carrese	Graine de courge	5494
Thomas H. Cook	Les instruments de la nuit	5553
Philippe Cousin	Le pape est dans une pièce noire, et il hurle	5764
Stephen Dobyns	Persécution	5940
	Sépulture	6359
Thea Dorn	La reine des cerveaux	6705
Stella Duffy	Les effeuilleuses	5797
	Beneath the Blonde	5766
James Elliott	Une femme en danger	4904
	Adieu Eddie !	6682
Linda Fairstein	L'épreuve finale	5785
	Un cas désespéré	6013
	La noyée de l'Hudson	6377
Christopher Fowler	Psychoville	5902
Nicci French	Jeux de dupes	5578
	Mémoire piégée	5833
Lisa Gardner	Jusqu'à ce que la mort nous sépare	5742
	La fille cachée	6238
Caroline Graham	Ange de la mort	6511
Andrea H. Japp	La voyageuse	5705
	Petits meurtres entre femmes	5986
	Le ventre des lucioles	6361
Robert Harnum	La dernière sentinelle	6087
Brigitte Kernel	Un animal à vif	6608
Yasmina Khadra	Le dingue au bistouri	5985
Andrew Klavan	À la trace	6116
Guillaume Lebeau	L'agonie des sphères	5957
Éric Legastelois	Putain de cargo!	5675
Philip Le Roy	Pour adultes seulement	5771
	Couverture dangereuse	6175
David L. Lindsey	Mercy	3123

Philippe Lobjois	Putsch rebel club	5998
Colette Lovinger-Richard	Crimes et faux-semblants	6261
	Crimes de sang à Marat-sur-Oise	6510
Anne Matalon	Petit abécédaire des entreprises malheureuses	6660
Jean-Pierre Maurel	Malaver s'en mêle	5875
Nigel McCrery	L'oiseau de nuit	5914
	Effets secondaires	6012
	La toile d'araignée	6333
Val McDermid	Le tueur des ombres	6778
	Au lieu d'exécution	6779
Denise Mina	Garnethill	6574
Estelle Monbrun	Meurtre chez tante Léonie	5484
	Meurtre à Petite Plaisance	5812
Viviane Moore	Tokyo des ténèbres	6437
T. Jefferson Parker	Pacific Tempo	3261
	L'été de la peur	3712
Michael Prescott	L'arracheur de visages	6237
	Le tueur des bois	6661
Danuta Reah	Toujours la nuit	6442
	L'assassin du parc	6609
Robert Richardson	Victimes	6248
John Saul	La présence	5961
Jacques Sadoul	Carré de dames	5925
Walter Satterthwait	Miss Lizzie	6115
Laurent Scalese	L'ombre de Janus	6295
Whitley Strieber	Billy	3820
Dominique Sylvain	Travestis	5692
	Techno bobo	6114
	Sœurs de sang	6573
Maud Tabachnik	Un été pourri	5483
	La mort quelque part	5691
	L'étoile du Temple	5874
	Le festin de l'araignée	5997
	Gémeaux	6148
	La vie à fleur de terre	6440
Carlene Thompson	Tu es si jolie ce soir	5552
	Noir comme le souvenir	3404
	Rhapsodie en noir	5853
Fred Vargas	Debout les morts	5482
	Un peu plus loin sur la droite	5690
	Ceux qui vont mourir te saluent	5811
	Sans feu ni lieu	5996
	L'homme à l'envers	6277
	L'homme aux cercles bleus	6201

6615

Composition Nord Compo
Achevé d'imprimer en France (La Flèche)
par Brodard et Taupin
le 5 août 2003 19826
Dépôt légal août 2003. ISBN 2-290-32467-1

Éditions J'ai lu
84, rue de Grenelle, 75007 Paris
Diffusion France et étranger : Flammarion